文春文庫

東京、はじまる

門井慶喜

文藝春秋

東京、はじまる　目次

第一章　六歳児　6
第二章　江戸、終わる　53
第三章　二刀流　89
第四章　スイミング・プール　133
第五章　東京駅　227
第六章　八重洲と丸の内のあいだ　280
第七章　空を拓く　358
解説　吉田大助　436

東京、はじまる

第一章　六歳児

フランスの、というより偉大なヨーロッパそのものの玄関口というべきマルセイユ港を出発し、六十日後に香港に着き、べつの汽船にのりかえて横浜の波止場《はとば》へ上陸すれば、横浜の波止場は、まがりなりにも海のなかへL字状に突き出して安定した土造《つちづく》りの地面である。マルセイユの鉄筋コンクリート製埠頭にはもちろん遠くおよばないにしろ、とにかくも、大人が十人は横にならんで歩ける幅があった。

金吾《きんご》には、三年ぶりの日本である。

あたたかな土をふみしめるのも香港以来だ。そのふっくらとした夢ごこちを靴底ごしに感じつつ、ひとり、陸《おか》をめざして突き進みながら、鼻を上に向けた。

「ん？」

鼻の穴をひらき、ひくひくさせた。

においがする。

滞欧中は、けっして嗅ぐことのなかったにおい。

醤油《しょうゆ》？　それもある。故国のなつかしさの第一席。石炭？　あたりまえだ。いま蒸気船をおりたばかりではないか。そういう空気の味にまじって、何だろう。子供のころの、雨ふりの夕暮れを思い出すような……金吾は、わからぬまま顔をもどした。

まわりは外国人ばかりだった。自分だけが背がひくい。太陽の光もさえぎられる。何だか高層建築にかこまれた犬小屋みたいな気分だが、金吾は前方、ちょうど波止場がL字状にまがるその曲がり角に、

「おっ」

おなじくらい体の小さな、日本人三人のすがたを見た。

女ひとり、男ふたり。みな背のびをし、首をのばして視線をこちらへ泳がせている。金吾をさがしているのにちがいなかった。

金吾の足は、おのずと速まる。ざっざっと靴底がこすれる。まんなかの男がこちらへ気づいて、

――おっ。

という唇のかたちをして、一歩ふみだして来た。金吾はもう耐えられない。小走りになり、右腕をのばし、

「曾禰《そね》君！」

ぐいと肩を抱き寄せた。まるで脱走兵を捕獲するような乱暴さだが、金吾はもともと頭よりも先に体が動いてしまう型の人間である。

捕獲されたのは、十七歳のときはじめて故郷・唐津《からつ》（佐賀県）の学校で出会い、おな

じ時期に上京して、おなじ建築の道をこころざし、おなじ官立の工部大学校の第一回入学試験に合格して、文字どおり机をならべて苦楽をともにしてきた曾禰達蔵《たつぞう》である。やっぱり曾禰も、

（おなじ思いだろう）

金吾は、疑いもしなかった。だがこの瞬間、横の女が、

「いけません！」

金吾にしがみつき、腰を落とした。引き剝《は》がそうとしたのである。その顔は恐怖にみちている。

もうひとりの男は、やはり工部大学校の同級生、麻生政包《あそうまさかね》だった。いまは工部省に所属して、主として九州の炭鉱開発の技術指導にあたっている。わざわざ金吾をむかえるためにだけ横浜へ来たのだ。天下に冠たる学士様兼官吏様のわりには気がよわく、ことに金吾に対しては意見もほとんど言わないが、その麻生ですら気がよわいなりに、

――場ちがいな。

というような非難のまなざしで金吾を見ている。こんな彼らの否定的な反応に、金吾はようやく、

「……ああ」

曾禰の肩から手をはなし、一歩さがった。

曾禰はただの学友であり、ただの学友ではない。軽々しくこんなことをすべき相手で

はないのだ。

　それでよし、と言わんばかりに女がそっと金吾から離れる。金吾はチョッキのえりを直し、気をつけをし、わざと堅苦しい口ぶりで、

「失礼した」

　曾禰達蔵は、ひげが長い。

　鼻の下から左右へ張り出しているが、顔そのものが小さいので、いかめしい感じがしない。そのひげの片方を手でさわりつつ、おっとりと笑って、

「あいかわらずだな。辰野《たつの》君」

「あ、ああ」

「これで君も帰朝者だなあ。わが建築界には君ひとりだ。ぜひ東京にたくさん斬新《ざんしん》な建物をつくってくれ」

　金吾の狼藉《ろうぜき》など存在しなかったかのような口調だった。金吾は内心ほっとしつつ、しかし口では、

「ちがうなあ」

「え」

「柄《がら》が、小さすぎる」

と、またしても考えるよりも先に口が出てしまう。達蔵が首をかしげて、

「小さすぎる？」

「そこは東京にじゃない。東京をとすべきじゃないか、曾禰君。ひとつひとつの物件な

ど、しょせん長い道のりの一里塚。私はつまり、最後には、東京そのものを建築する」

胸をそらした刹那《せつな》、

（あ）

においの正体がわかった。

子供のころの、雨ふりの夕暮れを思い出すような……土ぼこりだ。あらゆる日本人の視界を不良にさせる粉状の障害物。

道路も建物も堅牢《けんろう》なヨーロッパでは絶無、とまでは言わないにしろ、ほとんど気にならぬもの。達蔵が、

「はあ」

目をぱちぱちさせたのは、大言壮語がすぎると思ったのか。金吾はふいに左右を見ながら、

「コンドル先生は？」

「え？」

「きっと横浜へむかえに来る、と手紙に書いてくださったのだ。先生は、約束をやぶるような方ではない」

「それは」

と口をはさんだのは、麻生だった。気のよわい男に特有の、熱いものに息を吹くような口調で、

「先生も、うん、残念だとおっしゃっていた。何しろ鹿鳴館《ろくめいかん》のほうが佳境でな。現場を

な、うん、離れられなくなったとか」

「おお、鹿鳴館！」

金吾は、さらに声が大きくなった。話には聞いている。鹿鳴館という名はまだ公開されていないようだけれども、要するに、国家の外国人接待所。

三年前まで工部大学校の教師として金吾たちを親しく指導してくれた、そうして第一回の卒業生のなかから金吾ただひとりを祖国イギリスへの留学生にえらんでくれた建築家にして工部大学校造家学教授、ジョサイア・コンドル。彼がみずから設計にあたり、工部省営繕《えいぜん》局が施工し、その工費もむろん全額、国から出ているという一大企画にほかならなかった。

もうじき完成だというが、完成すれば、こんにちの日本の最高水準を示すことになる。金吾は、舌なめずりをした。そうして達蔵へ、

「いまから行こう」

「いまから？」

三人同時に、すっとんきょうな声をあげた。

達蔵がちらりと女を見て、ふたたび金吾へ、

「し、しかし辰野君、君はたったいま着いたばかりだ。よほど旅の疲れが……」

「船で寝たよ」

「だとしても、ほら、グランド・ホテルも予約してある。三、四日はゆっくり秀子《ひでこ》さんといっしょに滞在して、つもる話も……」

「ああ、そうか」

金吾は二、三度うなずくと、女を見おろし、

「じゃあ秀子、ひとりで泊まれ」

達蔵がさらに声を大きくして、

「おいおい、それが新妻《にいづま》に対するせりふかね？」

「もう三年も経つが」

「結婚後すぐ留学に出たんじゃないか。少しは秀子さんの気持ちも考えろ。君の仕事は建築だけじゃない。子供もつくれ」

「ええっ？」

金吾がつい聞き返し、片耳をつきだし、その耳のうしろで手まで立てたのは、曾禰達蔵、元来そういう性質の冗談とは対極の位置にある男なのだ。

達蔵自身、口がすべったと思ったのだろう。十五の少年のように顔をまっ赤にして、肩をちぢめて、

「いや、それはまあ、こうのとりに聞くべきか」

ますます傷口をふかくした。大の大人が、何がこうのとりだろう。ぎこちない静けさが支配するなか、金吾は、

（曾禰君）

ほとんど感動している。この学友は、こんな不似合いな無駄口までたたいて自分の体を心配している。この横浜でゆっくり羽を休めさせようとしてくれている。

金吾は、感動屋である。情緒の幅がひろいといえば聞こえがいいが、要するに、単純なのである。

「……そうか」

金吾はつぶやき、うつむいた。達蔵はふっと息を吐いて、

「わかったか。辰野君」

「うん」

「それじゃあ行こうか。大きな荷物はあとで届くのだろう？　君が入国の手続きをしているあいだ、私がホテルでチェック・インの手筈《てはず》を……」

「鹿鳴館だ」

金吾は、顔をあげた。さっきよりもいっそう力のこもった口ぶりで、

「東京の街づくりは、すでに始まっている。私が一日休めば、その完成は一日おくれるんだ」

「おいおい、辰野君……」

「ひとりで泊まれ。うまいものを食え」

金吾はそう九つ年下の妻へ宣告すると、前方へなかば駆け出しつつ、

「行こう！」

われながら、足がとまらない。背後で達蔵と麻生と秀子がひそひそと、

「はあ」

「イギリスへ行っても、何ひとつ変わらんな」

「あれはあれで、秀子さんに気をつかってるつもりなんだ」

「ええ」

「あれでもう三十か。まるで子供だな」

「波風を立てんといいが」

「世間と？」

「さしあたり、コンドル先生と。先生は先生で激論家だし」

などと話している、そのことばの断片がかもめの白い抜け羽よろしく海風まじりに飛んでくる。悪口のようにも聞こえるが、金吾はこういうときむしろ、

（ふふん）

気がよくなる癖《くせ》がある。

悪口もまた評判のうち。つらの皮が厚いというより、根が楽天家なのだろう。まわりはもう誰もいない。太陽の光がたっぷり浴びられる。金吾はどんどん前進しつつ、頭のなかに、早くもまだ見ぬ建物のプロポーションを描きはじめている。

†

みなとを出て、汽車に乗りこんだ。

軌間《きかん》一〇六七ミリ、イギリスのほとんどの鉄道より狭い線路の上をことこと約五十分かけて走行し、東京・新橋停車場《ステーション》に着いた。駅舎を出たところは広場になっていて、数台の馬車と、数十台の人力車がてんでんばらばらに客を待っている。

ときに車夫が寝ころんでいる。金吾は複雑な感慨にとらわれた。やはり東京府民はロンドンのそれに数等劣る。いまだ整列ということを知らない。

達蔵が横に立ち、わりあい遠くの馬車を手まねきして、

「辰野君、麻生君。さあ乗ろう」

しかし麻生はあとじさりして、

「私はここで。ごきげんよう。ここで君たちを見おくって、汽車で横浜へもどり、福岡ゆきの船に乗るよ」

金吾はそのとき、もう馬車の踏み板へ足をのせている。その姿勢のまま首をうしろに向けて、

「おいおい、麻生君。ここまで来ておいて、それはないだろう。コンドル先生に会いたくないのか？」

「私は、鉱山屋《やまや》だから。もともと造家学でもないし。先生はご迷惑だろう」

「迷惑かどうかは先生がきめる」

「道中、無事をいのる」

麻生はそそくさと言うや、くるりと背中を向け、石づくりの、巨大な拍子木をふたつならべたような駅舎のまんなかへ消えてしまった。馭者《ぎょしゃ》が馬に鞭《むち》をくれ、しずかに馬車が走りだすと、金吾はとなりの達蔵へ、ふくれっつらで、

「楽でいいな」

「え？」

「気がよわい、ということがさ。つねに自分より他人を優先するのだから、選択の懊悩《おうのう》がない」

「かわりに忍耐の苦労があるよ」

「それは選択肢なき選択さ。自業自得だ。それにしても勿体《もったい》ないじゃないか、麻生君は。あれは俺の三つ年下で、しかし工部大学校へ俺よりいい成績で入ったというのに、どうして遠い九州などへ」

背後でひゅうひゅうと音がする。単なる風切《かざき》りの音かと思ったが、高音や低音が打ち重なっている。一種の家鳴《やな》りか。

(何だろう)

馬車は一路、日比谷方面をさして走る。達蔵はチョッキのポケットから時計を出して、

「もう四時か」

つぶやいた。金吾はあたりを見まわしつつ、歌うように、

「日本の五月は、たのもしいな。あっというまに日が暮れる。ロンドンは夕方が延々とつづくんだ」

†

鹿鳴館はしかし、その外観がほとんど見えなかった。

まるで鯛が漁網《ぎょもう》につつまれるように丸太足場につつまれている。もっとも、正面玄関とおぼしき箇所はそこだけ足場がくりぬかれているので、金吾はその真向かい、ただし

少し離れた場所に立ち、ぐいと首を上へ向けた。

高さは十五メートルといったところか。空への侵犯という感じである。足場のなかは何十人という大工や職人がいて、右へ左へ、地上にいるかのような足どりで歩行していた。彼らはたいてい裸足《はだし》だった。指で丸太をつかんでいるのだろう。

金吾は、ひざが笑った。

もともと高いところは得意ではない。あわてて首をふり、となりの達蔵へ、

「案外、小さい」

「何が？」

「建物がさ」

ふたたび正面玄関へ目をもどしたとき、その玄関から小柄な男がとびだしてきた。

「辰野君！」

その男は、ふたつ年上。

であることを金吾はあらかじめ知っている。ひとみが青く、肌が白く、かげが横にのびるほど鼻の高いその彼に向かって、両手をひろげて、

「コンドル先生！」

「辰野君、私の故国から、よく帰りました。私はあなたを待っていたのです」

おたがい駆け寄り、ぶつかるように抱きあった。金吾はさすがに熱いものを頰に感じる。われながらふしぎなことだったが、このイギリス人を体に感じて金吾ははじめて、

（ここはもう、日本なのだ）

その実感が湧いた。学生時代をすごしたふるさと。入学時の成績が最下位だったので焼き芋も食わずに勉強し、とうとう卒業時には首席を獲《と》った東京の街。

コンドルは、体をはなした。金吾の肩を、二の腕を、胸を、ぽんぽんと平手で打ちながら、

「来てくれてありがとう。ほんとは横浜まで行きたかった。しかし何しろ竣工《しゅんこう》直前で……」

「わかります、わかります」

「完成を急ぐだけならまだしも、営繕局の役人め、いまになって『婦人化粧室の内装は大理石をつかうな、漆喰《しっくい》にすべし鏝絵《こてえ》にすべし』などと。冗談を言ってもらってはこまるのです。西洋では社交の場とは何よりも女性のために存在するのだ、女性しか立ち入りできぬ空間こそが評判のよしあしを決定するのだともう何べん言ったことか。わかるでしょう辰野君」

「わかります、わかります」

「彼らは理解しないのです」

ふたりとも英語だった。こんな会話が金吾はうれしい。もしもこの人がいなかったら、もしも親身に教えてくれなかったら。建築家としての金吾のすべての存在はこの人なくしてあり得なかった。

「辰野君」

「はい」

「顔に書いてあります。上がりたいと」

コンドルはそう言い、いたずらっぽく指を一本、鼻の前に立てた。ちょいちょい天のほうを指す。金吾は大げさに目を見ひらいて、

「わかりますか」

「もちろん」

「おいおい」

と、それまでにこにこ話を聞いていた達蔵が割って入ったのは、一種の保護者意識からだったろう。調子に乗って足場へのぼり、万が一、足をすべらせでもしたら、

——秀子さんに、申し訳が立たぬ。

というところか。

が、金吾はもう行動を開始している。その場で靴をぬぎ、絹の靴下をぬいで足をふみだしている。正面玄関のやや右にひょろりと立てられている長梯子《ながばしご》めがけて猛進し、それにしがみつき、トトトトと一段ずつ駆け上がると、下からコンドルの声が、

「先に行ってください、辰野君。私は何かの質問のため、左官ふたりに呼びとめられました。あとで行きます」

ひどく律儀な報告だった。

達蔵は、追ってこないらしい。金吾はいちばん上に達し、右の足場を見た。

下から見たときは気づかなかったが、この高さだと、さすがに職人たちも恐いのだろう。床がある。建物の屋根と平行に丸太が二本、鉄道の線路のように奥の空へすいこま

れていて、その上に一枚、ぶあつい杉板がわたしてあるのだ。金吾は梯子から右足を出し、その板へそろりと置きさだめた。裸足だから、じかに板のあたたかみを感じる。

かたり、と杉板がカスタネットになる。その音でわれに返った。

（ここは、どこだ）

とたんに金玉がきゅうっと搾《しぼ》りあげられた。両腕の脇がひとりでに閉じる。ばかめ、いのちが惜しくないのかなどと自分を責める心のゆとりはない。

下を見ようと思ったが、そんな勇気は出なかった。上を見た。上にはもう梯子の二本の支柱はなく、そのかわり、手のとどきそうなところに雲がひとひら浮かぶだけ。鳥の姿もない。金吾は泣き声をあげそうになったが、その泣き声すら、唇がふるえて出ることがなかった。

左足は、まだ梯子の踏み桟《さん》をふんでいる。

ひざが激しく笑っている。このままだとまちがいを起こすことは確実なので、思いきって、蹴るようにして右へ出した。こちらもまた杉板の上にのせようとしたのだ。

左足が、右足の横にのった。金吾は梯子の両手をはなした。重心の移動がうまく行けば、このまま直立し得るだろう。

「それっ」

重心の移動は、うまく行った。左足が耐えられなかった。杉板をふみはずし、ずるりと虚空《こくう》へ落下した。

「わっ」

もう重心どころではない。左足がすべてを引きずりおろした。左の腰を、左肩を、そうして頭部を。

（まくわ瓜《うり》）

金吾の脳裡に、その像が浮かんだ。わが頭脳が地面で割れてぐしゃぐしゃになる。下町の女中がうっかりと二階から落としたまくわ瓜も同然に。

おそろしいというよりは、何かひどく惜しい気がする。激しく流れる風景にぼんやりと身をまかせるしかなかったが、このさい幸運だったのは、同時にもういっぽうの足も落下したことだった。

左足が左に落ち、右足が右に落ちたことの必然的な結果として、まんなかの尻がどすんと杉板にはずむ。

足場全体がみしりとゆれる。下のほうから職人のだみ声が、

「あぶねえ！」

「気をつけろ！」

などと飛んでくる。何が起きたかわからなかったが、体のほうは動いていた。杉板の上にべったりと胸をつけ、平蜘蛛《ひらぐも》のように両腕でしがみついていたのである。

ゆれが、おさまった。

きしみが消えた。いくらか心のおちつきをとりもどすと、視界には円《まる》く地面がひろがっている。その円盤の上で達蔵が、ながながしい影を曳《ひ》きつつこっちを向き、何ごとか叫んでいた。顔がまっ青である。ほんとうは遠くて顔色なんぞわからないのだが、まっ

青なのに決まっていた。

金吾としては、

「君の言うとおりにする。すぐに下りるよ」

などとはむろん答えられぬ。自尊心がゆるさない。傲然《ごうぜん》と身を起こし、ただし二本の脚で立ち上がることは無理なので、右足ぶらぶら、左足ぶらぶら、尻をつけた姿勢のまま上半身だけを建物とは反対の方向へねじった。

太陽となかば相対《あいたい》した。金吾の目は、おのずから西へ向けられることになる。

「あっ」

眼下にひろがるのは東京ではない。はっきりと、

（江戸）

金吾は恐怖をわすれ、怒りで胸がつまった。

手前から奥へ、二本の川がながれている。

どちらもほぼ直線である。右のそれが旧江戸城の内濠《うちぼり》であり、左が外濠《そとぼり》であることは帰朝直後の金吾にもすぐわかった。

石垣で護岸されているからである。もっとも、それはたいてい小さな草にびっしりと覆われているし、場所によっては石垣もない。外濠のほうの水面が途中でふくらんでいるのは赤坂の溜池《ためいけ》なのだろうが、まさに池、みどりの土手にかこまれた天然の水たまりにしか見えなかった。

ここで「お濠とは人工の水路である」などと説明しても西洋人には通じまい。そんな

ふうに思われるほど、それほど非人工的な光景だった。溜池の右にへばりついている日枝山王《えさんのう》のこんもりとした濃緑の森もまた、この印象をいっそう助長している。

しかし問題はそこではない。金吾は舌打ちした。問題は、二本の川のあいだの陸《おか》そのもの。この地に住む人々がごく大ざっぱに、

――外桜田《そとさくらだ》。

とか、

――永田町《ながたちょう》、麹町《こうじまち》。

などと呼ぶ街なみだった。

基本的には旧武家地である。ことに中央手前の一画は、かつては福岡藩黒田《くろだ》家四十七万石、広島藩浅野《あさの》家四十三万石、彦根藩井伊《いい》家三十万石など大大名の上屋敷《かみやしき》が甍《いらか》をならべていて、いわば日本一の高級住宅地だった。最盛期にはこのへんだけで四、五万人の武士が住んでいたというが、そんな話がしかし、

（ほんとうかね）

首をかしげたくなるくらい、金吾の目には空間の浪費そのものだった。そうしてそれこそが怒りの主因だったのである。

旧幕時代の連中は、どれほど呑気《のんき》だったのか。

何しろ大名の屋敷地は、それぞれ周囲を長屋でかこまれている。長屋とはつまり下級藩士の居住区だから浪費ではないけれども、その内部の庭があまりにも広すぎるのはゆるせなかった。

西洋の街の広場よりも広いではないか。庭には池があり、馬場があり、ところによっては日枝山王にひけを取らぬほどの森がありながら、それらはごく一部の人間のなぐさみもので、公共の仕事にも、民間会社の活動にも、資財か何かの置き場としてすら役に立つところがないのである。

庭の奥には、たいてい横に長すぎる御殿《ごてん》がある。しかしこれも御殿にしろ、そのまわりの付帯的な建物にしろ、もちろん和風の木造だから背が高かろうはずもない。白漆喰の塗り壁と、くすんだ色の瓦《かわら》屋根が、のきなみ、べたりと地に伏せている。金吾の目には、

（空を、なぜ使わぬ）

とならざるを得ない。先ほどの庭が水平方向の無駄ならば、こちらはつまり、垂直方向の無駄なわけだ。

こんな屋敷地が十も二十もならぶ上、それらのあいだの道もまた馬車が十台、横にならんで走ることができそうなのが多い。あんまり幅広にすぎるのである。火事のさいの類焼をふせぐ火除地《ひよけち》の役割をもあわせて負わされているからだろうが、ともあれこうして眼下の街は、というより空間は、機能の密度がきわめて希薄になったのだ。

要するに、街そのものが、

（空箱《からばこ》だ）

土ぼこりもぞんぶんに舞うわけである。これに対し、ついこのあいだまでそこで暮らしていたロンドンの街はどうか。いや、その後の視察で見たパリやフィレンツェやロー

マもおなじだが、東京とは正反対。じつに空間利用が効率的だった。

大建築はもちろんのこと、ふだん人々がそこで仕事や生活をするような一般の建物ものきなみ三階建て、四階建てで、庭などは少なく、しかも道はうんとせまい。いくらか極端にたとえるなら、街全体に、

――鉛筆を、林立させたような。

といったところか。道がせまいのは建物の材料のせいもあるだろう。あちらでは基本的にそれは木材ではなく、石や煉瓦《れんが》なので、類焼をおそれる必要がもともとないのだ。すなわち、ヨーロッパは「密」。こっちは「疎」。草ふかき田舎ならいっこう構わないけれども、東京はいけない。首都という近代国家の頭脳なのだ。

地方の手足を動かす司令部なのだ。そこには人々がぎっしりと集められ、ぎっしりと積み上げられなければならない。文字どおりの集積なのである。

そもそもの話、近代とは何か。

この問いに対しては、答はいろいろな立場から考えられる。歴史家ならルネッサンス以降の時代だと言うだろうし、政治家なら法治主義だと言うだろう。

経営者なら産業の隆盛だと言うだろう。民権家なら自由の普及だとうったえるだろう。軍人なら大砲および軍艦の製造にほかならぬと力説するだろうし、ふつうの市民なら生活の便利にとどめを刺すにちがいない。十人十色、百家争鳴《ひゃっかそうめい》。しかしながら金吾に言わせれば、それらはすべて、

（枝葉の、論）

金吾の見るところでは、近代とは、都市への人口の集積である。それがいちばんの根幹なのだ。都市に人があつまれば情報があつまり、判断があつまり、思想があつまり、利害があつまり、経験があつまり、特報があつまり……ひとことで言うなら知恵があつまる。知恵のやりとりが激しくなれば、また新しい知恵も生まれることになる。

人の集積とは、ただちに仕事の集積なのである。社会の進歩の速力なのである。政治家の言う法治主義も、経営者の言う産業の隆盛も、民権家の言う自由の普及もみなここから生まれるのだ。とすれば建築家の責務とは、ことに開化日本の建築家のそれは、

（人があつまる、東京をつくる）

言いかえるなら、東京を人間の整理箪笥《だんす》にする。

そうすれば日本はきっと発展する、というより、そうしなければ、ほろびるのだ。現実は眼下の風景のとおりなのだから。しょせんは外桜田なのだから。旧幕時代には四万とか五万とかの武士たちを、つまり知識階級をそこに住まわせていたにもかかわらず、哲学も生み出さず、科学も生み出さず、東京は――江戸は――ひっきょう或る種の洗練された特殊な風俗しか生み出さなかった。ひたすらに天下泰平の惰眠《だみん》の寝床《ねどこ》でありつづけた。

ペリーの黒船来航ごときで蜂の巣をつついたように騒ぎだす気骨《きこつ》なき江戸市民！　建物が、いや建物の不在が、日本を世界の三等国にしてしまったのだ。

そうしてその悪習は、明治維新で一掃《いっそう》されたか。とんでもない。いまは明治十六年、ということは日本の近代はこよみの上では十六歳になったわけだが、金吾の目には、眼

下の風景は六歳児にすぎない。

あいかわらずの巨大な空箱。あいかわらずの「疎」の充満。こんな悠長なことをしていたら、やっぱり、

「日本は、ほろびる」

そうつぶやいて、思わず右の拳をふりあげた。辰野金吾という人間の置かれた情況の困難さ、特殊さ、ないし滑稽《こっけい》さは、この瞬間に集約されていた。故国日本への愛はありあまるほどなのに、そうしてそれは金吾自身も抑制《よくせい》できないほどなのに、その愛の表現はほかの誰よりも激しい罵倒《ばとう》にならざるを得ないのである。ちょうど六歳児をこれから一人前にしなければならない父親のように。

「ほろびますか」

背後から、うれしそうな声がした。

ふりかえると、コンドルだった。左官ふたりとの話は終わったらしい。この師はむかしから高いところが平気だったけれども、このときも鳶職《とび》のような身のこなしで梯子から身をはなし、こちらの杉板へ尻をのせた。

かと思うと、すわったまま、こちらから見て右の足をたかだかと上げて左側へうつした。

つられて上半身も左を向く。ちょうどぶらんこに乗っているように、左右の足がならんで虚空に垂《た》れた。

その顔は、おのずから外桜田の景色に正対することになる。こっちは依然として杉板

の右に右足ぶらぶら、左に左足ぶらぶらのへっぴり腰で、しかも背中はコンドルに向けたまま。

（なさけない）

金吾は首をねじり、なかば横目でコンドルの横顔を見た。コンドルは鼻歌まじりに、

「いいながめだ」

とつぶやいてから、金吾のほうを向いて、

「だとしたら、ほろぼすのは……」

「イギリスです」

「私の祖国だ」

「そうですね」

と金吾があっさり言ったのは、この時代、誰がどう見てもイギリスが最強国だからである。世界のいたるところに植民地を持ち、

――七つの海を支配する。

ともいわれる大英帝国。その海軍力はフランス、ロシア、アメリカなどのはるか上を行き、もとより日本など比較の対象にもならない。コンドルはにっこりして、

「でもイギリスは、日本を敵とは見てませんよ」

「見るに値《あたい》しないだけです」

「それはそうだ」

「これが完成した日には、少しは見なおすかもしれませんが」

と金吾は言うと、視線をコンドルの背後にやった。そこにあるのは鹿鳴館の壁であり、屋根であり、そこから天へのびる四角いゴシックふうの煙突だった。それはまず何よりも西洋人に日本の開化をみとめさせるために建てられるので、だからこそ設計がコンドルに発注されたのである。建物そのものが外交官である。

しかしコンドルは、そちらへは目を向けなかった。かえって正面のほうへ首をのばして、

「これまでも、もうずいぶん建てられていますよ」

「西洋建築が？」

「ええ」

「西洋ふうの建築、ですね」

「ええ。あそこ」

そう言うと、コンドルは腕をさしかざした。

指さした先は、内濠と外濠のあいだ。例の大名の屋敷地だった。ところどころが石塀でかこまれ、なかに西洋建築がましましている。外務省とか、陸軍参謀本部とかの庁舎だろう。

例の溜池のすぐ手前、外濠のすぐ内側にあるのは、金吾の母校、工部大学校である。どれもこれも一見すると二階建て、三階建てで、建物の四隅もL字状にコーナーストーンで固められているが、じつは西洋どころではない。ほんとうは日本の大工が木と漆喰で見よう見まねでこしらえたものだから、西洋ふう、もっと言うなら西洋もどき。

「実質は、大名御殿と変わりませんよ」

金吾がつめたく言いはなつと、コンドルは、教室で生徒をたしなめる口調で、

「大名御殿よりはましでしょう。とにかく空間を効率的に利用している」

「なかみは木です、土壁《つちかべ》です。いずれ火事で焼けるでしょう」

「焼けなかったら？」

「地震で、こう」

金吾は手のひらを伏せ、ひょいと下へおろした。ぺしゃんこという意味だった。コンドルはなお上きげんで、

「そうしたら、辰野君、あなたがほんものを建てなおせばいい。あの新橋停車場のような、ほんものの石づくりのをね」

「ああ、新橋……たしかに」

と言いかけて、さっきの疑問が氷解して、

「あれもだめです。先生」

「なぜ？」

「私はここへ来るとき、あそこで麻生政包君とわかれて馬車に乗りました。背後でひゅうひゅう音がしました。風切りの音じゃないし、何だろうと思っていたのですが、いま思えば、壁に風がぶつかる音だったのです」

「そういえば、麻生君は？」

と、コンドルはそっちが気になるらしい。金吾はうなずき、

「新橋までは来てくれたのです。しかし自分はもう鉱山屋《やまや》だし、建築には関係ない身だからと」

「遠慮ぶかさは、ときに日本人の悪徳です」

コンドルは、ながい眉を八の字にした。金吾は口早に、

「そんなことより新橋の駅舎です。ふつうならそんなことで音が出るなどあり得ませんが、つまり、石材がどこか剝がれるか、ひびが入るかしていたのでしょう。そこを風が擦過《さっか》した。たしか伊豆産の良石と聞いた気がしますが、いずれにしろ外国人の目にとまるからと威信をかけた日本代表の駅舎ですらその程度ということです。あれは西洋もどきではない、いちおうほんものの西洋普請《ふしん》なのに」

「麻生君も、来ればよかった」

「ほんとうを言えば、いちばん面目をあらためるべきは外神田でも新橋でもない。ここから見えない東京の東部でしょう。ことに隅田川ぞいの下谷《したや》、本所、深川といったあたりなど、地盤もわるく、小さな家屋がごちゃごちゃしている。整理すべきだ。あすにも地震が来てほしいですな」

ちなみに言う、このとき金吾が言及した地域は四十年後、大正十二年（一九二三）の関東大震災で灰燼《かいじん》に帰した。金吾はこの世にいなかったが、整理には、ほんとうに地震を待たねばならなかったのである。コンドルは、

「あなたは帰朝したばかりだから、日本の悪い面しか見えないのです。私よりもイギリス人だ」

と冗談にしようとしたけれども、金吾はなお仏頂面で、

「内濠外濠も埋め立てよう」

「お濠を埋める！」

「それくらい荒療治をしなければ、わが国は列強に……」

「やっぱり」

つぶやいたときには、コンドルは顔をまっ赤にしている。腹にすえかねたのだろう。

「何が、やっぱりです」

「さっきから危うく思っていたのですが、辰野君、あなたの頭には効率しかない。およそ美的方面の発想がない。ロンドンでは、バージェス先生に習ったのでしょう？」

バージェス先生とは、ウィリアム・バージェス。当代イギリスを代表する建築家であり、なおかつ若きコンドルを指導した師でもある。

コンドルはだから、金吾の兄弟子《あにでし》でもあるわけだ。金吾はロンドンの事務所でこのバージェスという人にはじめて会ったとき、彼はもう五十四歳だったけれども、

（コンドル先生と、親子か）

一瞬、本気で信じた。実際のところは何の血縁もないのだが、それほど目鼻立ちが相通じていた。コンドル先生が年をとり、頬にも首にも肉がついたらきっとこうなるという感じ。その大《おお》先生の代表作は、ウェールズの主都にあるカーディフ城だった。濠にかかる橋、八角塔、入念なつくりのステンドグラス……何も知らない人が見れば、六、七百年前の中世の城がそっくりそのまま、きわめて良好な状態でのこっていると思

うであろう古式に忠実な新作である。このことからもわかるとおり、バージェスは、効率のみの仕事がことのほか嫌いだった。整理簞笥などという発想はその頭脳のどこをたたいても出てこなかったろう。

「そのとおりです」

金吾はうなずいて、つかのま目を伏せ、

「たいへんお世話になりました。建築とはすなわち美術でなければならぬ、とのお考えもくりかえし説き聞かせられました。残念ながら、私の滞在中に病死されましたが」

「辰野君、あなたは先生からほんの一部しか学んでいない」

「もとより承知の上です。美的要素の大切さもじゅうじゅう理解しているつもりです。が、わが国はいま、その域に達していない」

「あなたの視野は、どうやら留学前よりせまくなったようだ」

「感謝すべき評価です。集中すべきものに集中しているという意味なら」

「お濠は、埋めるべきではない。人間の目にも憩《いこ》いがなければならない」

「ならば東京湾を埋め立てるまで」

「あなたは非常なつむじまがりだ」

後世からみれば、面妖きわまる会話である。この地球の支配者であるイギリス人が日本の風景をまもれと言い、なかば被支配者というべき日本人がみずから破壊せよと言う。

しかもこの場合の「まもれ」とは、一時滞在者の感想ではない。のちに政府に御雇《おやとい》を解かれてもなお日本にとどまり、日本人の妻をめとり、落語を聞き、日本画を描き、日本で六十九歳で病死することになる人間の主張である。表面的には。

表面的には、金吾はたしかにつむじまがりだった。

「よく言われます。曾禰君にも」

と口に出して、金吾はようやく友の存在を思い出した。

右足ごしに下を見た。ふわふわと黄色い蝶が沈んでいる。風がふいて裏返る。はるかなる地の底はもう西日もさしていなくて、なかば闇の湖《うみ》だった。ロンドンならまだまだ明るいにちがいないが、このあたり、いかにも日本の色彩または無色彩だった。

その闇のなかで、達蔵の白い顔がこちらを見あげている。

眉間にしわを寄せ、しきりと革靴の底を地にすりつけているらしい。あるいは達蔵のところからは、金吾がいまにも立ちあがって取っ組みあいをはじめるように見えるのか。

コンドルがくすりとして、

「下りましょうか」

怒りは去ったらしい。ほんとうの知性の人というのは激論と激情がべつなのである。

金吾は咳払いして、

「そうですね……あの」

「何です」

「私はその、何も……」

「何も?」

「先生に、反抗する気はないのです」

「もちろん」

コンドルは肩をすくめ、とんとんと梯子をおりはじめた。あっぱれなくらい平生どおり、留学前どおりの行動だった。金吾はうしろへ少しずつ尻をずらし、上体をねじって梯子にしがみつき、一段一段ねんごろに足をおろしていった。

地上が近づき、いくらか心にゆとりができると、

（先生を、亡《な》き者にする）

そんなことばが、ふと脳裡《のうり》にまたたいた。

実際、それは金吾にとって、あすから至急の仕事だった。亡き者というのは大げさだけれども、日本人は、一刻もはやく外国人におんぶにだっこの現状を脱しなければならない。

ことにイギリス人は排さねばならない。自分の国は自分で建てる。そうでなければ真の独立国民とは呼べないのである。逆に言うなら、国家はそれを嘱《しょく》したからこそ金吾をわざわざ全額官費で留学させたわけだ。

そうしてコンドルは、金吾のこんな目的をもちろん知っている。いまはいい。しばらくは仲むつまじい師弟のままでいられるだろう。しかし何かひとつ、

（大きな計画が、あらわれたら）

師弟愛はどうなるのか。祖国愛とどうにか両立させることができないか。金吾は、体のはこびが雑になった。

踏み栈からずるりと両足が落ち、尻もちをついた。地面はまだ少しあたたかかった。

翌日から、金吾は役人になった。

所属先は、工部省営繕局。これは留学前からの決定事項であり、金吾の意志は関係なかった。工部省としても多額の経費でもって留学させたのだから、成果をおのれに返させるのは当然といったところだろう。翌年には、金吾は、権少技長に任ぜられた。

省に所属する建築技術者すべてを統括《とうかつ》する立場になったわけだ。みずから設計のペンを取るというよりは、むしろ東京中をかけまわりつつ普請の現場を視察したり、完成後の建物を精査したりといったような監督業務が中心である。楽しいとは決して思えなかったが、しかしそれでも、お役所にこもって書類を作成するよりはましだった。俸給はなかなか高額だった。

さらに、工部大学校の教授にもなった。

金吾の母校であり、かつ現今日本最高の工学教育機関。その名のとおり工部省管轄である。土木、機械、造家（建築）、電信、化学、冶金《やきん》、鉱山、造船の八学科を持つが、金吾はこのうち造家学の教員の最高位に就いたわけだ。

かわりに、コンドルが退職した。

あの「先生を亡き者にする」という金吾の目標が、もしくは日本国政府の目標が、はやくもひとつ果たされたことになる。金吾がコンドルの部屋へ挨拶に行くと、コンドルはもう部屋をきれいに片づけていて、

「おめでとう」

こちらへ、手をさしだした。金吾はその手をにぎり、

「申し訳ありません」

と言おうとした。

唇が、わなりと動いた。しかし結局、

「ありがとうございます」

と点頭《てんとう》するにとどめたのは、謝罪などしたら自分はともかく、国家の不誠実を、

（みとめてしまう）

その危惧《きぐ》からだった。それでは国家がかわいそうだった。金吾の脳裡では、日本の国は六歳児である。その六歳児に、いくら何でも、

――世話になった大人を、見すてるのか。もっと義理ずくで生きろ。

というのは無理押しだし、だいいち子供にはお金がない。コンドルと再契約をむすぶより、金吾をその座につけるほうが俸給ははるかに安くすむのだ。

ぎい、と背後のドアがひらいた。と同時に、

「おめでとう」

ふりかえると、曾禰達蔵だった。金吾はコンドルの手をはなし、達蔵へも、

「ありがとう」

やはり申し訳なさを感じざるを得ない。こちらは三年前から助教授だった。コンドルを補佐し、生徒につくし、学校運営にもすすんで協力し、そして来年度も助教授なので

ある。とつぜん横から入ってきた金吾がさっさと頭上の椅子にすわりこみ、いわば命令権者になるというのは、

（くやしくないのか）

達蔵は、むしろ顔がはればれとしている。

もちろん男子一生の痛恨事《つうこんじ》とは思っているのだろうし、それ以上に、

——辰野ごとき、下種《げす》の者が。

というような感情の暗い沼がきっと胸によどんでいるにちがいない。それが人間あたりまえなのだ。

しかし外から見るかぎりでは、その目はまるで欲を前世に置いてきたような無垢《むく》のきらきらで満たされている。金吾には、その真意はわからない。

どちらにしろ、これもまた留学前の決定事項である。すべては首席卒業、海外留学という明快な経歴のなせるわざだった。役人の世界では、すべてが試験の順位できまる。

その上あの権少技長も兼ねているから、省内における金吾の存在感は日ごとに高まった。或る日、本省庁舎の二階の廊下を歩いていると、むこうから燈台《とうだい》局長が来る。距離がちぢまるや、

「失礼」

局長のほうが脇へ退《の》いた。位階がはるか上なのにである。金吾はそれほど胸をはり、靴音たかく、そうして飛ぶような速さで歩いていた。

ところが教授就任の十二か月後、予想外のことが起きた。

「廃省？」

金吾は、杯を口にはこぶ手をとめた。となりの席で二度うなずき、

「ああ、そうだ」

と言ったのは、金吾や達蔵とおなじ工部大学校造家学科の第一期卒業生、片山東熊《かたやまとうくま》だった。

とうくまというのは奇妙な名だが、本名である。あるいは「徳馬」あたりの転かとも思われるが、よくわからない。もともとは長州藩の下級武士の家の出《で》で、幕末の動乱のさいには一代の風雲児・高杉晋作《たかすぎしんさく》の創始した奇《き》兵隊《へいたい》にみずから志願して入り、会津総攻撃に参加した。

ところが会津というのは遠い上、そこへ行くまでに山が多い。夏のことで雨がつづいたせいもあり、東熊はすっかり疲労した。いざ戦闘がはじまったときには石をまくらにして、銃を抱き、みだれ飛ぶ銃弾の下ですやすや眠っていたという。

――その胆力、おどろくべし。

と言う者もあり、あるいは、

――戦場で寝るとは、けしからぬ。

と非難する者もあったけれども、東熊自身はそっけない。のちのち平然と、

「ああ、あれですか。何しろ十六でしたからな。いくらでも寝られる年です」

そういう傍若無人な男が、しかしこの夜は遠慮がちに、

「ああ、そうだ。工部省は廃省になる。二か月後だ。ことしのうちに消えちまうんだ」

と言ったのである。金吾は杯を置き、その手でぐいと東熊の背広の胸ぐらをつかんで、

「貴様、何をばかなことを」

「おちつけ、辰野君」

と、東熊も、金吾の手首をつかんで引き離そうとする。金吾はいよいよ東熊のシャツをにぎりしめて引き寄せ、

「ばかな。ばかな」

「俺がつぶすわけじゃない」

「貴様は外務省ではないか、東熊。なぜ部外者がそんな大事を……」

「おい辰野君」

「もうよせ。その手をはなせ」

この日の会食は、四人だった。

ほかのふたりは曾禰達蔵、佐立《さたて》七次郎《しちじろう》で、つまり同窓の第一期生が全員そろったことになる。

言いかえるなら、日本ではじめての工学士たち。これまでもたびたび誰かの家につどい、酒を酌み交わしつつ現在の仕事のあれこれや資財の価格、大工の教育、政府の動向などについて語りあっていた。

もちろん四人とも建築の仕事をしているのである。ただし片山東熊ひとりは工部省ではなく、外務省奏任御用掛《そうにんごようがかり》という肩書を持ち、いまは清《しん》国・北京に住んでいる。北京における日本公使館の設計、監理をしているからだ。完成すれば煉瓦づくり、平屋建て、イタリア・ルネッサンスふうの威風堂々たる建物になるらしいが、たまたま少し前から一時帰国していたため、この夜は、金吾の家に来たのである。金吾はいまだ手ごろな新居が見つからず、省の宿舎に住んでいた。

ともあれ四人のうちのふたり、達蔵、七次郎が割って入ったので、金吾はようやく東熊の胸から手をはなして、

「失礼した」

東熊は、顔をまっ赤にしつつも、

「いつものことだ。気にせんよ」

ゆっくりとした手つきでシャツを引き、しわをのばした。金吾はなお荒らかな口調で、

「しかし東熊。いや片山君」

「何だね」

「その話は、どこから」

金吾は、話を蒸し返した。東熊は膳に向かい、杯へ酒をちょろちょろ注《そそ》ぎつつ、

「わすれたか？　俺は、もと奇兵隊だぞ」

「あ」

金吾は、目をしばたたいた。

それが情報の出どころなら、鉄壁の信頼。廃省の話はまごうかたなき真《まこと》である。金吾は肩を落とし、ふかぶかとため息をついた。

（そういうことか）

奇兵隊は、高杉晋作が創始した。

高杉晋作がひきいて長州藩内の統一戦を制した。けれども高杉は労咳《ろうがい》をやみ、維新の世を見ぬまま二十九歳で世を去ってしまう。かわりに隊を指揮したのは、軍事面での高杉の一番弟子というべき下級藩士・山県有朋《やまがたありとも》だった。

山県は、維新を完成させた。会津攻略をふくむいわゆる戊辰《ぼしん》戦争で旧幕軍をたたきのめし、新時代の陸軍づくりにのりだした。兵部大輔《ひょうぶたいふ》、陸軍卿（初代）、近衛《このえ》都督《ととく》兼参謀本部長と累進《るいしん》してゆるぎなく実権をにぎり、さらに近ごろは内務卿に就任して民政家としても頭角をあらわしている。

いうなれば、軍民双方にわたる日本の最高指導者のひとり。その山県有朋と、かねて東熊はまじわりを厚くしているのだった。おなじ長州出身である上に、この場合はやはり会津の戦場で、

――おなじ小荷駄《こにだ》を食った。

という心のゆかりが大きいのだろう。小荷駄とは兵糧《ひょうろう》である。現在、諸省庁には長州出身の役人が多いが、なかでも奇兵隊出身のそれは独特の連帯意識があるようだった。

おそらく山県は、

――工部省は、あれは片山のふるさとだから。

というような好意の故《ゆえ》にこっそりと話をもらしたのにちがいないが、ひるがえして考えれば、東熊のこういう早耳は、肥前唐津藩という旧佐幕組、つまり維新の負け組の出身である金吾や達蔵には逆立ちしても得られぬものだった。これを金吾たちの側から見れば、自分の属する組織の生死を知らないというのも、或る意味、当然受けるべき罰なのである。

東熊はむっつりと箸をとり、牛肉のしょうゆ煮をつまんで口に入れると、

「すでに陛下のご内意も得ていると。閣下はそう言っておられた」

「閣下とは、山県……」

「閣下だ」

「そうか」

金吾は、やや頭がぼんやりしている。

廃省がいまだ実感できなかった。二十歳ではじめて上京して工部大学校の入学試験を受け――当時の名前は工学寮だったが――不合格となり、再試験でようやく合格してからというもの、授業も、全寮制の生活も、留学も、帰国後の仕事も……もう十二年もの年月をすべて工部省のまかないで生きてきた。

じつに人生の四割ちかく。胃ぶくろの底の底まで工部省。そういう存在をうしなうというのは、つまりこの人生は、

（終わった）

ちらりと膳のむこうへ目を走らせると、達蔵と七次郎は自分の席へもどっていて、う

つむいて杯をもてあそんでいた。彼らも工部省の所属なのだ。階下から、

やーん

やーん

と声がひびいてくる。

声はだんだん大きくなる。このごろ満一歳になったばかりの金吾の長女、須磨子《すまこ》が泣いているのだ。

腹がへったのだろう。金吾はやにわに立ちあがり、

「失礼する」

「どこへ？」

「階下へだ。これでは君たちと話ができん。秀子はいったい何をしておる。静かにさせろと一喝してくる」

膳と膳のあいだを抜け、どすどすと階段をおりた。逃げたかったのかもしれない。

†

一階の廊下を東へ行けば、つきあたりが秀子の部屋である。

立ったまま、襖《ふすま》をあけた。六畳の和室のまんなかには大人ひとりぶんの夜具が敷かれていて、その上で秀子がひとり、正座しつつ須磨子を横抱きに抱いている。

女中はいない。まわりに桐箪笥などの家具がなく、ただ壁ぎわに行李《こうり》がふたつ置かれているだけなのは、秀子自身、かねがね、

——私は、それで嫁《とつ》いだのですから。

と言っているせいだった。下級武士の家の生まれをわすれず、綾羅錦繍《りょうらきんしゅう》への関心をみずから禁じているらしい。

「おい」

金吾が声をかけたときには、秀子の手は、おのが襟《えり》をくつろげている。

片方の胸をあらわしている。ぷっくりと乳暈《にゅううん》のふくらんだ乳首は赤んぼうの目にも見つけやすいのだろう、須磨子はあやまたず首をもちあげて唇ではさみ、よだれの光をにじませつつ、ごくごくとのどを鳴らしはじめた。

大人が水を飲むのと変わらない。このぶんだと将来は、

（さだめし、食費が）

そんな恐怖は、しかし小さな出来事のために一掃された。秀子のややつぶれた丸髷《まるまげ》の鬢《びん》から、黒髪がひとすじ、須磨子の目の上に落ちたのだ。

須磨子は、目をひらいたままだった。もっとも目のなかに入ったわけではなく、まぶたの横にぺたりと汗で貼りついただけだが、それでも秀子はまるで毒虫でもついたかのように急いで髪をつまみ、ふっという息音《いきおと》とともに吹きとばしてしまった。

たしなみを欠くともいえる。それほど母の愛がふかいともいえる。金吾はつい相好《そうごう》をくずしたが、秀子と目が合うと、

「あー……その、何だ」

顔をそらし、指でぽりぽりと頬をかきながら、

「客が来ている」

「ええ、曾禰様も……」

「曾禰君だ。とにかく、静かにさせなさい」

須磨子はとっくに泣きやんでいる。われながら間のぬけた話だった。秀子がくすりとして、

「申し訳ありません」

可能なかぎり頭をさげたとき、

「あ」

金吾は、思わず声をあげた。

視界のすべてが水で洗ったように明晰《めいせき》になった。かんたんな話ではないか。これなら妻子を食わせられる。

ゆくゆく二人目、三人目が生まれても安心して暮らしていける。秀子が須磨子の唇をはなし、くるりと抱きなおしてもう片方の乳房へいざないつつ、

「どうしました」

「工部省が廃省になる。失業する。秘策がある」

凶報と吉報を同時にぶつけられて目を白黒させる秀子をしりめに、金吾はばたりと襖をしめ、どたどたと廊下をもどりはじめた。また前のめりに転ばねばいいが、と秀子が思ったのは、夫のいまの歩行に対してか、それとも夫の職歴そのものに対してか。

†

二階へ上がり、ふたたび客たちの部屋に入る。東熊がふくみ笑いしながら、

「さぞかし大喝一声《だいかついっせい》したのであろうな、妻君を」

金吾はもう、こんな揶揄《やゆ》に応じるどころではない。立ったまま身ぶりも大きく、

「廃省、恐るるに足らず」

「ほう?」

「コンドル先生だ。われわれが学生のころ先生はこう諭《さと》してくれただろう、『未来がわからないときは、過去を見なおしなさい』。もっともあれは様式の勉強をしろという建築家としての技術的忠告だったが、いま思うに、ひろく人生一般の態度としても正しい。まことに至言だよ。そもそも工部省とは何だったのか、まずは振り返ってみようではないか」

ほかの三人が顔をあげ、みょうに期待をこめた視線を金吾にあつめる。金吾は夢中でまくしたてた。

そもそも工部省とは、十五年前、つまり明治三年（一八七〇）に設置された。設置時の合言葉が、
百工勧奨
工学開明
であることからもわかるとおり、洋式産業の振興と育成、いわゆる殖産興業政策をに

なう行政機関だった。

明治三年というのは、たいへんに早い。その時点ではいまだ文部省も、陸軍省も、どころか近代国家の背骨というべき法律をつかさどる司法省さえも存在しなかったのである。それほど高い必要性をみとめられたと言うこともできるけれども、実際はまあ、

「線路を引く省、だったな」

金吾は、そんな言いかたをした。この年はまた、新橋・横浜間の鉄道敷設《ふせつ》が着工した年なのだ。

しかし政府は、それ以前から財政難だった。何しろまだ秩禄処分《ちつろくしょぶん》もおこなわれていないころで、殿様よろしく全国の士族へ家禄《かろく》を支払っていたのだから鉄道などという贅沢《ぜいたく》品を完成させるなど夢のまた夢。そこでイギリスから借りることになるが、こういうとき、イギリス人というのは人の足もとを見るのがほんとうにうまい。

さすがはアジア植民地支配三百年の経験ゆたかな国民、としか言いようがなかった。日本政府の申し出を受けると、老獪《ろうかい》にも、

――金を貸すのはよろしいが、貴国はいまだ近代国家とは呼べず、不安がある。しかるべき官庁を新設したらどうだろう。そのさい新官庁は鉄道のみならず、道路改修、港湾開削、灯台設置、鉱山経営、工場建設などの周辺分野もまとめて管轄したらどうか。

親切な助言と見せかけて、要するに近代産業のあらゆる分野へイギリス資本を導入しろというわけだった。金を借りる以上、その国の技術や資財や規格までをも入れろと言われれば、

とは言えない弱小国の立場をもちろん見こした提案だった。ほとんど恫喝ともいえる。

——いやです。

こんな話を呑んだりしたら、日本中がイギリス利権まみれになる。

日本政府は、これを呑んだ。

呑まざるを得なかった。こうして工部省はつくられたのである。のちにこの省内に設置された工部大学校がフランス人でもなく、アメリカ人でもなく、イギリス人建築家ジョサイア・コンドルをまねいたのは偶然ではない。自然かつ首尾一貫した結果だった。イギリスの金がイギリス人に支払われ、イギリス資財の輸入に使われ、日本には借金だけが残るのである。

「少なくとも、私はそう理解している」

金吾はそこで口をつぐんだ。これは危険な論旨《ろんし》だった。うっかりすると全員にとっての恩師の批判ととられかねない。

が、ほかの三人は、

——そんなものだ。

とでも思っているのか、べつだん割って入るようすを見せない。金吾はふたたび口をひらいて、

「そんなわけだから」

話をつづけた。

そんなわけだから鉄道がぶじ開通し、ほかの分野でも事業のはじまりが一段落すると、

工部省には仕事がない。もちろん鉄道以外にも鉱山や造船所、ガラス工場などの経営はしたけれども、それも近ごろは三井、三菱、住友、安田、古河《ふるかわ》などの民間資本が発展したので、何が何でも官営でなければという世の中ではなくなっている。

むしろ民間のほうが赤字を出さずにやれるため、すすんで払い下げてしまったから、ますます工部省はひまになった。実際、金吾の実感としても、省舎の廊下ですれちがう役人の数は、留学前よりもずいぶん減ったような気がする。

つまり工部省という組織は、設置以来十五年。所期の目的を果たしたのであり、死ぬのは或る意味、

「ハッピー・エンディングかな」

そこまで言って、金吾はようやく自分の席について、

「おお。きょうの献立は、さくら蒟蒻《こんにゃく》に、いわしの糝薯《しんじょ》か」

ようやく膳の上のものに興味が出た。さくら蒟蒻は、ふるさと唐津の食べものである。貧乏くさいと思いつつも金吾はかねて好物なので、箸をとり、口へ入れるや、

(うまい)

そう思う程度には心がおちついたらしい。このたびの廃省の話はつまるところ先進国からの親ばなれ。あのコンドル先生を「亡き者にする」目標へまた少し前進したことを意味するのだ。

金吾は箸を置き、顔をあげた。

四人のなかでは性格がいちばんすなおな七次郎が、がまんできないという顔で、

「それで、どうした。そこから未来の何がわかる」

「もはや明白じゃないか、佐立君。つまり工部省の所有物は、鉱山も、造船所も、ガラス工場も、みんな民間のものになった」

「もう聞いた」

「ならば、われらも」

「え？」

「われらも、民《みん》になればいいのだ。三井や住友にやとわれるのも一手だが、それよりも辰野金吾なら辰野事務所、曾禰達蔵なら曾禰事務所。われら自身が会社になる」

三人は、反応がわかれた。当惑顔をしながらも、

「おもしろい」

と賛意を示したのは曾禰達蔵、佐立七次郎。これに対して片山東熊は、

「むりだよ」

一蹴した。いつのまにか自分で飯櫃《めしびつ》からめしをつぎ、茶をぶっかけて掻《か》きこんでいる。

掻きこみつつ、ぶっきらぼうに、

「なるほど注文が来れば、設計料はまるごと事務所のものになる。妻子も食わせてやれるだろう。だが辰野君、君はさだめしロンドンで世話になったというバージェス先生の事務所のことが念頭にあるのだろうが、残念ながら東京はロンドンではない。そこまで仕事の数が多くないのだ。国家にも属さぬ、会社にも属さぬ個人事務所にまわって来るのは、個人の家の話くらいじゃないか。すずめの落ち穂のようなものさ」

「言いすぎだろう」

と応じたのは、七次郎だった。七次郎は徳川家康の孫・松平頼重《よりしげ》を祖とする讃岐《さぬき》高松藩の出身である。親藩中の親藩であり、したがって維新においては負け組中の負け組といえるだけに、この片山東熊という長州者が、ひょっとしたら実際以上に夜郎自大《やろうじだい》に見えるのかもしれなかった。

東熊は、心のゆとりがある。なおも箸を動かしながら、

「言いすぎも何も、そのとおりだろう」

「何を、この……」

「まあまあ」

と、金吾はふたりのあいだへ腕を入れるまねをして、この夜いちばんの穏やかな口ぶりで、

「佐立君、片山君の言うとおりだ。六歳児はそんなものだ。だいいち私は、いまだ事務所のつくりかたも知らん」

その顔は、なお明るい。まるで行楽にでも出るみたいに、

「ひとまず、浪々《ろうろう》の身さ」

第二章　江戸、終わる

金吾は、はじめて達蔵に会った日のことをはっきりとおぼえている。

「記憶にないな」

と達蔵は言うのだが、どうだろう。それはまだ日本が徳川幕府のものだったころ、場所は、唐津のお城だった。

唐津城は、もともと満頭山《まんとうざん》という急な山をひらいて造られたため、本丸と二の丸のあいだに高さの差がある。本丸から二の丸へおりるには西向きの急な石段のほか、東側をぐるりとまわる腰曲輪《こしぐるわ》と呼ばれる坂道があり、往来の用に資するところが大きかった。

金吾はその日、その坂道のはしっこで、ほかの大人たちとともに一刻（二時間）も蹲踞《そんきょ》の礼をとりつづけたのである。蹲踞というのは中腰くらいに両ひざを折り、こうべを垂れる姿勢だった。

何しろ九歳の子供だった。二時間どころか五分でも耐えがたいのだが、ちょっと身じろぎしただけで、右どなりの兄や父に、

「こらっ」

こわい顔で叱られる。うっかり、

「殿様は、まだ来んか」

などと聞こうものなら、こんどは左のほうの名も知らぬ、しかし自分たちと同程度の身分らしい中年の武士が、きれいに剃《そ》った月代《さかやき》をかがやかせて、

「藩主《とのさま》ではない。そのお世取《よと》りにあたられる小笠原図書頭長行《おがさわらずしょのかみながみち》様じゃ。このたびお世取りの身でありながら幕府の御奏者番《ごそうじゃばん》に任じられ、大樹《たいじゅ》様（将軍）のお側ちかくでお世話することとなった故、江戸へお出張りになる。その晴れ晴れしい行列をわれらはお見送り申し上げるのじゃから、おぬし、粗相は禁物じゃぞい」

などと噛《か》んでふくめるように説明するのだった。子供への配慮のつもりなのだろう。

金吾はつい、

「粗相したら？」

「これじゃ」

手刀《しゅとう》でトンと首のうしろを叩いてみせたので、金吾はあわてて、

「わかりました」

と返事して、ふたたび窮屈《きゅうくつ》な姿勢をたもちつつ、お役目うんぬんよりもむしろ、

（江戸）

その地名に、こだわった。

或る意味、冥土《めいど》と同義だったかもしれない。それほど暗い地名だった。なぜなら父の

名は、姫松倉右衛門《ひめまつくらえもん》。金吾はその次男であり、いずれは江戸定府《じょうふ》の親類の藩士・辰野宗安《むねやす》のもとへ養子に行くことが父親どうしの約束であらかじめ決まっていたからである。

こういう話は、本人の意志は関係ない。母のおまつは、おさないころから金吾に、

「むかしから『小糠《こぬか》三合あらば養子に行くな』という、その養子にお前は行く。ましてや江戸のおじさんは、なかなかやかましい人だから、お前は辛抱できないだろう。いまのうち苦労しなければ」

と言い言いして、あらゆる肉体労働をさせた。家のそうじ、障子張り、米つき餅つきはむろんのこと、近くの井戸へ一日何度も水くみに行かせた。

ほかにも畑の草とりや肥やり、生垣の手入れ、蚕《かいこ》に食わせる桑の枝切り……まがりなりにも姫松家は正式な藩士の家なのだけれども、身分は低いし、だいいち住んでいるところからしてお濠の外の裏坊主町《うらぼうずまち》、なかば農村だったのである。金吾はこれだけの労働をしながらもなお、いや、すればするほど、

（江戸に行ったら、これ以上のつらい思いをする。死ぬまで）

その思いが強固になった。

金吾の家の建物も、そういう土地柄にふさわしかった。ことに屋根はほとんどが農家そのものの藁葺《わらぶ》きなのに、ほんの一部、人をむかえる玄関の上のみ、威厳をかろうじて残した瓦葺《かわらぶ》き。

つぎはぎ細工そのものだろう。とどのつまり姫松家の人はその藁と瓦の割合において農民と武士を兼ねていたわけだった。もっとも金吾は、その藁と瓦にすら幼いころから

興味をいだくことはなかった。金吾にとって建物とは、ただ雨露しのいで寝るだけの最小限の防壁にすぎなかった。

ともあれ金吾は、そういう下級の武家にそだった。いっそ純粋な農家に生まれるほうが、暮らしむきも、心のありようも楽だったかもしれない。九歳になり、世子の行列を待つために腰曲輪の坂道へ、つまり二の丸より上の場所へ上がったのも、考えてみたら武士なのに人生最初の経験だった。粗相をしたら、

（お手討ち）

と、となりの大人のいましめを思い出して戦慄《せんりつ》したとき、その当の大人が、

「来たぞい」

つぶやいたようだった。

（来たか）

まわりの空気が、にわかに密度を上げた気がした。横目で兄と父をぬすみ見ると、ふたりの蹲踞はみごとだった。

自分の脛《すね》へ目を向けたまま、真剣な、というより恐怖そのものの顔をしている。金吾もおなじようにした。

それからまた長い時間がすぎた。背後には白漆喰の塀があり、その向こうは玄界灘《げんかいなだ》のひろやかな空。この日はなぜか風の音がせず、海鳥までが鳴き声を遠慮しているようだった。

ようやく右のほうから、

　さり
　さり
　砂をふむ音がしはじめると、空気の密度はさらに上がった。

　音はゆっくりと、けれども確かに大きくなる。金吾の視界の上のはしっこで、黒い影が、そのきれはしが、褪紅色《あらぞめ》の砂の地をちらちらと蚕食《さんしょく》しつつ右から左へながれだした。

　行列が、通過しているのだ。金吾はその姿をじかに見ることはしないけれども、父に聞いた記憶がたしかなら、先陣は、二本槍がつとめている。つづいて小笠原家の三階菱《さんがいびし》の紋の入った挟箱《はさみばこ》、具足櫃《ぐそくびつ》。裃《かみしも》をつけた近習《きんじゅ》の侍。

　それから行列の主人公があらわれるのではなかったか。金吾の胸は、はげしく動悸《どうき》しはじめた。目の前を、いま誰が横ぎっているのだろうか。

　さり、さり、さり。無音に近い砂音がつづく。いつしか猫の鳴き声のような音もまた小さな針のように耳朶《じだ》を刺激しだした。子供の耳は、ことに高音には敏感である。

（乗物）

　ただちに感づいた。黒うるし塗りの、引き戸のついた駕籠《かご》のようなもの。木製なのできしみが立つ、そのきしみが猫の声そっくりなのだ。

　とすれば、そのなかに鎮座しているのは行列の主人公。

　藩主の世子・小笠原長行。ほかには考えられないだろう。金吾はがまんできなかった。

　気がつけば、蹲踞をやめている。

　胸をそらし、ほぼ気をつけの姿勢でまともに行列へ目をこらしている。

やはり想像のとおりだった。ほとんど手がとどきそうな距離のところを、黒うるし塗り、茶室の躙口《にじりぐち》のような小さな引き戸のついた乗物がまるで巻物の絵のように横すべりして行く。引き戸はぴったりと閉まっているので、乗りぬしの姿はわからないが、

「お世取り様」

金吾の口は、おのずから動いた。われながら戦争でも始まるかのごとき声で、

「お世取り様、行くな！」

気がつけば、おのれの声が雲にひびいていた。

金吾は、いまはもう三十をすぎた。おのれの身の上も変わったし、日本そのものも変わってしまったが、このときの気持ちはわかる気がする。

他人事とは思われなかったのにちがいないのだ。いくら藩主の世子であろうと、いくら百人からの家来をひきつれて行こうと、目的地があの江戸であるかぎり、浮かぶ瀬がないことは必定《ひつじょう》である。将軍のお側ちかくのお世話というのも、考えてみれば、幕府の養子になるようなものではないか。

金吾はこのとき、子供なりに、藩のために決死の献言をしたつもりだったのである。それこそが家臣のつとめであろうに、左右の大人は、

「これ」

蹲踞の礼をくずさぬまま、いっせいに腕をのばしてきた。金吾の頭の上に手を置いて、溺死《できし》でもさせるかのように下へ下へ押しこもうとする。

大人というより、世間そのものの狼狽《ろうばい》だった。金吾は抵抗し、かえって背すじをのば

してしまう。乗物のうしろを歯車《からくり》人形のように歩いていた近習の侍の一団が、

——何のさわぎだ。

と言わんばかりに顔をこちらへ向けたのは、当然のことだった。

そのうちのひとりに、金吾のまなざしは吸い寄せられた。

裃をつけ、大小をさし、折り目のついた袴《はかま》にさっぱりと足を通しているのはほかの侍とおなじだったが、ちがうのは、月代を剃っていないことだった。

一種の総髪《そうはつ》である。前髪も鬢《びん》もみな頭頂部でまとめ、ただし髷《まげ》はゆわず鶺鴒《せきれい》の尾のごとく後方へななめに立てるかたち。元服前の男子によくあるもので、したがって金吾もおなじ頭をしていたから、

（おなじ、年ごろ）

そいつは目が合うや否や、足をななめ前に出し、歩みを速めた。

乗物の横へ出て、金吾から主君をまもろうとしたのにちがいない。と同時に、刀の柄《つか》袋《ぶくろ》に手をかけて、金吾へ、

「ひかえよ、不心得者」

この近習の少年こそ、曾禰鈔三郎《しょうざぶろう》、のちの達蔵なのである。顔のつくり、話しぶりの物堅さ、身ごなしの感じ、あらゆる点からして、

「まちがいないのだ。曾禰君」

と金吾はこれまで何度、本人に言ったか知れない。夕餉《ゆうげ》のときも、夏の夕暮れの散歩のときも。達蔵はそのたび小首をかしげて、

「そんなことが、あったかなあ」

「おいおい、忘れるはずがない。沿道のきたない子供があんな破格なまねをしたのだ。君はもう十一歳だったのだぞ。粉飾《ふんしょく》も大抵にしたまえ」

「うーん」

「徳川の世がつづいておれば、私など、君にはものの数にも入らぬ存在にすぎぬ。一生口をきくこともなかったろう。その私とこうして口をきいているのが遺憾《いかん》なあまり、忘れたふりをしているのだ。そうなのだろう曾禰君」

こうなると、ほとんど言いがかりである。われながらしつこい。上級藩士と下級藩士、お濠の内側と外側に住む者、世子への随行がゆるされる者とゆるされぬ者、飲み水を人に汲みに行かせる者とみずから汲みに行く者……。

生まれついての差というのは、ここまで人間のこだわりを深くするものなのだろうか。そういえば金吾は、イギリス留学から帰ったとき、横浜の波止場であんまり興奮したため達蔵の肩をぐいと抱き寄せて秀子に叱責されたことがある。あれもまた、秀子としては、

——留学程度で、出自の差が埋まると思うな。

そうたしなめたのにちがいなかった。曾禰様は曾禰様、曾禰君にはなり得ない。下輩《げはい》の自己防衛だったかもしれない。秀子はやはり唐津の出身で、実家の格も、まず金吾とおなじようなものだった。

達蔵は、やっぱり思案顔である。

「うーん。どうだったかなあ」

粉飾なのか、それともほんとうに忘れているのか。

†

いっぽう、達蔵は。

金吾にそのことを言われるたび、

（こまる）

最近は、少々うんざりしている。

あざやかな刺激にみちた三年間のイギリス留学およびヨーロッパ視察から帰って来ればもうそんな他愛ない記憶など消え去ってしまうだろうと期待していたら、あにはからんや、この点では、経験は金吾に何らの変化ももたらさなかった。何しろ達蔵のほうは、

（わからん）

その記憶がないのである。頭の文棚《ふだな》のどこをさがしてもその場面を描いた画幅は見つからず、見つかる成算もない。まさか金吾が嘘をついているとは思わないけれども。

ただし達蔵は、その日のことを一から十まで逸してしまったわけではない。むしろこれまでの人生でいちばん印象のふかい一日だったろう。達蔵の頭の文棚には、ほかの画幅なら何巻も蔵してあるのだった。

あつい夏の朝だった。達蔵は――当時は幼名の鈔三郎だったが――ほかの足軽や、月代を剃った結髪帯刀の大人たちとともに本丸御殿の庭にあつめられ、長い行列のひとり

となり、本丸を出発した。

　位置どりは、あらかじめ主命によって決まっている。

世子の乗物のすぐうしろ。もっとも目立つ場所のひとつである。本丸を北から出て、右へまがり、腰曲輪へさしかかると、道の左にずらりと藩士がならんでいた。

　下り坂だから遠くまで見える。誰もかれも腰をなかば沈め、下を向き、おのれの脛を見つめている。こちらを直視する者はひとりもない。

（これが、躊躇か）

　などと思う心の余地が、このとき自分にあったかどうか。達蔵はいまそう自問して、なかったという結論にたどりつく。それはそうだろう。何しろ生まれてはじめて見た光景だったし、だいいち達蔵にはたいせつな仕事があった。たとえば黒うるし塗りの乗物のなかから、

　――のどが渇いた。

　などという声がすれば、達蔵はただちに近づいて、わずかに引き戸をあけ、つめたい水の入った水筒をそっと差し入れなければならない。沿道の様子について下問があれば簡潔的確に報告しなければならない。達蔵はこの数日前、世子・小笠原長行じきじきに、

　――小姓になれ。

　と命じられていたのである。

　江戸へ行くまで、そうして江戸に着いたあとも、長行のお側ちかくで日常のこまごまとした用事をこなす役目。まさしく藩政における出世の階段の最初の踏板にほかならな

いが、しかしながら異例の抜擢というほどでもないのは、もともと曾禰家はそれにふさわしい格式なのだった。達蔵の父・政父《まさはる》は祐筆《ゆうひつ》であり、なおかつ江戸留守居役についている。留守居役とは、藩代表として幕府や他藩との交渉をおこなう大臣級の重職だった。そうして達蔵は長男だった。だからこその小姓なのであり、乗物のうしろの位置づけなのである。たかだか沿道のひとりの少年がとつぜん蹲踞をやめ、背すじをのばし、わけのわからぬ放言をしたとしても意に介するような立場ではなかった。

それはもちろん反射的に「ひかえよ」くらいは言うかもしれない。しれないが、どっちみち、おたがい子供なのである。長い記憶には値しない。それに達蔵は、江戸に着いたら、それ以前のあらゆる記憶をなくしてしまった。あらゆるというのは大げさだが、一時はほんとうにそう思われたほど、それほど日々がめまぐるしかった。世子が栄達したからである。

その栄達は、子供の目にも信じがたいほどの速さだった。

江戸到着後わずか半年にして奏者番から若年寄、老中格とすすみ、外国御用取扱を命じられて西洋人との交渉をはじめた。

はっきりと国家の代表である。こんにちでいう外務大臣。藩主でもない人間がここまで昇任したというのは、徳川幕府の歴史上、草創期をのぞけば小笠原長行ただひとりである。長行は期待の星だった。しかも年齢はもう四十をこえている。はたらきざかりである。

唐津藩の上屋敷は、外桜田にある。

そこには連日、外国の要人が来た。イギリス公使パークス、フランス公使ロッシュなど大国のそれはむろんのこと、アメリカ、ロシア、オランダの公使やそれに随伴する外交官たちも、まるでおたがい順番をきめているかのように相次いで姿を見せた。

表敬訪問などではない。

——千代田のお城には、毛唐は入れぬ。

という幕府の方針がゆるがないので、外国御用取扱たる長行の屋敷が国家の応接間になったのである。

小姓としての達蔵の仕事も、いよいよ増した。むろん会議に加わることはなかったけれども、たとえばお茶の出し入れをひんぱんにした。和室を急遽《きゅうきょ》、改装した洋間のなかで長行や西洋人たちが椅子にすわり、テーブルをかこんで議論している、そのテーブルに、

「失礼します」

などと言っては紅茶茶碗などを置くのである。

茶碗のなかには、血のような茶。フランス公使ロッシュが、

「ソネサン。ソネサン」

と呼んでしばしば達蔵の頭をなでたのは、ひょっとしたら、本国に子や孫でも残していたのかもしれない。いったいに西洋人というのは、ふだん肉を食っているからか、いつも体から獣脂にまみれた臭いがするものだが、達蔵の鼻には、ロッシュはふしぎと梅の花のようだった。

長行は、勤勉な君主だった。

西洋人の来ない日は江戸城へのぼり、幕閣としての会議をこなした。休みの時間など存在しなかった。ときには寝床に入ったときでさえ、ふと何かを思いつけば、むっくりと起き出して達蔵を呼び、筆硯紙墨を用意させた。達蔵は、ねむりたいさかりの年ごろである。目をこすりこすり、

（これも、公儀の御用なのだから）

などと思う心のゆとりもなく、船をこぐようにして墨をすったことも一再ではない。

幕府と長州藩との軍事衝突、いわゆる長州征伐（第二次）の儀が起きたさいには、長行は、みずから兜のデザインまでした。職人とのやりとりは達蔵にゆだねられる。達蔵の仕事はあまりにも多く、時間はあまりにも少なかった。

結局、幕府は瓦解した。

京の南郊・鳥羽伏見の地で、薩摩、長州の連合軍に敗北したと思ったら、あっというまに江戸を占領されてしまった。江戸の無血開城である。長行はその直前に脱出した。もはや五十に近くなった痩せた体をひきずるようにして陸路を北上し、陸奥国福島へ入城。その福島城も、陥落した。長行はさらに北へ逃げた。会津若松には入らなかったから、達蔵は、おなじとき長州奇兵隊の一員として会津攻めに加わっていた片山東熊少年と出会うことはなかった。仙台に入り、ここもまた落とされようというとき、

――あきらめるのは早い。蝦夷地（北海道）へ、わたろう。

と、味方の兵の誰かが言い出した。聞けば松島湾には「開陽」ほか四隻だか、五隻だ

かの旧幕府軍艦が停泊していて、陸兵の合流を待っているのだという。

ただの軍艦ではない。性能、装備、規模、あらゆる点において薩長のはるか上を行く日本の海軍そのものである。しかもそれを率いるのは旧幕臣・榎本釜次郎（維新後武揚）、オランダで三年半ものあいだ海軍学をまなんだという考え得るかぎり最強の軍人にほかならなかった。

——蝦夷地には、箱館（函館）がある。箱館には金城鉄壁の五稜郭がある。

味方の兵は、二千名もいただろうか。彼らは津波が引くように仙台城下をはなれ、浜に向かった。達蔵はそれを見に行った。松の木のうしろに隠れて顔だけ出してみたところ、さほど大きくもない砂浜は、たくさんの幕兵でごった返していた。

みんなみんな血や泥でよごれ、硝煙のにおいがここまで流れてくる。沖からボートが来るたびに十人、二十人と乗りこんで沖のほうへ軍艦めざして漕ぎ出すのだが、彼らの表情は、しかし真の正義どころではなかった。刑場へひきずり出される罪人のように心というものの拭い去られた、どろりとした眼光だけの集まりだった。

連敗につぐ連敗に疲れたのだろうか。今後の運命に幻滅しているのだろうか。宿舎の寺へ帰り、達蔵は、見たものを長行に報告した。長行は、

「そうか」

と小さくうなずくと、当たり前の口調で、

「あすからは、わしも榎本殿の世話になろう。蝦夷地はちと寒いかな」

こよみは十月。冬はすぐそこ。あたたかな黒潮あらう唐津のお城の本丸御殿で生まれ

た長行にとっては、ここ仙台の風すらも耐えがたいものではなかったか。達蔵も、やはり当たり前に、

「箱館まで行けば古着屋の二、三軒もあるでしょう。それまでのご辛抱です。私がただちに買いもとめます故」

「……」

「殿様？」

「もう寝よう」

「はい」

達蔵は床をのべ、達蔵自身はとなりの部屋に寝た。こんな時間でも、どこか遠くで、
どん
どん
と花火のような音がする。砲声だろう。まんじりともせずにいると、

「鈔三郎」

隣室から、長行の声がする。達蔵は起き出して、

「ご用ですか」

夜具を出て、正座して、襖に手をかけたとたん、

「ひらくな」

「えっ」

「ひらけば顔つきあわせて話すことになる。おぬしは若い。十五だったか」

「十七です」

「おなじことじゃ。わしのこれから申すことを、心おだやかには聞かれぬであろう」

長行の声は、平生どおりである。反射的に、

（ご自害）

全身の毛が逆立った。ふたたび手が動いたのと、襖のむこうの声が、

「襖をひらくなと申したであろう。主命である」

きびしく制したのが同時だった。声はまたやわらかになり、

「案ずるな、鈔三郎。わしは腹を切るつもりはない。どのみち蝦夷地へ行ってしまえば、負けるにしろ、負けぬにしろ、本州の土をふたたび踏むことはないのだからな。世から消えたも同然じゃ。鈔三郎」

「は、はい」

「おぬしとは、今宵かぎりじゃ。これまでよう尽くしてくれた。明朝はわしの乗艦を見とどけ、唐津に帰れ。わしのほうは心配いらぬ。榎本殿より士官の二、三人も借りて身の世話をさせる」

達蔵はほとんど金切り声で、

「殿様、殿様、どうかお見すてあられますな。ここまで来たのです。最期までお供つかまつります。殿様とともに」

嘘ではなかった。五臓六腑《ごぞうろっぷ》のあらゆる隙間が、

（この人と、死ぬ）

その念で充満していた。小姓に任じられて六年あまり、生活上のありとあらゆる些事を共有したこの人はもう実の父と同様に、いや、実の父よりも愛憎がふかくなっている。ほとんど達蔵の一部になっている。その一部と割り裂かれるなどとは。おのが体がめりめりと音を立てて熱い血をほとばしらせる、その光景を達蔵はたしかに見たような気がした。血のにおいは鋭かった。

長行は、

「だめだ」

はじめて声がうわずった。しかしまた低い声になり、

「おぬしのような利発な子が、こんなところで犬死にしてよい道理はない。これはおぬしのためではない、天下のために申しておるのじゃ」

「と、殿様……」

「皇国のために身をつくせ。そのために何ができるか、あらためて考えよ。何にしても勉学だけは怠《おこた》るな。聞きわけたか鈔三郎」

「と、との……」

「返事をせい」

「はい」

達蔵の手が、襖から落ちた。

畳が、とつとつと音を立てた。気がつけば半球状の透明な水滴がそこかしこでふるえている。なるほど達蔵は利発だった。主君の命に感激の炎を燃やしながらも、頭のかた

すみで、

（月並な）

そのことを、削り氷のように理解した。この期におよんで小姓を解放するという決断の何と英雄的なことか。それを説くために挙げた理由の、これはまた何という凡庸さか。とどのつまりこの人はこのようにして幕末の政局を操作したのだ。ないし操作に失敗したのだ。達蔵はそう確信した。平和な時代に生まれていたら、まちがいなく、この人は、円満実直な賢君になっていた。

大きな成功はしないかわり、家臣や他藩には慕われる型の大旦那。少なくとも世子の身でわざわざ多事多難の幕閣へ入るなどという損な役目を引き受けることはしなかった。

そうして凡庸であることにかけては、

（たぶん、自分も）

翌朝、達蔵は、ほかの三人の小姓とともに浜へ行った。

長行がボートに乗り、沖へ向かうのを見おくってしまうと、きびすを返し、そのまま南へ歩きはじめた。めざすは、四百里むこうの肥前唐津。

何しろ賊軍の手の者である、人目につかぬよう脇道をえらんで行こう……などという考えは最初からなかった。達蔵たちは天下の大道、奥州街道へ出た。宿によっては薩摩や長州の兵どもによる旅人の検問に応じなければならなかったが、達蔵はそのつど胸をはり、

「肥前唐津、小笠原家家臣、曾禰鈔三郎」

本名を告げ、あまつさえ長行にもらった銅製の、三階菱の紋入りの矢立を示しすらした。

薩長の兵はただ、

「通れ」

こうなると、達蔵はやや気分がいい。

「これが人の世というものだ。そうではないか。こそこそするから嫌疑せられる。生身を堂々とぶつければ、おのずから木戸はひらくものだ」

などと仲間と言い合ったけれども、あとで知ったところでは、何のことはない。幕府の消滅に仰天した唐津藩主・小笠原長国《ながくに》が、つまり長行の養父にあたる人だが、

「世子のしたことは、世子のしたこと。唐津藩の総意にあらず」

と必死で新政府に陳弁し、あまつさえ長行を義絶までしたので、かろうじて朝敵たるをまぬかれたにすぎなかった。

達蔵は、知らぬうちに賊から官になっていたのである。蜥蜴《とかげ》のしっぽのように長行は切り落とされた。もともと長行は四代前の藩主の嫡男として唐津城本丸御殿に誕生したにもかかわらず、すぐに父が病没し、さすがに幼少でありすぎたため襲封できなかったという過去を持つ。そういう過去の正統者にさんざん幕閣のひのき舞台をふまれたのは、現当主には、いくらか本意ではなかったのだろう。

†

達蔵は、ぶじ唐津に帰り着いた。

時代は本格的に明治になった。

(さて、何を為《な》そう)

とあらためて思案してみても、これまでの経歴のなかで多少とも役立ちそうなのは旧江戸藩邸での西洋人たちとの接触くらいである。

とにかくそっちで渡世してみよう。達蔵はそう思い、家にこもって外国語の本を読んだ。われながら身が入らない。大砲を全弾撃《う》ちつくしてしまったような虚脱感というか、耳鳴りだけの日々というか。箱館・五稜郭で榎本釜次郎ひきいる旧幕府軍が結局降伏したと聞いたときも、あるいは小笠原長行が箱館から江戸へ生きて帰って深川あたりに蟄《ちっ》居《きょ》したと聞いたときも、もはや、

(ふうん)

自分のこととは思われなかった。家を出て長崎へ行き、塾でロシア語をまなんでもやっぱり夢うつつのまま三年余がすぎてしまう。達蔵は、自分がひどく年寄りになった気がした。

或る日ふと、塾生仲間が、

——唐津に、あらたに英学校ができたらしい。

そんなうわさ話をした。

達蔵は、聞こえぬふりをした。いまさら帰るのも腰が重いのである。うわさはその後、春の夏鳥のようにつぎつぎと飛来した。

――学校の名はなんとか寮だが、何しろ最近そこへ来た東太郎《あずまたろう》とかいう先生がたいへんに出来る人らしい。

――東先生、もともとは徳川家の御用絵師が、めかけに生ませた子供だという。始末にこまって仙台藩の高橋《たかはし》某という足軽へくれてやったら、成長して、酒とばくちで身をもちくずした。それでもあんまり頭がいいからアメリカ留学に出されたが、アメリカじゃあ奴隷に売られ、牛馬の世話もさせられて、勉強どころの話じゃない。ほうほうの体《てい》で帰朝したとさ。

――それでもやっぱり頭がいいから、帰朝後は、東京の大学南校《なんこう》（東京大学の前身）の英語の教官となったらしい。日本最高の先生さね。ところがここでも酒とばくちに溺れきって、学生へのしめしがつかなくて、あっさり辞めさせられてしまった。なじみの芸者のところへ転がりこんで、東太郎なんて男芸者じみた名前を名乗っていたら、唐津の旧藩主・小笠原長国が「ぜひに」と声をかけたんだとさ。

聞くうち、達蔵は、

（どっちだ）

判断にこまった。

敬慕すべきか、唾棄《だき》すべきか。人生の上と下にあまりにも距離がありすぎて、数奇をこえて、嘘のようにしか聞こえない。さらに達蔵が驚嘆したのは、東先生、

――甲寅《きのえとら》、嘉永七年の生まれらしい。

と耳にしたときだった。

若い若い、達蔵のふたつ年下ではないか。ここにおいて達蔵は、

(教わりたい)

あの耳鳴りが、にわかに消え去るのを感じた。

胸のうちの砲腔《ほうこう》に、ふたたび弾が込められた。いったい何を甘ったれていたのか。その東先生とやらの太平洋をまたいだ濃密きわまる身の上にくらべたら、自分のそれなど、しょせん日本という小さな島のなかで石合戦に一敗したという程度のものではないか。

徳川、仙台とみょうに縁を感じるところもある。達蔵は荷をまとめ、長崎を去り、ひさしぶりに唐津に入った。

家の者に聞いてみると、英学校は、耐恒寮《たいこう》という名だという。その校舎は、何とまあ、お城の本丸御殿をそっくり流用しているのだとか。

かつて小笠原長行がそこで生まれ、そこを出発して江戸へ向かった木造建築。唐津の人々がどれほどこの学校に賭けているかの証明ではあった。達蔵は或る日、そこへ行った。

行くための道すじは、むろんあの腰曲輪である。二の丸から本丸へ上《のぼ》るため東側を大まわりする坂道。

その日は、小雨がふっていた。どこにでもある番傘をさし、その上り坂のなかほどへ来たところで目を上げると、向こうから、おりてくる四人の姿がある。

全員、傘もさしていない。単《ひとえ》の白絣《しろがすり》をまとっているが頭はいわゆるざんぎりで、月代を剃らぬ総髪をうしろへ撫でつけて襟足のところで切り落としている。そのうちのひと

りは草履《ぞうり》ではなく、古い革のブーツのようなものをはいていた。

（耐恒寮の、学生か）

達蔵は足をとめ、話しかけようとしたら、相手のうちの左から二番目が、

「あ！」

目をかがやかして、こちらの顔を凝視した。かと思うと両手をひざの前に出し、ふかぶかと頭をさげて、

「おひさしゅう、ございまする」

おひさしゅうも何も初対面である。その大きすぎる耳たぶも、農村臭まるだしの太い鼻も、まったく記憶にない。達蔵が目をぱちぱちさせていると、相手は、

「ここ、ここ」

と足もとの地面を指さして、

「私の名は、辰野金吾でござります」

「たつの、きん……」

「もう十年も前になりましょうか。あなたは曾禰鈔三郎様であられるのでしょう。お世取り様が江戸へ行くとき、乗物のうしろに付き添っておられた。私は」

金吾は左手をかざし、道のはしっこを指さして、

「そのへんで、夢中のあまり、ついうっかり蹲踞をよして棒立ちになってしまったのです。そうして乗物へ声をかけたら、曾禰様、あなたに斬られそうになりました」

その口調は、あくまでも身分差を意識した慇懃《いんぎん》なものだった。近ごろは四民平等など

という語もちらほらと新聞紙上で見るようになったけれども、金吾はそこまで急進派でもないらしく、身ぶりも遠慮している感じである。ただ顔はうれしそうだった。長年さがした下手人をようやくつかまえた岡っ引きのような手柄顔というべきか。

達蔵は、首をひねるしかできない。達蔵から見て右どなりの男が、

「な、なあ辰野君……」

「何だ」

「もうよせよ、なあ。曾禰様がおこまりだ」

と、その辰野君と曾禰様のどちらへも気を遣いすぎる調子でわりこむ。よほどの心配性なのだろうか。単なる臆病か。金吾はそちらへ、

「ああ、なるほど。そうだったな、麻生君」

と返事してから、ふたたび達蔵へ、

「これは失礼いたしました。いきなり辰野と言われてもご迷惑でしたな。私はあのとき姫松でした。まだ養子に入る前だったし」

「いや辰野君、そういうことでは……」

と麻生が抗議しようとしたが、金吾は聞こえなかったのだろう、つづけて達蔵へ、

「私はもともと裏坊主町の姫松倉右衛門という者の次男でして、江戸づめの叔父・辰野宗安のところへ養子に入ることになっておりました。しかしながら御一新のあおりで叔父が帰省したものですから、ここで縁組をしたのです。おかげで私、もう十八になりましたが、まだ唐津から一歩も出たことがございませぬ」

屈託なく高笑いした。達蔵は内心、

（む）

この男に、はじめて違和感をおぼえた。

あいた口がふさがらぬ思いである。姫松でも辰野でもどっちでもいい。いったいどんな折目正しい話しぶりのうちにも、この世には自分に興味を持たぬ者など、

――いるはずがない。

と言わんばかりの生成《きな》りの自信がのぞく。裏坊主町という見ばえのしない地名を出した刹那すら、そのまなざしは、ひるみの色がなかったのである。

都会人の芯をなす「気恥ずかしい」という感情があらかじめ欠如している。田臭《でんしゅう》まるだし。江戸へ出したらそれこそこっちが気恥ずかしくなるような型の人間だった。しかし達蔵がそれ以上におどろいたのは、むしろ外的経歴である。

（幕末には、何もしなかった）

このことだった。

日本中が攘夷だ開国だ、徳川だ薩長だと命がけの争鳴にまみれているあいだ、この男はひたすら唐津で農事にしたがい、微禄に甘んじ、おそらく全国どこにでもあるような読み書きの塾にかよって顧《かえり》みることがなかった。

そういう年齢《とし》だったと言ってしまえばそれまでだが、小笠原長行につきしたがって江戸はもちろん大坂、京、福島、仙台まで経験し、しかも政治の非情な転変に体ごと揉み

くだかれた達蔵の目には、ただただ子供でしかなかった。

こんな男が入れるのなら、耐恒寮とやらも、しょせんは唐津の最高学府にすぎないのではないか。まなぶに値するところではない。達蔵が渋面をつくりかけたところへ、

「おい」

金吾たちの背後に、もうひとり男が来た。

金吾たちが振り向くより先に、達蔵は、その顔を目睹《もくと》している。上り坂だからよく見えるのだ。両頰が不健康に生白く、綿をつめたようにふくらんでいる。かざした羽二重の傘の紅殻《べんがら》色が、肌の白さとみょうに合う。およそ人の世の苦労とは縁遠そうな、或る意味、餓鬼大将のような風貌だった。いちばん右の、革のブーツをはいた男が、

「あ、東先生」

「勉強はすんだかね、岡田《おかだ》君？」

「は、はい」

「気をつけろ。あんまり勉強しすぎると、頭が悪くなるぞ」

ことばとともに吐かれた息は、思わず達蔵が顔をそむけたほど熟柿《じゅくし》くさかった。

まだ午前《ひるまえ》なのに、あきらかに酒を入れている。東太郎のあの破天荒な経歴のうわさは、どうやら真実らしかった。岡田君と呼ばれた若者は、若者というより、まだ十二、三くらいの子供だったけれども、せいいっぱい大人びた口調で、

「こちらの御仁は……」

達蔵のほうを手で示した。その手をさっと金吾がつかんで、

「俺が言おう、時太郎《ときたろう》」

目で制した。そうして東先生へ、

「こちらは曾禰鈔三郎殿……あっ、曾禰様、いまのお名前は」

「達蔵」

「だそうです、東先生。旧藩のころの御留守居役の家のお生まれで、藩主の世子・小笠原壱岐守《いきのかみ》（長行）殿に扈従《こしよう》されました」

東先生は、表情を変えない。

旧幕時代の権力者などには興味がないのだろう。まぶたのふちの赤い目でとろりと達蔵を見おろすと、

「入学するのか」

しゃっくりをした。呂律《ろれつ》があやしい。達蔵は不快を感じながらも、

「ええ」

「いいよ」

東先生はあっさりと、これは西洋人のように肩をすくめてから、金吾たちを左右におしのけ、達蔵をおしのけて坂道をふらふら下りて行った。

達蔵はその背中をというより、紅殻色の傘を見おくるばかり。傘の皮がぱらぱらと花火のような音を立てたのは、さかんに水をはじいているのだった。

先生は、きゅうに立ちどまった。傘の向きを変え、首だけを達蔵のほうに向けて、

「おい、新入生《フレッシュマン》」

「はい」

「たんと勉強しろ」

さっきと矛盾する訓示を垂れると、前を向き、さっさと行ってしまう。達蔵がぽつりと、

「酒でも、買いに行くのかな」

悪意の言ではないつもりだったが、背後から麻生の声が、

「わざわざご自分で行かれるのですよ、曾禰様。われらにお命じになればいいものを」

彼の名は、麻生政包。のちに鉱山学のほうへ進み、九州の炭鉱開発の技術指導にあたることになる同級生である。生来、気がよわく、侃々諤々《けんけんがくがく》よりも和気藹々《わきあいあい》のほうを好んだ。

†

耐恒寮は、その後、すぐに廃校になってしまった。

東先生が東京へ帰ることとなり、かわりの教師が見つからなかったのだ。田舎のかなしさと言うべきだった。もっとも、達蔵には、長かった江戸ぐらしの故の直感がある。

(東京へ帰れば、この人には人脈《つて》がある。唐津にはない良質の人脈が)

何しろ一時《いっとき》とはいえ大学南校の教官までした人なのだ。国家の森へふたたび分け入るための道しるべとして、達蔵には、これ以上の存在はなかった。

荷物をまとめ、あとを追うようにして東京へ出た。

金吾と麻生も、ようやく達蔵の意図がわかったのだろう。おくれて東京に来た。あのとき革のブーツをはいていた十二、三歳の岡田時太郎は、どういうわけか大阪に出ることを選んだが、達蔵はこの子が好きだったから、少しさびしい思いだった。

東京では、直感はぴたりと当たった。或る日、金吾や麻生とともに東先生に呼びつけられたのだ。東先生は、

「林董《はやしただす》、という男がいる」

あいかわらず酒くさい口で話しはじめた。

「俺は留学前、横浜でアメリカ人宣教師へボン先生に英語を習ったのだが、そのとき同門だったやつだ。俺よりもまじめに勉強してたし、旧幕府の留学生としてロンドンにも行った。いまは工部省に奉職して、土木やら機械やら電信やら、最新の工学教育をほどこす学校を創立しようとしている。世界的にも最上級の学校にしたいと林のやつが息まいているから、お前たち、ひとつ入学試験を受けてみろ」

国家への道そのものである。達蔵はしかし棒立ちのまま、

「それは」

返事をためらった。

金吾と、顔を見合わせた。

†

このとき金吾は、達蔵の顔を見て、

（おなじだ）

と思ったのである。達蔵の目には、かすかだが、

――工部省か。

落胆の色が浮かんでいた。自分もおなじ目をしていると金吾は確信した。

本音を言うなら大蔵省や外務省のほうが組織も大きく、国家の枢要に近い。世間の通りもいい。けれどもそういう滋養満点のところは薩摩、長州をはじめ維新の勝ち組にすっかり占められて余席がないし、あっても針の筵《むしろ》だろう。このさい贅沢は、

（申されぬ）

金吾は、そんな心境だった。

学校の名は工学寮、のちの工部大学校である。

翌年の八月、第一回入学試験がおこなわれた。曾禰達蔵、麻生政包ほか二十名はみごと合格。金吾は、不合格だった。

（ばかな）

呆然としたが、どうしようもない。

試験の大切さというのは、落ちてはじめて知るものなのである。いちおう不合格でも授業の聴講だけはしていいらしいが、聴講など、制度の上では寄席通いとおなじ。どれほど重ねたところで学位にはならぬ。やがて学士となるであろう合格者たちの風下《かざした》に、一生のあいだ、立ちつづけることになる。金吾の場合、そんな醜態をさらすくらいなら、

——唐津に帰り、家の面倒を見ろ。

などと養家の親類縁者から要求されることは確実だった。拒絶したら仕送りが絶える。東京にしがみつくことはできない。

「ばかな」

寄宿させてもらっている麴町五丁目の洋学塾の門番部屋で、金吾はひとり立ちつくした。

せまい和室である。足もとの畳にくっきりと縦横の黒い線がしみこんでいるのは、西日がするどく、障子ごしに差しこんでいるのだ。

唐津がいやなのではない。金吾はそう思った。人なみに望郷の念はあるつもりだが、それ以上にもう、はっきりと、東京が気に入ってしまっていた。

いや、気に入ったどころではない。来てまだ一年も経たないというのに、

(東京と生き、東京と死ぬ)

もともと金吾にとって江戸という地名は、暗鬱《あんうつ》な、冥土のような響きがあった。成長したらそこへ行き、養子となり、死ぬまでつらい思いをする。そんな未来の、ないし未来の不在の象徴こそ、江戸という街にほかならなかった。

ところが明治の世の中となり、意外にも、唐津にとどまることになった。これは大きな差だった。かつて母のおまつに「なかなかやかましい人だから」と言われた養父の辰野宗安が、実際にはさほど不寛容でもなかったのも、ひとつには姫松の実家の近いのを憚《はばか》るところがあったのではないか。金吾は、ただの当主だった。農事にしたがい微禄に

甘んじる、どこにでもいる封建の世の当主だった。

天下国家の動乱には、何ら参加するところがなかった。或る種の人々の目にはたぶん、

――無為な。

と見えたにちがいない。攘夷と開国のあいだで悩むことをせず、徳川と薩長のあいだで五体を引き裂かれることもなかった郷里ひとすじの傍観者。しかし金吾にはその「郷里ひとすじ」自体が――江戸の回避そのものが――もう、たぐいのない個人史上の動乱だった。光あふれる奇跡だった。

金吾はようやく、どこにでもいる存在になることができた。

その上で、このたび満を持して江戸へ出たのである。出てみれば、そこはもはや江戸ではなかった。郷里より大きい、郷里より明るい、郷里より便利な東京という首都だった。

従来「死ぬまでつらい」冥土と信じこんでいただけに、それだけに東京は、そっくりそのまま、死ぬまで働くに値する街になった。将来どんな分野で仕事をするか、まだわからないけれども、何をするにしろ金吾はここで成長し、ここを成長させることになる。

（かならず）

その東京と、しかし早くも、金吾は離別しなければならない。試験ひとつに落ちただけで。

こんなことになるならもっと身を入れて勉強しておけばよかったなどというのは、古今東西、あらゆる敗残者をさいなんできた遅知恵《おそぢえ》であろう。金吾は数日、西日さしこむ

寄宿先の門番部屋にひきこもって悶々《もんもん》とした。

めしを食うことも、便所へ行くことも忘れていた。そうしたら、またしても東先生に呼び出されて、

「再試験だ」

「え？」

「予算に余裕があるのかな。よくわからんが、とにかくあと幾人か採りたいと林董君が言うておった。二か月後の十月だ。受けるか」

「は、はい」

「たんと勉強しろ」

「はい！」

二か月後、合格した。

寄宿先に帰り、せまい部屋でどたどたと鳥の飛ぶ真似をして走りまわりながら、

「おお、おお、このよろこびを何にたとえん」

絶叫した。われながら常軌を逸している。訪ねてきた達蔵が、廊下に突っ立ったまま、

「おめでとう、辰野君」

「ありがとう。ありがとう曾禰君」

「この二か月の、君の専心はすばらしかった。君のような努力家を見たことがない」

「君には負けるよ」

このころには、金吾はもう、達蔵と対等の口をきくようになっている。四民平等の新

世論に感化されたわけではない。ただ単に、いつも顔を合わせているうちに敬語がじゃまになっただけ。しかしこんな小さなことも、唐津だったら、まわりの目に阻《はば》まれて決してできなかっただろう。ここでも東京は寛容だった。ふたりは、そろって入学した。

二年間の予科を経て、本科に進む。このとき分野をえらぶことになる。金吾は、

「俺は、造家学科に行く」

そう達蔵へ宣言した。

造家学とは、すなわち建築学である。われながら決意は固いにもかかわらず、その理由ははっきりしない。年少のころ半士半農、というより二士八農くらいの屋根の家に住んだことの不便の記憶がゆくりなく尾を引いているのだろうか。それとも建物を建てるということのひどく具体的ないとなみこそが、東京の成長を、つまり金吾自身の成長を、いちばん端的に表現し得ると予感したからか。

あるいはもっと単純に、

(国家とは、建物である)

思いがそう定まったからか。田舎出《で》の金吾の頭脳は、法律、経済、宗教といったような抽象的な世界をまったく理解しなかった。

「君は、どうする」

金吾が聞いたら、達蔵は、まるでこだわりのない口調で、

「それじゃあ私も、造家にしよう」

「麻生君、君は？」

「わ、私は、鉱山《やま》にするよ」

四年後。

金吾は、造家学科を首席で卒業した。

達蔵を四年間で逆転した、という言いかたは、或る意味、あまり正確でない。最後の最後、ぎりぎりのところで時運にめぐまれただけかもしれなかった。なぜなら指導を受け持ったコンドル先生は、のちのことだが、こんなふうに金吾に洩らしたことがあるからである。

「じつは卒業論文も、卒業設計も、曾禰君のほうが上でした。知識がゆたかで、分別があり、結論にまとまりがある。けれども私はロンドン大学の講師ではない。一刻もはやく西洋に肉薄しなければならぬ後進国の、後進の街の講師です。むりやりにでも腕を天へと伸ばす人を採るべきでしょう。辰野君、あなたの結論は、かなり強引なものでした」

金吾はそれから、首席卒業者の特権をぞんぶんに行使した。イギリスに留学し、帰朝して、さっさと工部大学校の教授になった。達蔵はそのつど面目がつぶれたことになるけれども、金吾を批判するどころか眉ひとつ動かしたことがない。

嫉妬と取られる発言もしなかった。そういえば金吾が或る日をさかいに敬語をよしてしまったときも、達蔵は何も言わなかった。ほんとうの上流、ほんとうの分別とはそういうものかもしれない。金吾はほかの者ならともかく、この身分差のある親友の前でだけは何かいつも胸の底でむずがゆく虫が動くのを感じた。

†

明治十八年（一八八五）十二月、工部省は、正式に廃省となった。

第三章　二刀流

片山東熊の予言は、的中したことになる。よく消息に通じていたが故である。金吾は、

（さすが、長州閥）

出生という努力ではどうにもならないものの得失に思いを馳せざるを得なかった。もっとも東熊は東熊で、

――そのために、苦労している。

と言いたいところかもしれない。長州の出で、奇兵隊の出で、なおかつ彼ほどの頭脳があれば、ひとこと「行きたい」と言いさえすれば、大蔵省でも何でも、もっと格が上のところへ住みつくことは容易にちがいないのだから。

それをあえて工部省の、しかも建築などという陽のあたらぬ道をえらんだというのは、それだけ建築にかける思いが強いと見ることも可能なはずで、その強さは、ひょっとしたら、

（俺や曾禰君などより、ずっと）

ともあれ。

廃省にともない、工部大学校は消滅した。

金吾は教授職を非職となった。つまりは解雇である。学校はまるごと文部省に引き取られたあげく、同省の下にもともとあった東京大学へ吸収され、あらためて帝国大学工科大学という名称になった。よりいっそう巨大な教育機関の一部となったのである。

金吾はその新大学から、

——教授に任じたし。

という申し出を受けた。正直、

(俸給が、もらえる)

ほっとして、なみだが出そうだった。金吾の身は金吾だけのものではない。家のあの東のはずれの六畳間でごくごくと音を立てて乳を飲む須磨子のまっ赤なほっぺたも、排泄したときの粥《かゆ》を炊いたような甘いにおいも、それを平然とかたづける秀子の手つきも……明治の世には俸禄はない。家庭の平和はただ金銭のみによって維持し得るのだ。

これで、当面は安泰だ。

とまでは金吾はしかし考えなかった。何しろ官吏の世界である。党派あらそいが熾烈《しれつ》にすぎる。文部省内における旧工部省派の勢力などは矮小《わいしょう》というより無にひとしいのだから、金吾は今後、たぶん生涯、ひやめしを食わされつづけるだろう。昇進は遅れ、昇給はままならず、それはまだしも耐えられるにしろ適当な仕事が来ないのは耐えられぬ。帝国大学教授といえば世間の通りはいいけれども、要するに、

（黒板の前で、いばるだけ）

それだけの人生はいやだった。自分の国は自分で建てる。東京を真の首都にする。そんな人生の大いくさはまだ火ぶたも切られていないというのに。金吾はこのころ、ぎりぎりと音を立てて歯ぎしりすることが多かった。自分は教えるためではない、建てるために留学したのだ。

そこでやはり、

（民を、やらねば）

いざというときの収入の確保のためでもあるが、それ以上に、仕事の受注のためだった。文部省の一官吏には、基本的に、文部省以外の話は来ないのである。そうして文部省は、二十一世紀のいまもそうだが、ほかとくらべて使える予算の額が少ない。

現にさっそく、

――帝国大学工科大学の、新校舎を建ててくれぬか。

という内々の依頼が来ている。デザインは問わない。要するに地面に箱を置いてくれと言われたにひとしく、腕のふるいようがないばかりか、何かしら、あごで使われる感じは否めないのだ。この民《みん》ということに関しては、金吾はもう廃省の直後から考えている。

「俺といっしょに、事務所をやらぬか」

と、達蔵をさそうつもりだった。

「イギリスふうに共同の名義で。曾禰君、君もどのみち帝国大学の助教授に任じられるには相違ないが、それで満足はしないだろう」

がしかし、みょうなもので、

(看板は、どの順で行こう。辰野曾禰建築事務所か。それとも曾禰辰野とすべきか)

いまの立場を示すなら前者がもちろん自然だし、達蔵も反対はしないだろうが、金吾自身、尻が落ちつかぬ気がする。われながらつまらぬ懸念だけれども、ここでもまた生まれついての感覚というものが微妙にしかし効果的に作用して、行動の足枷《あしかせ》になっている。

始末にこまる。結局、

「加勢に来ぬか」

声をかけた相手は、達蔵ではない。

岡田時太郎だった。裏坊主町のころからのおさななじみで、五つ年下。家も向かい合っていたので、ときどき自分の家でいたずらをして叱られると、

「姫松のおばさん、助けてくれ」

と金吾の家にとびこんで来たものだった。可憐さと、ふしぎな狡猾《こうかつ》さがある子供だった。

長じては、耐恒寮の仲間でもある。ブーッと勉強がことのほか好きで、あの大酒飲みの東太郎先生からはつねづね、

——あんまり勉強しすぎると、頭が悪くなる。

などと警告されたものだったけれども、時太郎はそののち、金吾や達蔵のように東京

へ出ることをえらばず、なぜか大阪の造幣寮《ぞうへいりょう》に入った。

たったひとりで力だめしをしたかったのかもしれない。ところで造幣寮というのは硬貨をつくるための官庁であり、金の精製に使う硫酸《りゅうさん》、各種合金などに関する技術や装置や知識がつねに庁内にあふれている。むろん工場もある。

一種の化学プラントなのである。時太郎はその後やはり東京へ出て、文部省に入ったが、こんな大阪での経歴からだろう、

——帝国大学理科大学が、このたび化学実験場をつくる。その建築を手伝うべし。

との命を拝した。そうしてその仕事をはじめたところ、その現場のごく近くで、金吾が工科大学の新校舎を建てていたのである。

或る日、ふたりはばったり会った。

「おう、岡田君」

「辰野さん！」

「元気みたいだな」

金吾はそう言おうとして、つい笑ってしまった。あの「助けてくれ」の時太郎が、金吾といっしょに東京へ出る人生をえらばなかった時太郎が、結局はいま、こんなところで、図面をにらみつつ大工の棟梁《とうりょう》にあれこれ指図している。

「貴様も、ここに着いたのか」

「ええ、まあ」

「こまったものだ。貴様のようなでも、建築屋がいるから俺の値打ちが出ん」

金吾は、わざと鼻すじにしわを寄せた。でも、でも建築屋というのは志のうすい、建築屋でもやるか程度の意識でこの道に入った人間という意味である。時太郎はおさないころと同様、けろりと言い返した。

「でも、世には必要です」

「加勢に来ぬか」

「上司の許可を得なければ」

「天邪鬼《あまのじやく》め」

「おたがい様です」

おそらく日本初の民間の建築事務所であろう辰野建築事務所は、このようにして誕生した。

日本に職業としての「建築家」が誕生した、その瞬間といえる。看板に岡田の名を立てなかったのは、出資金を出さなかったためでもあるが、この時点では腕が未熟だったからである。

（いまは、それでいい）

金吾はそう判断した。時太郎には図面引きはもちろんだが、人件費の計算やら諸官庁への届出やら、書類仕事もやってもらう。裏坊主町の悪童連が、日本の表通りを闊歩《かっぽ》するのだ。

事務所の所在地をさしあたり京橋区山下町の経師屋《きょうじや》・松下勝五郎《まつしたかつごろう》宅の二階としたのは、じつはこの勝五郎も、かねがね江戸の唐津藩邸に出入りしていたという縁がある。とは

いえオフィスの独立がかなうなら、それに越したことはないわけで、

（建築家が、職人の店子《たなこ》か）

そのことに、金吾はややこだわった。問題はやはりお金なのである。西洋ではこんなことは考えられないのではないか。ともあれ事務所は発足した。そこへ最初に来た郵便物は、コンドルからの手紙だった。

――おめでとう。辰野君の人生のために、日本の建築界のために、慶賀すべき第一歩です。官と民との二刀流、りっぱな使い手になることを期待します。

という文面はもちろん英語で、万年筆でさらさらと書かれていたが、その右下にそえられた自筆の絵は、どうしたわけか、やまと絵ふうだった。日本古来の筆と墨でさっさっと金吾らしき風貌の男が描かれている。男は左右の手にそれぞれ抜き身をかまえ、いままさに右手のそれで巻き藁を斬らんとしているところ。

「……先生」

金吾はそれを机に置き、手を合わせて拝んでから、ただちに返事書きにとりかかった。洋紙の上に万年筆で、もちろん英語で、しかし絵はそえなかった。

建築家のくせに、金吾は絵が苦手なのだ。封筒に入れて封緘《ふうかん》して、時太郎を呼び、

「先生のお宅にとどけてくれ。ほんとうは俺自身がうかがうべきだが、授業の時間だ。くれぐれもお礼を申し上げてくれ。くれぐれもな」

金吾がそれから学校へ行き、授業を終えて、経師屋の階段をふたたび上がると、時太郎はもう帰っている。やることも特になかったのだろう、畳の部屋のまんなかにあぐら

をかいて大福餅をむしゃむしゃ食っていたのが、にわかに正座して、

「吉報です。コンドル先生が……」

「大福餅をくれたのかね」

「いや、これは帰りに私が。コンドル先生、臨時建築局の御雇になられたそうですよ」

祝意あふれるまなざしを向けた。金吾は、

「何」

顔をしかめ、思わず本音をもらした。

「こまる」

「え?」

「こっちの事務所が、つぶれてしまう」

「ええっ」

時太郎は、もう文部省を辞めてしまっている。食いかけの大福餅をつぶさんばかりに握りしめ、何度もまばたきをして、

「なぜです、辰野さん」

「日本銀行」

金吾はぽつりと言い、その場にどすんと尻を落とした。

†

日本銀行は、正式にはニッポン銀行と読むらしい。

四年前、ちょうど金吾の留学中に開業した。おもな目的は紙幣を発行することだが、もともと日本では、極端にいえば、それは誰でも可能だった。旧幕時代に全国の大名たちが濫発《らんぱつ》したいわゆる藩札《はんさつ》はしばらく措《お》くとしても、民間の銀行も、為替会社も、それぞれ大量のお金をみずから刷っては社会にどっと押し出していたのだ。

もちろん政府も出していた。百家争鳴というより乱離骨灰《らりこっぱい》。むろん欧米の先進国はとっくのむかしに克服してしまっている。紙幣発行を独占的におこなう中央銀行を設立し、いわば紙幣の面での天下統一を果たしているのだ。

日本も、一刻もはやく、

——この趨勢《すうせい》に、乗らなければ。

そうしなければ国内国外のあらゆる経済活動の基礎がさだまらず、効率が悪く、日本そのものの競争力が高まらぬ。つまりはますます白人に食いものにされる。この事業にのりだしたのは、薩摩出身の大蔵卿・松方正義《まつかたまさよし》だった。

わが国も、中央銀行を設けるべし。

松方は、最新といわれるベルギー中央銀行に範をとり、名称を日本銀行とすることとした。定款をつくり、組織をつくり、全国の新聞へ株主募集の広告を出した。株主は、あっというまに集まった。

開業は、よほどあわただしかったものらしい。松方の発した営業免状には、左のとおり、国家文書にはあり得ない単純きわまる誤りがある。

営業免状
東京府下ニ創立スル日本銀行ハ明治十五年六月廿七日太政官第三十二号布告日本銀行条例ヲ遵奉シタルコト該銀行定款ニヨリ明確ナルヲ以テ明治十五年十月十日ヨリ満三十年間即チ明治四十六年十月九日迄右条例ヲ遵奉シ其業務ヲ営ムコトヲ許可スルモノ也
明治十五年十月九日　大蔵卿　松方正義
大蔵省印

　明治十五年十月十日より満三十年ならば最終日はもちろん明治四十五年十月九日になるはず。子供でもわかる足し算である。営業免状という紙一枚にすらこの程度の配慮しかできないのだもの、建物となると、創立にかかわる役人や政治家や財界人たちは、誰ひとり気をまわすことができなかった。

　ましてや新築というわけには参らない。結局、ろくろく議論することもなく、隅田川の河口にかかる永代橋のほとりの空き家へそっくり入ることになった。いちおうベネチアン・ゴシック様式、煉瓦造、二階建ての本格的な洋館ながら、つい先ごろまで北海道開拓使の東京出張所として使われていたという小規模かつ使い勝手の悪いしろもので、一階部分など、なかなか鰊《にしん》のにおいが消えなかったという。

　開業日には、あの役人たちの大好きな記念式典もおこなわれなかった。

　それほど業務に忙殺された。役員八名、行員四十四名しかいなかったせいでもあるが、逆に言うなら、この銀行は、それほど日本の経済界に、国民に、待たれていた。社業は、順調に発展した。

開業日から発展した。この銀行の発行する、日本銀行券と名づけられた紙幣が、

——こんなのが、金か。

と、さんざんな評判だったにもかかわらずである。

なるほど不人気なわけだった。何しろ大黒天の像が印刷された、

百円
十円
五円
一円

の紙幣はみな紙をじょうぶにすべく蒟蒻の粉をまぜたら手ざわりが悪くなったのはまだしも、虫が食うようになった。

おちおち蔵にも置いておけないのである。全国の温泉地で、

——このお金は、まっ黒になる。

と言われたのは、これはあるいは、インクの何かの成分が硫化《りゅうか》水素と反応したせいか。もともと西洋には温泉が少ないため、その処方を馬鹿正直に参照すると、こういう問題が生じるのである。日本には、いまだ独自の処方をあみだす術も人もなかった。

それでも、急速に流通した。紙質の悪さやインクの不調をおぎなってあまりある、信頼という価値があったからである。この日本銀行券は、政府公認のいわゆる兌換《だかん》銀券だ

った。

つまり一円の紙幣のもちぬしは、その気になれば、いつでも一円ぶんの銀塊《ぎんかい》と交換することができる。実際はもちろん銀塊ではなく、銀製の貨幣（一円銀貨）ということになるが、この約束をつけることにより、紙幣はただの紙ぺらでなくなる。着るものや、食べものや、汽車のなかで立たずに座ることのできる資格や、他人の服務時間が手に入れられる霊宝になる。紙に価値があるというのは一種のつくり話にほかならないので、それを現実《うつしみ》にするには、どっしりと光る銀という裏打ちが必要なのである。

本店の業務は、激増した。

人員もまた激増した。初代総裁・吉原重俊《よしはらしげとし》は開業後ただちに庁舎の横へもうひとつ、営業場《えいぎょうば》と称する二階建ての建物を新築したが、業務はまったく追いつかなかった。犬小屋をふたつならべたところで、象を飼うことはできないのである。

だいいち、防犯上の問題がある。

日本銀行は兌換銀券である、ということは、発行者はつねに大量の銀塊を、いや銀貨を、保管していなければならず、その建物の内部には巨大かつ堅固《けんご》不抜《ふばつ》の金庫がなければならない。この点ひとつを取っても、いまの建物は、

――業務には、適さない。

その声が、職員のあいだで、日ましに強まったという。

なるほど鰊のにおいただよう旧北海道開拓使の建物では、文字どおり、間尺に合わな

いのである。もちろん金庫は入れているし、それはなかなか頑強なものだが、それにしてもやはり一から建物そのものを分厚い壁でつくるに如《し》くはない。

――日銀には、日銀専門の建物を。

とはいえ、彼らは金融の専門家である。こと建築に関しては素人で、もちろん彼らの親玉である総裁・吉原重俊も、そもそもの創立者というべき松方正義も、やっぱり門外漢だった。

そこで彼らは、建築専門のお役所へ、

――建築家《なわばりや》を、推薦してくれ。

と依頼することになる。その建築専門のお役所というのが、この場合は、内閣の臨時建築局なのだった。

臨時建築局。

できたばかりの、嬰児《えいじ》のような部局である。

もっともその職掌は嬰児どころか巨人級で、東京の官庁街を再編成し、さらには東京そのものを欧米なみの文明都市にしようという企図がある。どこまで実現できるかは別としても、とにかくその臨時建築局にコンドルが雇用されたということは、ただちに、

「日銀は、先生がおつくりになる」

金吾は、つぶやいた。

そうとしか考えようがなかった。コンドルは日銀へ推薦され、日銀にみとめられ、日銀の普請を開始するだろう。そもそも例の、旧北海道開拓使の建物も、設計はコンドル

の手になるのだった。

役人というのは、旧習墨守《ぼくしゅ》の生きものである。

とりわけ今回のごとき時間もかかる、金もかかる、しかも過去に例のない事業の前に立つと、役人というより、おそらくは人間みんなが逆に古法に拠《よ》ってしまう。

成功するよりもむしろ、

——失敗しないよう。

そのことに、心をくだいてしまうわけだ。となれば日銀には、ないし臨時建築局には、コンドル以外の選択はない。

ましてや金吾のごとき実績のない、日本人の、廃省あがりの教師など、

(候補にも、ならん)

金吾は、そう思わざるを得なかった。

辰野金吾という力士は、勝負の前に、土俵にすら上がらせてもらえないのだ。われながら景気の悪い口調で、もういちど、

「こっちの事務所がつぶれるよ。時太郎」

時太郎は、まだ大福餅をにぎりしめている。

食いかけなので、上半分がUの字のかたちに欠けている。そのふちは干からびて固くなり、白蠟《はくろう》のように見えた。経師屋の二階のせまい部屋のなかは、いつのまにか、障子ごしに西日がさしこんで埃《ほこり》の金粉が舞っている。

「だいじょうぶですよ」

と、きゅうに声をあかるくして、のこりの大福餅をぎゅうぎゅう口へ押しこんでから、

「つぶれるところまでは行きませんよ、辰野さん。仕事がよそへ行っただけ、こっちが損したわけじゃない。それにコンドル先生のことだ、これほど大きな計画となれば、われわれにも、きっと仕事をまわしてくれます」

「その仕事をまわすというのが問題なのだ、時太郎。まさしくな」

金吾は、訥々《とつとつ》と説明した。

日本銀行は、日本最初の中央銀行である。その記念すべき新築事業をもしも外国人が請け負ったら、ほかの仕事も、やはり政府は外国人にたのむだろう。

最初の中央駅、最初の国会議事堂、最初の総理公邸、最初の大審院……存在そのものが日本の権威となるようなこれらの建物が、日本人以外の手でデザインされるのだ、たとえば鹿鳴館がそうだったように。

しかも自分は、

「日本人、第一位だ」

金吾はそう言い、おのが鼻を指さした。これは謙遜《けんそん》の必要がない。過去の経歴により客観的に証明し得る、いわば動かぬ事実である。その第一位が、この期におよんで外国人の下請負に甘んじたら二番目以下はどうなるか。曾禰達蔵も、片山東熊も、佐立七次郎も、主役になる日は、

「永遠に、来ない」

金吾はつづけた。実際、あの東京の官庁街を再編成すべく新たに設けられた臨時建築

局は、日本人など眼中にない。

優秀な建築家は、

――ドイツにしか、いない。

と言わんばかりに、ヘルマン・エンデとか、ヴィルヘルム・ベックマンとかいう大物を招聘《しようへい》しようとしているという。臨時建築局総裁・山尾庸三《やまおようぞう》はこのふたりに、

――東京を、まるごと任せよう。

という腹なのだろう。中央駅も、国会議事堂も、司法省も、大審院も。

要するに、東京をベルリンにするつもりなのだ。いや、ベルリンの醜いまがいものに。おそらく山尾や彼らの部下は、本心では、このたびの日本銀行もドイツ人でやりたいのだろう。

エンデ、ベックマンに注文したいのだろう。その招聘がたまたま間に合わぬから、手近なコンドルに、

「白羽の矢を立てようとしている。先生はいわば次善の策なのだ」

「次善の、策……」

「わかるな、時太郎」

どちらにしろ、金吾には都合がよろしくない。ドイツ人がやろうがイギリス人がやろうが、外国人の下請負では、辰野建築事務所のほうは純粋に経済的に考えても大発展はないのである。

「わかるな」

金吾がもういちど念を押すと、時太郎はうなずき、

「わかる」

あぐらをかいたまま、うなだれてしまった。その黒いみじかい髪は、いまや汗でぺったりと頭頂の皮にへばりついて起きあがれない。かぼそい声で、

「……受けたかったな」

「受ける」

金吾はそう言い、身をのりだした。

くわと役者のように目を見ひらいた。時太郎は顔をあげて、

「え？」

「日銀の仕事は、こっちへもらう。先生から奪う」

「むりだ」

と時太郎は即答したが、金吾はさらに速く、

「山尾氏へ直訴する」

「総裁の？」

「ああ」

「面識は……」

「なし」

金吾はそう言うと、にわかに立ちあがり、背広の上着を、チョッキを、ズボンをぬいで下帯ひとつになって、

「山尾氏は、長州の出身だ。東熊に仲介《つなぎ》をつけてもらう」

部屋のすみへ行き、畳の上に置かれた行李から普段着の和服をひっぱり出し、身につけた。時太郎はなおも身を動かさず、

「会えたとしても、翻意までは……」

「さっき言っただろう、コンドル先生は次善の策だと。金輪際、変えられぬ案ではない」

「し、しかし……」

「私があきらめるということは、日本があきらめるということだ」

ぎゅうと音を立てて兵児帯《へこおび》をしめるや、襖をひらき、どすどすと階段をおりはじめた。

東熊の家への道をたどりつつ、金吾は早くも、

（数分）

そう読んでいる。

どういう情況で会うにしろ、数分かせいぜい十数分しか山尾は自分に時間をさかない。この獲物は、要するに、ただの一撃でしとめなければならないのだ。

†

山尾庸三から、

——今夜、会おう。

という返事があったのは翌日の朝だった。

山尾にしろ、片山東熊にしろ、長州人というのは仕事がはやい。あるいはそれが、あの幕末維新の動乱をついに勝ちぬいた要因のひとつなのかもしれなかった。

会う場所は、鹿鳴館を指定された。

たまたま内閣総理大臣・伊藤博文《いとうひろぶみ》主催の舞踏会がひらかれるから、開宴前に、

――控室で、暫時《ざんじ》のみ。

金吾はそれを、東熊からの使者に聞いて、

「やはり、数分か」

小声で言ったが、しかし同時に、

（みょうだな）

首をひねることもした。なるほど山尾庸三は政府要人のひとりだけれども、開宴前の鹿鳴館にわざわざ一室があてがわれるほどの人物とも思われない。

（何かの、罠かな）

夕刻、行ってみて事情がわかった。金吾が玄関で名を告げると、白いシャツの少年が、

「こちらへ」

と言い、なかへ入る。金吾はつづいた。

玄関の右には、もう長梯子は立てられていない。

それを上《のぼ》って師のコンドルとともに東京の街なみを見おろすことも、おそらくは永遠にないだろう。かすかな感傷が金吾に湧いた。玄関を入ったところには大ホールがある。

その中央を右へまがり、多数の日本人とほんの少しの外国人の男女たちが小さな口で大

笑いするあいだを縫うようにして、金吾は食堂へ入った。

それから右へUターンするようにして重厚な木製の扉をひらくと、そこが談話室だった。

少年が去り、金吾はおずおずと足をふみいれた。

存外あかるい色の壁紙が貼られている。部屋のまんなかには白い布をかけた円形のテーブルが置いてあり、その奥の椅子に、ひとりの男が腰かけている。

新聞でよく見る顔である。金吾はほとんど自動的に、

「……伊藤伯」

頭をふかく下げてしまった。

内閣総理大臣・伊藤博文伯爵その人。和室だったら膝を折り、平伏していたかもしれなかった。年齢はおそらく金吾のひとまわり上、四十代なかばというところだが、何しろ見た目が圧倒的である。にぎりつぶした橙《だいだい》が果汁をほとばしらせるように、全身が、見えない精力を噴出していた。

罠でも何でもない。この部屋はつまり、伊藤のための部屋だったのだ。その椅子の、こちらから見て右に立つ男が、

「辰野君かね」

「はい」

「私が山尾だ」

なぜか、ふくみ笑いをした。その拍子にほんのわずか花のようにゆれたのは、黒いラ

シャの燕尾服《えんびふく》の、胸のポケットにのぞく銀色のハンカチーフである。金吾はそれを見て、

(地味)

自分の恰好《かっこう》が、である。

伊藤博文も、やはり黒い燕尾服をつけているのだ。テーブルの上に白い手袋が二組、置いてあるのも彼らのものだろう。こっちは洋服簞笥をかきわけるようにして立派な一着をえらんだつもりが、しょせん教師の一張羅《いっちょうら》、ここでは燕のなかの鴉《からす》だった。部屋にはほかに数人の男の客が立っているが、誰に比しても、自分がいちばん見場《みば》が劣る。

ふるさと唐津では、人々は、

──男子は、辺幅《へんぷく》をかざるべからず。

などと当たり前のように言いなしていたけれども、この瞬間、

(嘘だ)

そのことを、合点せざるを得なかった。服装は心を左右する。

大きく左右する。現に金吾は、初対面の挨拶をしようとして、

「ひゃっ」

のどから甲高い声が出てしまった。しかし二、三度ぎゅっと目を開閉して、

「はじめまして。工学博士・辰野金吾です。日本銀行の設計は、ぜひ私に」

いっきに切り出すことを得たのは、これも服装のせいかもしれなかった。地味は地味だが、金吾の背広は、いちおう留学中にロンドンで仕立てている。

鴉は鴉でも、舶来ものの渡り鳥なのだ。山尾は片方の眉をうごかして、

「日銀か。あの仕事はもう、コンドル氏に……」

「大したことない」

「え？」

「あの人は、そう大した建築家ではないのですよ」

「ほう」

山尾は口をすぼめ、つかのま、伊藤と目を見かわした。金吾はもう、

（あともどりは、できぬ）

臍《へそ》に力を込め、夢中で主張しはじめた。

いわく、自分はかつて工部大学校でコンドルのもとで勉強し、首席の評価をもらい、官費で留学させてもらった。それでイギリス各地をまのあたりにして、ただちに気づいてしまったのは、ジョサイア・コンドルという建築家が、

――一流ではない。

ということだった。

この国の一流は、コンドルの比ではなかったのである。究極の「新しい古典」というべきカーディフ城をつくった師ウィリアム・バージェスはもちろん、ロンドンの中央駅というべきセント・パンクラス駅の駅舎をがっちりと赤煉瓦で鎧《よろ》ったジョージ・G・スコット卿。

権威と瀟洒《しょうしゃ》という相反する要素をあっさりと両立させてしまった国会議事堂のチャールズ・バリー卿。ほかにもスタンダード生命保険会社、ナショナル・ギャラリー増築部、

ライシアム劇場……どこの誰が設計したか、にわかに知れぬような何気ない建物もいちいち細部がつめこまれ、全体がととのい、街そのものの美しさに貢献している。こんなものを見てしまったらもう、日本でのコンドルの仕事など、一流でないという以上に、

「凡百です」

金吾は、断言した。時間がないという焦りのあまり、少し、

（言いすぎたか）

とも一瞬反省したけれども、遠慮は主張の大敵である。ここは逆に、いっそう大げさに、

（先生を、ののしる）

弟子の身で、という胸の痛みは感じなかったことにした。

まわりの男たちは、めいめい雑談をしている。

正直なところ騒々しく、静かにしろと言いたいのだが、あるいは彼らはあえてそうするよう山尾や伊藤に言われているのかもしれなかった。山尾や伊藤には、そのほうが会話をいつでも打ち切りやすいのだ。金吾はいよいよ前のめりになり、前のめりのまま右腕をかかげて、

「これも」

頭上で大きく輪を描いた。この鹿鳴館もという意である。そうして、

「月並なものです」

声を励まし、話をつづけた。

まことに月並な建物である。ことに正面から見た外観などは典型だろう。公式にはいちおう、

——小宮殿ふう。

という説明がなされているようだが、基本的には白い横長の直方体（厳密には上から見ると「凹」に近いが）の上に、どっかりと、地味な色の切妻《きりづま》屋根がのしかかっている。直方体は、横から見ると、横線で上下にわけられている。つまり二階建てであり、一階、二階それぞれが柱を左右にならべている。柱と柱のあいだの上部がアーチ形に刳《えぐ》られているのはいかにも幾何学的に正確な感じだが、一階のまんなかの玄関がやや手前に張り出しているのは、これもまた、均整美といえば均整美だった。

玄関の上部（二階部分の上）には櫛形《くしがた》ペディメントが配されている。日本家屋なら破《は》風《ふ》にあたるが、壁の上辺が円弧形に切り取られたような恰好だった。そのさらに上のほうでは、そこだけ独立した腰折れ屋根がひっそりと天に冲《ちゅう》していて、いわば屋根全体を鍋蓋《なべぶた》のごとく見せている。

「なるほど小宮殿だ。大宮殿ではありません」

金吾がそう言いきると、山尾は、ここは反論の必要があると感じたのだろう、

「それは無理だよ、辰野君」

「なぜです」

「この内山下町の土地はせまい。日本には資金の限界もある。いくら何でもバッキンガムやヴェルサイユなみの……」

「いや、閣下、私は規模の話をしているのではありません。意匠の話をしているのです。小さいながらも偉容を示すことは、建築家には、工夫しだいで可能です。たとえば一階中央の玄関など、もっともっと柱を太くするか、手前に出すかするだけで国家そのものの威厳になります。玄関とはただちに建物の顔だからです。私に言わせれば、鹿鳴館は、あまりにお行儀がよすぎる」

「逆だ」

と口をひらいたのは、伊藤博文だった。

椅子の背へゆるやかに体をあずけたまま、金吾をするどく見あげ、

「逆だと西洋人には言われておるよ。日本人はまだまだ野蛮だとな。いったい作法を知らなすぎる。いくら上手にダンスをしようと、いくら巧みにナイフとフォークで牛肉を食おうと、しょせんは猿が人間のまねをしているにすぎぬと」

「それは建物のなかの、われわれ人間のふるまいの問題でしょう。話がちがいます。しかし根本のところを考えれば、それもやはり、建物のせいでしょうな」

「ほう」

「いれものが貧相だからこそ、中身も風采《ふうさい》があがらないのです。だいたい工費が高すぎる。この鹿鳴館は、聞いたところでは、内装費ふくめて十八万円だったそうじゃありませんか。コンドル先生は設計料が八パーセントだから、そのうち一万四千四百円も取ったことになる。総理の年俸は一万円だと、たしか新聞で見た気がしますが？」

伊藤は、数字につよい男である。

「九千六百円だ」

と表情を変えず、テーブルの布に爪を立てて、

「つまり君はこう言いたいのだな。鹿鳴館はまあ終わってしまった話にしても、つぎの日本銀行の建物は、自分ならもっと安く、もっと印象の強いものに仕立てられると」

「はい、閣下」

金吾は、大きくうなずいた。気がつけば心の緊張は消えている。

「そうして閣下、私は外国人ではありません。私なりに日本人として日本銀行という組織そのものの存在の意味を理解しているつもりです。日銀こそはスエズ以東にはじめて出現した中央銀行にほかならず、その主務は、紙幣を発行することである。紙幣というのは、その実体はただの紙にすぎませんから、国民の信用が得られなければ天保銭《てんぽうせん》ほどの価値も持たない。文字どおり、ただの紙なのであります。ましてやわが国はいま、外交上の危殆《きたい》に瀕《ひん》している。不平等条約の改正はなかなか交渉がすすんでいませんし、うかうかしていると、条約改正どころか半植民地にされかねない。経済上の失敗はゆるされないのです。紙幣の信用は喫緊《きっきん》の課題、それをいっそう推し進めるためにも、新たな本店の建物は、至高の威厳と峻烈《しゅんれつ》をことのほか要する。そうでありましょう閣下」

「うん」

「であるからして、設計の一札《いっさつ》は、何とぞこの私にお入れくださいませ。日本人の辰野金吾に。コンドルではなく」

そこまで言って、金吾はようやく口をとじた。

われながらいい気持ちだった。ついつい片足を引き、胸に手をあて、頭をふかく下げてしまう。まったく政治家への阿諛《あゆ》すれすれの態度と言うほかないが、じつのところ、いちばん満足しているのは、

(先生を、呼びすてに)

このことだった。

越えるべき山を越えた、そんな気すらした。このわずか数分間で、自分は何と成長したことだろう。伊藤は、

「うん」

顔を横に向け、山尾を見た。

山尾も伊藤を見た。ふたりの要人はしばし苦笑いを交わし、その顔のまま金吾のほうへ顔を向ける。金吾が、

(あれ?)

眉をひそめたのは、いつのまにか、まわりが静かになっているのだった。

どうやら全員、雑談をやめ、金吾ひとりを注視しているらしい。金吾は顔を前に向けたまま、目だけを左右へ動かした。やはり注視されている。

わけがわからぬ。教えを乞う目を山尾に向けると、山尾は、

「辰野君」

「はい」

「気をつけをしろ」

「はい」

言われたとおりにした。山尾はさらに右手をかざし、金吾の右肩の上あたりを指さして、

「うしろを見ろ」

金吾は、

「はあ」

曖昧に返事しつつ、首だけを背後へねじり、

「あ!」

魚のように上半身をそらした。

はずみで足がもつれ、体がテーブルにぶつかった。がたりと音が立ち、金吾はそのまま尻もちをつく。

後頭部が、テーブルのふちに衝突した。あわてて立ちあがる。目の前にぴんと背すじをのばして立っているのは、ひとみが青く、肌が白く、かげが横にのびるほど鼻の高い……

「先生!」

「こんにちは、辰野君」

「い、いつから……」

コンドルは、いつもと変わらぬほほえみを見せて、

「『大したことない』のところ」

最初からではないか。金吾はもう口をぱくぱくさせる以外に何もできなかったが、コンドルは一歩ふみだし、金吾の横に立ち、

「山尾さん」

と、いちおう上司にあたる人のほうへ、

「日銀本店に関しては、私は、スケッチ程度のものながら、私の案をすでに提示しています。いまさら設計者の変更はいけません。新しいものもやはり現在の永代橋のそれを踏襲して、穏健、中庸なるおもむきの意匠を以《もっ》て……」

「それはだめだ」

金吾は即座に割って入った。国のためだ。やはり山尾へ、

「現在のそれは、つまるところ小さな鹿鳴館にすぎませぬ」

説きはじめた。横長の直方体の上に切妻屋根がのり、その直方体は横線で上下にわけられ、一階、二階それぞれにおいて窓はアーチ形に刳られている。まさしく鹿鳴館の縮小版、それでなくても「お行儀のよすぎる」建物をさらにお行儀よくしたものなのだ。

「そういう意匠を踏襲などしたら、日銀の威厳はどうなります」

「それが日本人には適《あ》うのです。遠慮ぶかさは、しばしば日本人の美徳です」

とコンドルも言い返す。金吾はそちらへ向きなおり、

「たしかに従来はそうでした。三等国民の自制なのか、東洋古来のおくゆかしさなのか、私には由来はわかりませんが、いずれにしても今後はちがう。日本人はもっと権高《けんだか》に、もっと度胸よく、世界へ打って出る精神が必要なのです。政治、外交、軍事の分野はも

ちろん、ほかの何より経済の分野で。そのためには、たとえばドイツふう」

「ほう？」

ぴくりと片頬のひげを持ちあげたのは、山尾ではない。伊藤博文のほうだった。

「辰野君、もっとくわしく」

と言ったときには少し身をのりだしている。金吾は、

（よし）

牛肉をたらふく食ったような気分になり、声をはりあげて、

「ひとくちにドイツふうと言ってもいろいろな様式があります。伊藤伯には釈迦《しゃか》に説法でありますが、ここではその中心的なもののひとつ、いわゆるバロックが基本になりましょう。バロックとは均整美よりも躍動感をめざす様式とでも申しましょうか、型やぶりを厭《いと》いませぬ。静的よりも劇的、典雅よりも華麗、自然よりも超自然。あるいは古典的ではなく新興的、南方ではなく北方ヨーロッパ的と申してもいいでしょう」

「具体的には？」

「玄関など」

金吾は、まくしたてた。一階中央に玄関を設けるとしたら、遠慮することはない、柱を目立たせるべきである。左右に列柱をならべるべきである。

その上部にはコリント式やイオニア式の柱頭飾りを過剰にほどこし、屋根にも巨大な円蓋《ドーム》をのせる。円蓋の色も肝心だ。どのみち人々の目を引くのだから、鮮烈な、グリーンの銅板葺《どうばんぶ》きにすればどうか。

「いいな」

伊藤は山尾を見て、にっこりした。

まるで妓《おんな》に相好をくずすような、あからさまな評価だった。コンドルは眉間にしわを寄せ、せわしなく指でひげを撫でおろしながら、

「辰野君、あなたは媚《こ》びへつらっている」

「何と？」

「伊藤さんは四年前ドイツとオーストリアにわたり、憲法調査をおこない、その結果をたずさえて日本の憲法を起草した。また山尾さんの臨時建築局も本来は立場がドイツ寄りで、すでにして官庁街再編のためエンデ氏、ベックマン氏をまねいている。どちらも周知の事実です。君はそれへの阿諛追従《あゆついしょう》として、たったいま、とつぜんドイツ教の信者となった。日銀の注文ほしさに自説を枉《ま》げたのだ」

「ちがう」

「もともとはイギリス派なのに。私のもとで勉強し、ロンドンでバージェス先生にも学んだはずなのに」

「それはちがう。私は、口べたな九州男児です。おべっかを使う習慣はない。私はただ最善の選択をしただけです。日銀のために。目下の最重要事のために」

金吾はことばを打ち返しながらも、内心、

（言い訳だな）

師の言うとおりではないか。コンドルにさらに、

「何が最善の選択ですか。辰野君、あなたはもう忘れてしまったようですね。帰朝直後の、まだ普請中だったこの建物の屋根の上でふたり話し合ったときのことを。徳川の世のなごりをとどめる外桜田の風景を見おろしながら、あなたは完全な効率論者だった」

と言われると、

「そ、それは……」

口が動かなくなってしまった。まわりの聴衆はいよいよ静かに、いよいよ興味ぶかくこの師弟の争論に耳をかたむけているようだった。

コンドルは。

ちらりと伊藤と山尾のほうを見た。それから金吾へ、

「この東京という限られた天地に、ひとりでも多くの人をつめこもう。そのためには西洋建築を林立させることはもちろん、お城をかこむ内濠外濠を埋め立てることも敢えてしよう。あなたはそう放言しました。その方針で行くならば、このたびの日銀は私の案が最適のはずでしょう。何しろ単なる『横長の直方体』なのですからね。これ以上のものはない。あなたの主張する威風堂々たる、装飾たくさんの建築はそれ自体がもう効率とは正反対だ」

「全体の論は全体の論、個別の論は個別の論です。混同するとは先生らしくない」

「あなたがすでに何十もの作品をこの世にあらわした人ならば、全体と個をわけてもよろしい。しかしながら今回の話は、実現すれば、あなたにとっては人生最初の本格的な作品になる。いきなり変心はないでしょう。最初の駅で脱線するような蒸気機関車に、

辰野君、あなたなら安心して乗ることができますか？」

「それは先生、その、日銀というのは特別ですし」

「馬脚をあらわしたようですね。特別だから節をまげたと」

「そういう意味ではなく、えー、わが国の置かれた情況が……」

われながら、舌がもつれている。

背中がひんやりと汗にまみれて下着をぬらし、シャツまでぬらしているようだった。

何とか弁解をこころみつつも、金吾は、ふしぎな心持ちだった。目の前の恩師、この自分を追いつめているイギリス人が、

（日本人）

そう思われて仕方なかった。目の青さにもかかわらず、肌の白さにもかかわらず、その顔はみょうに日本人だった。

来日してもう九年になるからか。それとも単なる錯覚なのか。これとくらべれば、むしろ自分の容貌のほうが、

（西洋人）

あるいはむしろ、西洋人きどり。それこそほんものの西洋人に「猿が人間のまねをする」とさげすまれる鹿鳴館の紳士淑女とおなじ面《つら》なのではないか。

それでいい。

とは、いちおう思う。それが日本百年の計にかなうのなら、猿にもなろう、師への裏切り者にもなろう。

権力者へのごますり坊主にもなろう。……悲愴《ひそう》な覚悟、などというご大層なものではしかしないような気がわれながらする。義務感でもない。いわゆる生きがいともちがう。もっと単純きわまりない、

(性分だな)

金吾は、苦笑せざるを得なかった。

結局のところ、自分とは、なりふりかまわぬ人間なのだ。

泥くささを自分でえらんでしまうと言いかえてもいいかもしれぬ。学生のころもそうだった。なりふりかまわず勉強し、なりふりかまわぬ卒業論文を書いて首席の位をみごと得た。なりふり「かまう」曾禰達蔵から、いわば留学の権利を横取りした。

美醜を言うなら、あきらかに醜。

善悪で言っても善ではあるまい。そうして金吾は、いまふたたび、その醜であり悪であるところの仕事をなそうとしている。温厚典雅な恩師から、天下の注文を、

(横取りしようと)

この瞬間は、或る意味、辰野金吾という人間の一生が集約された瞬間だった。一頭の気荒《きあら》な猪が故国への愛に焼かれ、師への愛に焼かれ、火だるまになって悲鳴をあげつつ駆けるのをやめない。

むしろますます荒れ狂う。おそらく日本近代の第一世代ならではの悲劇であり、後世から見れば、喜劇でなくもない。

コンドルはふいに語を発して、

「もういいです」

金吾は、さからえない。

何か言いかけた、半びらきの口のまま沈黙してしまった。コンドルは山尾のほうへ、

「議論は、もはや尽きました。ご判断を」

「うむ」

と首肯《しゅこう》したのは山尾ではなく、伊藤だった。山尾に向かって、

「どうかねえ。辰野君で」

山尾はあからさまに渋面《じゅうめん》を見せて、

「こまりましたな」

「何が」

「あんたの、その判断がさ」

ふたりの長州人の意外に気安いやりとりを聞きながら、金吾はようやく少し意識がもどって、

（なるほど）

ここは興ふかく思った。山尾庸三はその経歴から、元来が、イギリスびいきなのだろう。旧幕時代にはもう長州藩に派遣されてイギリスにわたり、五年ものあいだ分析化学や造船学をまなんでいるからだ。

帰国時には、日本はすでに明治の御世となっていたが、山尾は政府に出仕し、工部省の設置に参加したときもイギリス人技師とふかい交渉があったという。これを山尾の目

から見れば、イギリスは、自分を出世させた国なのだ。

いま山尾の支配する臨時建築局でドイツ色がつよいのは、これはあるいは、同藩出身の大立者である伊藤博文への遠慮があるのか。むろん伊藤もやはり旧幕時代には山尾とともにイギリスに留学したし、御一新後には工部省の設置にも関与した。だからこそ会話の口調は気安いのだろうが、こちらのほうが出世したし、しかも、そののち、ドイツ派へいわば鞍《くら》がえした。

憲法調査にからんで君主と議会との関係、司法権の独立、行政制度のいろいろ等をまなぶうち、

——こっちが、いい。

そう思うようになったのだろう。

（変節漢が、ここにも）

伊藤はなおも上きげんで、

「山尾君、わが国は新興国だよ。五歳の男の子のようなものさ。近代国家として長い伝統のあるイギリスよりも、むしろ同様の新興国であるドイツのほうが得るところが大きいんじゃないのかね。ましてや日本銀行の建築は、国家そのものの建築だ。そりゃあ威厳が必要じゃないか。そういうことだろう、辰野君？」

水を向けられて金吾は、

「ちがいます。閣下」

当惑するふりをして、ただし言語は明瞭《めいりよう》に、

「イギリスかドイツかの選択は、ひっきょう表面上の問題にすぎませぬ。どちらも外国という点ではおなじ。われわれにとっての真の問題は、実際には、外国か日本かの選択にあるのです。将来の日本の街づくりを、どちらの肩がになうのか」

「建築家の？」

「建築家です」

「日本人だ」

という伊藤のつぶやきへ、間髪を入れず、

「感謝します！」

大声をおしかぶせたのが場の空気を決定した。伊藤個人のつぶやきは、この刹那、一国の元首の決断になった。

いうなれば、金吾がそうした。山尾がぷいと横を向いて、

「……まあ、そうしよう」

と言ったときにはもうコンドルは金吾のとなりに立っていない。ふたりの権力者へくるりと背中を向け、出口のほうへ歩いている。

金吾はそちらへ体を向けた。コンドルの少しそり返った背中をまのあたりにして、

（先生）

強烈な後悔に胸がつぶれる。やっちまった、と心が言う。右手をさしのばし、

「あ、そ、その……」

コンドルは立ちどまり、首だけで振り返って、

「あなたの勝ちです」

典雅にほほえんだ。

バロックではなくルネッサンスの笑み、であるように金吾には見えた。躍動感というより均整美、劇的というより静的。この師はひょっとしたら、

――私はイギリス人、すなわち世界の都会人です。ドイツ人のような田舎者とはちがう。

とでも言いたかったのかもしれない。

金吾はどんな返事もできなかった。コンドルがみょうに高らかな靴音とともに出口へ姿を消してしまうと、入れかわるようにして、
がらがら
がらがら
扁桃腺《へんとうせん》でも腫《は》らしたかのような、ひどく濁《にご》った振鈴の音がとびこんできた。二階からのようだった。伊藤博文が、

「どれ」

と大儀そうに立ちあがったところを見ると、宴のはじまりの合図なのだろう。金吾は一礼して退出し、玄関から戸外へ出た。

戸外には、馬車や人力車がいる。

外国人の目もあるというのに、ここでも彼らは整列していない。馬車も人力車もこきまぜて小石のようにばらまかれている。故国日本のありのままの姿。

客たちを乗せて来たまま時間をつぶしているのにちがいないが、金吾はしかし、そのうちの一台を呼ぶこともせず、壁の前で突っ立ったまま、いつまでも、夜空に浮かぶガス灯のみかん色の光をながめている。

あんまり急いで出たりしたら、どこかの路上で、

（先生に、追いつくかも）

金吾は、きゅうに臆病になった。いつまでも足を踏み出す気にならなかった。

†

何か月かののち、日銀本店の設計者は、

――工学博士・辰野金吾君に。

と決定した。

まだ内定という段階で、正式発表はしばらく先だが、くつがえることはない。と同時に、金吾のもとへ、

――銀行建築調査のため、欧州滞在を命ず。

という内示ももたらされた。

たったひとつの店をつくるのに、一年もかけて先進各国を見て来いと言うのである。政府もよほど賭けているのだ。金吾はこういうとき、

（できるか。俺に）

などと恐怖する型の人間ではない。妻に対して、

「なあ、秀子」

「何でしょう」

「家移《やうつ》りだ」

とつぜん宣言した。

†

翌年の四月、金吾は転居した。

転居先は京橋区加賀町八、銀座煉瓦街のはずれだった。銀座煉瓦街とは、つづめて言えば西洋長屋である。

拡張された銀座通り（現在の中央通り）の左右にずらりと煉瓦造、二階建て、歩廊つきの住宅がならび、白漆喰が塗られているのだ。むろん商業施設も多いけれども、数の上では、家々のほうが千四百もあるので圧倒的。木造の日本家屋とはことなり、火事のおそれもなく、また徳川期以来の繁華街である日本橋もすぐそこなので、

――東京一の、高級住宅街。

という評判が高かった。

完成は、十五年ほど前だった。設計したのはアイルランド人建築家トーマス・J・ウォートルスで、はやくも旧幕時代には来日して薩摩藩の洋式工場などを設計している。御一新後に東京へうつり、設計活動をおこなうとともに都市計画に関しても各方面へいろいろ助言したというから、要するに、コンドルのひとつ上の世代に属する。

いわゆる御雇外国人のはしりである。金吾はだからその「作品」を購入し、そこに住みはじめたことになる。一等、二等、三等とはっきり区分されたうちの二等とはいえ、これまでの、西日がさしこむ経師屋の二階とは、

（雲泥の差だな）

下見のさい、金吾はそんなふうに感じたものだった。

もとより引っ越そうと思えばいつでもできた。帝国大学教授としての俸給にくわえて、東京海上保険会社、東京人造肥料会社などの社屋の設計もひきうけていたから、お金がないわけではなかったのだが、しかしこのたび決断し得たのは、やはり、

——日銀が、やれる。

その安心が大きかっただろう。

東京海上ごときとは、規模はもちろん、名誉の質量がまるでちがう。今後の仕事にもつながるだろう。このことで金吾はひとつの貴重な真理を得たのだった。人間が住まいに金を使うのは、いま金があるからではない。ゆくゆくまでもお金があるという自信ないし誤解があるからなのである。

似ているようで正反対である。人間は未来に向かってではなく、未来から溯《さかのぼ》って建物を買う動物なのだ。

引っ越しの日は、学生に荷物をはこばせた。

学生は七、八人しかいなかったが、もともと金吾には、書物のほか大した家財はない。半日たらずで終わってしまった。

あとはもう、宴会である。

外壁とおなじく白漆喰でべったりと塗られた一階の洋間に安物のじゅうたんを敷く。テーブルも椅子もまだないので、金吾はじゅうたんの上にあぐらをかき、学生たちと車座になった。

そこへ来たのは、時太郎である。

入口のところで、

「酒を注文してきました。じき、とどきます」

と言いつつ、突っ立ったまま、左右の腕をつきだした。

それぞれの手が、焼き鯛をぶらさげている。

どちらも三尺ほどもある、尾頭つきの、いまにも泳ぎ出しそうなほど桜色のあざやかな魚だった。金吾が、

「二匹も？」

と小首をかしげると、時太郎は、目をきらきらさせて、

「一匹はもちろん、引っ越しの祝い。もう一匹は日銀ですよ。とうとう一国の代表者になった」

「誰が」

「辰野さんが」

酒がとどき、鯛はそれぞれ皿に移された。

ほかの肴《さかな》もならべられ、学生たちが騒ぎはじめる。金吾はしいて秀子と須磨子も同席

させたので、秀子もまた、学生たちに酒をつがれることになる。

秀子はもちろん九州の女であるからして、五杯や十杯くらいでは頬の肌に朱《しゅ》もささず、けろりと話の相手をしていた。須磨子はものめずらしそうに箸を動かし、ひととおり鯛やら肴やらを頬ばってしまうと、退屈したのだろう、学生たちの横へすたすたと行っては、

「どーじょー」

と酒をついだり、あるいは折り紙で鶴などを折って、

「どーじょー」

と誰かの鼻におしつけたりする。もう四歳になったからか、それとも父親に似てそういう性格なのか、口のききかたが生意気の半歩手前という感じだった。

夜がふけても、宴はつづく。

須磨子はじゅうたんの上にくずおれて、すうすう寝てしまったので、秀子がつれて出てしまった。学生のほとんども、気がつけば、手枕でいびきをかいている。

金吾は、まだ醒《さ》めている。となりに時太郎が来て、

「勝ちましたね」

お銚子をぐいと目の前に出し、たぷたぷと振ってみせた。

呂律があやしい。金吾は一杯を受け、ひといきに空《から》にしたけれども、その顔は、

「ああ」

われながら不機嫌きわまりない。時太郎は酔眼をしばたたいて、

「どうしました」

「コンドル先生だ」

「ああ、敗将」

あざ笑うような鼻音を立てた。

今夜はことに子供っぽい。こんどの欧州調査には時太郎も同行することになったから、それがうれしいのかもしれない。

もしくは気負いのたねなので、かえってはしゃいでいるのかもしれない。金吾は無視して、杯のなかを見つめながら、

「先生はあのとき、建物のほかの話をしなかった」

「はあ?」

「その手もあったと思うのだ、伊藤氏と山尾氏の前で。私に対して『留学させてやった恩をわすれたか』と言うとか、あるいは『師をいないところで呼びすてにするとは人間の資質をうたがう』と言うとか。そういう情で攻め立てれば、きっと私はひるんだだろう。その後の論も、にぶっただろう。ひょっとしたら先生は、わざと私に……」

「気にすることはない。辰野さんは勝ったんだ」

「負けたよ。人間では」

金吾は、ぼそりと言った。人間というより、国の問題かもしれなかった。日本は、たとえ日銀を建てておおせたとしても、まだまだイギリスの足もとにも寄りつけぬ。そこに住む国民も、世界の都会人にはなれぬ。

第四章　スイミング・プール

翌年の夏、金吾は、日本銀行の設計者に決定した。と同時に、臨時建築局総裁・山尾庸三より、

――海外調査を命ず。

という辞令を受けた。

内示が公示になったわけだが、ただしこの場合、調査の目的は銀行建築だけではない。議院・諸官衙《しょかんが》の調査もふくむという。

（議院か）

金吾は反射的に、イギリスの国会議事堂を想像した。ああいうものも、

――建てる。

というのが政府の長計なのだろう。もっともイギリスとは異なり、いまのところ、日本にはそのなかで開催されるべき議会というものが存在しない。ゆくゆくは憲法なるものが発布され、選挙がおこなわれ、代表者を東京にあつめて国政のもろもろが審議され

ることはまちがいないのだが、そのあかつきには、

（そいつも、俺が）

ともあれ、いまは日銀である。外遊はのぞむところながら、私生活において、気がかりな点がひとつ。金吾は家で、

「どうだ」

と、秀子に問うた。

秀子はまたしても胸をはだけ、赤んぼうに乳をふくませている。長男・隆《ゆたか》はまだ生後四か月なのにもう唇をしっかりと乳首につなぎ、ごくごくと音を立てていた。

姉の須磨子がようやく一歳になるころ到達した痛飲の境地。将来はよほど頑健な男になると期待しないわけにはいかないが、それだけに、

（この子をのこして、行くべきか）

金吾は、それを懸念したのである。かりにも後継ぎである。万が一にも父親の不在がその精神の発育をそこなうことはあってはならない。前回の留学時には結婚直後の秀子をあっさり置いて行ってしまった金吾だが、今回むやみと長男にこだわったのは、あるいは金吾自身、養子の身だったからか。

秀子はただ、くすりとして、

「ご心配なく」

この場には、須磨子もいた。母親の横でちょこんと正座して、四つ年下の弟をじっと見つめていたのが、きゅうに金吾へ怒り顔を向けて、

「隆のお世話は、ちゃあんと私がいたしますから。お父様どうぞ安心してお勉強していらっしゃいまし」

自分が信頼できないのか、と言いたいのだろう。金吾は苦笑いして、

「わかった」

金吾は翌日、達蔵の家に行った。玄関先に立ったまま後事をたのむと、達蔵はやはり清潔な笑顔で、

「おお、そうか。めでたいことだ。留守中のことは委細まかせろ」

「曾禰君」

「何だね」

「あー、その、時太郎も行くのだが」

「そうか、そうか。彼もいい勉強になる。どうだ、前祝いに一杯やらんか。かね子に膳を用意させよう」

家のなかを手で示した。かね子とは妻の名である。金吾は急いで、

「今夜は用がある。失敬する」

逃げるようにして玄関を出た。べつに用などない。疲れたような足どりで家への道をたどりながら、金吾は、

（どうだろう）

達蔵のこころに思いを馳せた。自分より七つも年下の、そうして建築に関しては自分よりはるかに素人である時太郎のほうが先に西洋を見ることになる。清潔でいられるは

ずがない。もしも立場が逆だったら、金吾なら、少なくとも渋面をかくすことはできなかった。

ともあれ。

金吾は横浜へ行き、アメリカに向かう船に乗った。

アメリカには独立した中央銀行はないから早々に列車で大陸を横断し、ニューヨークから二等に乗り、大西洋を横断し、イギリス、フランス、ドイツ、イタリア、ベルギー。

これを一年でまわるというのは、実際、想像以上のいそがしさだった。曽遊《そうゆう》の市《まち》ロンドンをほのぼのと漫歩する時間はむろんなく、うまい食いものに舌つづみを打つ時間はさらになく、或る朝など、時太郎が、ホテルのベッドの上でめざめて、

「いま、どの国です？」

本気で問うたほどだった。辰野は苦虫をかみつぶしたような顔で、

「ばか。オランダだ」

と言ったけれども、ホテルを出たらベルギーだった。

それほど目まぐるしい日々だった。もとより事務官の随行などありはしないから、旅の世話は、すべてふたりでやらなければならなかった。

帰国後は、さらに多忙になった。

十月三日に横浜に着き、いまだ故郷の風景に目が慣れぬおなじ十月のうちにもうネオ・バロック様式、地下一階、地上三階、日本初の本格的な石造建築の設計図を日銀に提出したのは神風のような速さだが、これはもちろん、あらかじめ旅先で筆を起こして

いたのである。ほどなく日銀から、

――来店の上、総裁へじかに説明されたし。

という要請が来たので、金吾は時太郎とともに、例の、永代橋のほとりのコンドル設計の建物へ出向く。

総裁室へ直行すべく階段をのぼりながら、時太郎は、

「叱られるかなあ。こわい人だっていうじゃありませんか」

早くも顔色をうしないつつある。金吾は何も言わなかったが、じつはやはり、

（どんな人だろう）

恐怖のあまり、指のふしが白くなるほど両手をにぎりしめていた。

このときの日銀総裁は、第三代・川田小一郎《かわだこいちろう》。

元来は三菱の経営者で、創立者・岩崎弥太郎《いわさきやたろう》とほとんど一心同体という感じで会社を巨大化せしめたが、

――高齢のため、第一線をしりぞく。

という建前で日銀に来た。もっとも、これは建前にすぎず、実際は親しい友人にさえ、

――高等厄介者。

と呼ばれるような短気な性格がわざわいして、三菱を追い出されたものらしい。岩崎弥太郎が胃癌で死に、つぎの社長に弟の弥之助《やのすけ》が就任したところ、弥之助はどちらかというと文人肌で、先代のような豪傑型ではなかったのが気に入らなかった。

「優男《やさおとこ》には、会社の経営はつとまらん」

とか、

「俺のほうが、社業を知りつくしている」

などとさんざん放言したらしい。そんな人物だから、日銀へ来ても、その舌鋒《ぜっぽう》は下火になるどころではない。

むしろますます鋭利になった。毎日毎日、社員たちを総裁室へ呼びつけてはののしる、あざける、ときには手もあげる。声の大きさもまた非人道的で、夏の朝など、窓をあけはなしていると、隅田川のむこうで株屋の小僧たちが、

「ああ、きょうもおかんむりだな」

とわかったという。とにかく癇癪《かんしゃく》もちだった。

社員だけではない。

社外の大物でも遠慮しなかった。これは金吾もうわさで聞いたが、川田はあの渋沢栄《しぶさわえい》一《いち》をも餌食にしたという。

渋沢はいうまでもなく第一国立銀行の頭取であり、財界の第一人者であり、これまで製紙、紡績《ぼうせき》、電灯等あらゆる分野で大会社を創立させてきた近代産業の父である。その父をやはり、

——総裁室へ、来い。

と呼びつけた上、よほど何かが気に入らなかったのだろう、一時間も二時間ものののしった。

ただ罵倒《ばとう》したのではない。川田はわざわざ自分の左右にずらりと部下の局長級を四、

五人もならべ、さらには少し離れたところに机をもうひとつ置いた。そこには秘書をひとり座らせて、渋沢の応答を細大もらさず筆記させたのである。

二重三重の心理的圧迫、無言の恫喝《どうかつ》。渋沢ほどの人物が、ここではひたすら低頭するしかできなかったという。けだし川田小一郎とは一種の人格破綻《はたん》者にほかならなかった。

それでいて仕事は無類にできる。特に、世間の空気の微妙な変化を察する眼力はほとんど人間の能力をこえていて、たとえば部下が統計を出す前にもう、

「世の中はいま、資金の需要が増大している」

と断言して、一般銀行むけの貸出し金利を引き上げたりした。

引き上げがあと少し遅かったら資金は世の中にあふれ、物価が不安定になっていただろう。直観するどく、手出しも速い。

またそれで誤りがない。行内からも行外からも、いまや功罪もろともに、

――鬼神。

と呼ばれるその男に、金吾は、つまり呼び出されたのである。

ところが。

金吾たちが総裁室に入ると、川田小一郎、意外に口数が少ない。デスクの上に設計図をひろげ、いろいろ細部の説明をしても、

「ふむ。ふむ」

時太郎が口をはさんで、

「ベルギー中央銀行、イングランド銀行等いろいろの建物を検討した結果、日銀のため

にはやはりバロックという派手な、力感あふれる、いまにもそこで踊り出しそうな様式のほうが適していると判断しました。もちろん実際には古典の引用そのままではなく、現代の目的にかなうよう按配《あんばい》しますが。このことは辰野も以前、鹿鳴館で、伊藤博文伯や山尾庸三子に申し上げたところで……」

などと長広舌《ちょうこうぜつ》をふるっても、

「ふむ。ふむ」

説明が終わると、川田は、ようやく意味のある語を発した。

「ぜんぶ、石かね」

「はい」

「煉瓦は、ひとつも使わんのかね」

（来た）

金吾は、身がまえた。

たしかに現在の日本では、煉瓦は大流行している。従来の木造とくらべて耐火性にすぐれ、気密性があり、何より見た目があざやかだからだ。ことばを慎重にえらびつつ、

「使います。ただし外からは見えぬよう、補強の役に徹《てっ》させる。本建築に関しては、むしろ流行になずまぬ気概を内外へ打ち出すことが肝要かと」

さらにつづけた。石というのは、ひとたび建物のかたちで世にあらわれれば二百年、三百年、生きつづけるのも容易なことはヨーロッパの古城などに見るとおり。わが日銀の不朽《ふきゅう》の権威を謳《うた》うにふさわしい素材といえる。

自分たち建築家としても、煉瓦よりも種類が多く、運搬《うんぱん》しづらく、加工しづらく、組《そ》積《せき》しづらいこの素材にようやく本格的にいどむよろこびがある。この計画はまた日本の建築技術そのものを前へ進める名誉をも担《にな》うのである。

「そのよろこびに、八十万円か」

と川田がつぶやいたのは、総工事費のことである。金吾はさすがに口ごもって、

「いや、もちろん見こみの数字ですが……」

「ずいぶん大きく出たではないか。いまさら言うまでもないと思うが、日銀は、まがりなりにも一法人だ。民間の出資者つまり株主がいる。彼らが納得しなければ、私も君も、柱ひとつ立てられんのだ」

「はい」

「工事費は、きりつめろ」

口調そのものは平穏だった。

(案外、満額通るかな)

翌年は明治二十三年（一八九〇）、庚寅《かのえとら》。

元日の朝日を、金吾は家族とともに起きてむかえた。膳を出させ、鯛を焼かせ、長男の隆をひざに抱いて、

「ほれ、ほれ」

屠蘇《とそ》の入った杯をむりやり唇におしつけた。隆はたちまち顔をしかめ、咳をして、大声で泣いて抗議したが、秀子のひざへ移されるや、けろりと機嫌をなおして粥をだぶだ

ぶ食いはじめた。
こんなつまらぬことが何よりうれしい。須磨子があまい練酒《ねりざけ》を三杯も飲んだのは、これは七歳になっての気負いのせいか。あるいは親たちの愛情が、
――弟へ、行く。
という危機感からの売名行為か。
松がとれると、金吾は事務所にこもりきりになった。
設計図に手を入れたり、模型を製作したり、要人たちへの説明の文書の原稿を書いたりした。冬がすぎ、桜が散り、夏になると、
内閣総理大臣　山県有朋
枢密院議長　大木喬任《おおきたかとう》
内務大臣　西郷従道《さいごうじゅうどう》
大蔵大臣　松方正義
陸軍大臣　大山巌《おおやまいわお》
司法大臣　山田顕義《やまだあきよし》
文部大臣　芳川顕正《よしかわあきまさ》
の裁可をあおぐことができた。計画が成立したのである。いよいよ起工のはこびというとき、最後には、やはり費用の問題がのこった。株主たちが、つぎつぎと、
――あんまり高額にすぎる。店舗成《な》りて会社つぶれるでは本末転倒だ。
と声をあげている。金吾は内心、

(減額は、やむを得ぬか)

ここでも味方は川田小一郎だった。株主総会を招集し、こんな大演説をしたのである。

「皆様のなかには、このように論じる方がおられます。わが国は民度が高くなく、財力がゆたかでなく、西洋なみの工事をおこなうのは分不相応である。世間からも嫉視《しっし》を受け、攻撃されること火を見るよりあきらかであろう。さしあたりは数万円くらいで仮設のものをこしらえておいて、ゆくゆく完全なものを建てるべしと。なるほど一理ありますが、私に言わせれば、それは姑息の論であります。なぜなら本行はただの事務所ではありません。国家の財源そのものであり、政府および国民の信頼によって成り立つところの唯一の金融機関なのであります。どのみち高まる民度なら、いまのうちに先取りしてしまうのが最上の策ではありませんか。『段階をふんで』などというのは、たいてい逃げか怠けの方便なのです。特に金庫は、現在ですらも、狭隘《きょうあい》をきわめている。数千万円ぶんの金銀財宝を蓄積するに足りず、大蔵省の、そして大阪支店のそれをも間借りしている状態です。不便はもちろん安全面の懸念《けねん》もきわめて大きい。どうか諸君には、姑息にながれず、流行になずまず、堅牢広壮《けんろうこうそう》なる店舗づくりに着手することをご理解いただきたい」

株主たちは、納得した。

八十万の予算案が、

——可決された。

と聞いたとき、金吾はさすがに感激して、

「川田さんのためにも、工事費は、一円たりとも超過せぬ。わかったな、時太郎」

「もちろんです」

起工日は、九月一日。

その前日、金吾は、ひとりで用地を見に行った。日本橋川にかかる常磐橋《ときわばし》を東へわたり、道をちょいと右へ入る。体の向きを変えると、目の前には、長方形の土地がひろがっていた。

(ひろい)

約五千三百坪、と頭のなかで思い出してみても、目の前に居鎮《いしず》まる空間の質量はそんな数字では測ることができなかった。

長方形は奥にふかく、左右の距離のほうが短いのだが、それでも、はしからはしへ駆けるだけでも五、六分はかかるだろう。建築家としてはじめて立ち向かう規模であることは言うまでもない。金吾は、

(ちっぽけな)

自分のことを、そう思わざるを得なかった。

もともとここは、日本橋という地域の一部である。日本橋区本町、本両替町、本革屋《ほんかわや》町《ちょう》、北鞘町《きたさやちょう》をまたにかけ、民家を百十三軒もいただくごちゃごちゃとした土地で、それを日銀が、民家もろとも、十年かけて買収したのだ。

もちろんいまは、その百十三軒のかげはない。

まるで草刈りでもしたかのように敷地の部分だけ土がきれいに均《なら》されているのは、人

工美の極致のようでもあり、暴政の象徴のようでもある。ふと、

（ここは、むかし）

奇妙な偶然に思いを馳せた。この土地はまた、徳川時代にも、貨幣がらみの役所が置かれていたのだ。

幕府直轄の金座《きんざ》である。もっともこれは、金貨の鋳造がおもな役目だったそうだから、いまの日銀というよりはむしろ造幣局にちかいのかもしれない。あちこちから収集した古貨やら、輸入金やら、金鉱石やらを熱して溶かしたり、ひやしたりして純度を高め、鉄槌《てっつい》などで打ち延ばして切断する。

切断したら一片それぞれをまた打ち延ばし、たとえば小判のかたちにする。精錬所であり、加工工場であり、しかも彫刻アトリエであるような場所だったから、飛沫や切りくずも多かったのだろう。このたび日銀本店の起工にさきだち、あらためて地面をしらべたところ、出るわ出るわ、壺に何杯というほどの粒状の金があつまった。

くりかえすが、純度が高い。

日銀はこれを現金化して、約二千円の臨時収入を得たという。もちろんこんなものは十年かけた土地そのものの収用費とくらべれば雀の涙にすぎなかったし、総裁の川田小一郎も、ことさらよろこびもしなかったようだけれども、これからここへ通うことになる鳶《とび》や石工や左官などは、

——縁起がいいや。

と好意的にとらえ、肩をたたきあった。彼らの仕事は、しばしば死ととなりあわせで

ある。わずかのきざしも、士気を大きく左右するのだ。

（この、俺も）

金吾の肩書は、日本銀行建築所工事監督。

形式的にはこの上にさらに総監督の地位があり、安田《やすだ》銀行を創設した実業家・安田善《ぜん》次郎《じろう》がついているが、実質的には金吾が所長で、むろん危険な肉体労働には従事しないことを基本とする。しかしそれでも日本銀行建築所という、技師や事務員、あわせて五十人ほどの大所帯をひきいる責任者なのだから、万が一、この建築に失敗すれば、金吾もまたあらゆる社会的名声をうしなうのである。

自分はもとより秀子も、須磨子も、隆も、

（飢え死ぬ）

翌日から、工事がはじまった。

まずは地面をひろく掘りさげ、地下階のための空間をつくる。金吾はあらかじめ、建築所の技術部に、

「松の木杭を、手配しろ」

と命じていた。掘ったところへ何千本という丸太の林をうちこんで、地盤固めをしようとしたのだ。日本では、伝統的な工法といえる。

ところがいざ掘ってみると、地盤は意外と良好である。ほんの一部の、地下水のたまりのあるらしい軟弱な場所をのぞけば木杭なしでも行けるほどで、金吾は手を打ってよろこび、

「松はいらん。発注はとりけす。地面へじかにコンクリートを敷く」

そう指示した。いきなり工費が浮いたばかりか、工期も短縮されたのである。工期に関しては、これは川田から厳命を受けていた。

「明治二十七年（一八九四）中に完成させろ。俺は若いころ酒を飲みすぎた。一晩にコップで何升飲んだか知れず、それで体をこわしてしまった。あすの晩にはぽっくり逝《い》く。その前に落成式を見せろ」

川田小一郎、五十五歳、健康そのものの口ぶりだった。

すなわち工事に費すことのできるのは、四年あまりということになる。金吾はいまや、

「四年か。長いなあ」

時太郎へそう豪語するようになっていた。その前にきっと完成する。やはりあの金座の金屑《かなくず》ざくざくは、

（瑞祥《ずいしょう》だった）

地面へ敷くコンクリートは、厚さ二・七メートルとした。人の背よりはるかに高く、いささかやりすぎの感があるが、これはもちろん、ゆくゆく建物の全荷重を受けることを考えての措置である。このあたりの慎重さは、これはもちろん日数の余裕とは関係ない。金吾の性格としか言いようがなかった。

「辰野金吾ならぬ、堅固ですね」

とは、このころから時太郎の言いだした一つ話のようなものだった。

基礎が終わると、まわりに丸太の足場をたかだかと組む。

建物づくりが、はじまるのだ。いろいろ目くばりが必要だが、わけても金吾の注意が外壁に向かったことは当然だろう。外壁こそは屋根をささえ、建物そのものの形をあらしめ、内部の容積を決定し、なおかつ雨、風、音、火、煙、暑さ、寒さ、湿気、乾燥、日光、臭気、通行人たちの視線……この世界にみちみちている不都合な因子すべてを遮《しゃ》断《だん》または調節して適切な内部空間をつくり出すという最重要の要素にほかならないのだ。さながら人間の肉と皮膚を合わせたようなものか。金吾はこの外壁に、石と煉瓦、

（どちらも、使う）

そう決意し、かつ準備していた。

具体的には外側つまり世界にさらされるほうを石積みとし、内側を煉瓦積みとする。機能それ自体から見れば石のほうは必要なく、煉瓦だけでも成り立つことは幾多の例があるとおりだが、そこへあえて石を立てるのは、川田に説明したような二百年、三百年級の耐久性のこともあるけれども、正直なところ、何よりも、装飾や権威の誇示の点において、

（俺の名を）

当然、その石は、何でもいいというわけにはいかない。

金吾はかねてから石屋にいろいろ見本を持って来させ、熟慮していたが、その結果、岡山県産の北木《きたぎ》石というのに目をつけて、

「これで行く」

と時太郎へ言ったのは、これはまだ設計図が総理大臣以下の裁可を得る前だった。北

木石とは、瀬戸内海に浮かぶ北木島という、
——一島まるごと、花崗岩《かこうがん》。
と謳われるふしぎな場所から切り出される石だった。

イタリア産大理石のような、とまでは行かぬものの、遠目には雪のような白さで光沢があり、硬質なのに加工しやすい上、経年による変色、変質がないという。

ふるくは徳川家による大坂城築城にももちいられたというのが自慢のこの白色花崗岩を石板《いしいた》に切り、煉瓦と接着し、だんだんと鉛直方向へ積んでいくのが実際の作業になるわけだった。

接着には、セメントを使う。

セメントのみでは、強度が足りぬ。そこで石と煉瓦どちらもへ横に穴をあけ、鉄棒を通すことが必要だった。もちろんそんなものが表面に出たら見た目がぶちこわしになってしまうから、横穴はあくまでも内部にひそむのみ、左右へ突き出してはならない。石と石、煉瓦と煉瓦は、むろんそれはそれでセメントで接着されつつ上へ向かうのだ。

こういう作業の必然の結果、現場には、少なくとも四種の職人が常駐することになる。石積み、煉瓦積み、鉄棒担当、セメントを塗りつける左官、の四種である。それぞれの背後に石切りやら、セメント練りやらの職人がひかえることを考えると、実際はもっと多い。これだけでも単なる煉瓦造をしのぐ上、外壁そのものの面積が大きいから人の数が厖大《ぼうだい》になる。

資材の種類や数もしかり。この人および資材を、金吾は、ひとりで差配しなければな

らなかった。

（してみせる）

と、あらかじめ決意してはいた。

具体的な方法もいろいろと考えたつもりだったが、しかしいざ工事がはじまり、毎日、現場へ通うようになると、そんな決意など小舟でしかなかった。あれくるう現実のあらしの海でただただ波にもまれるだけの無力な小舟。

これほど広大な現場なのに、そこここで、

――人が足りない。

――煉瓦が足りない。

の大さわぎ。そのつど仲間組《なかま》の頭領どうしが、

「その石灰石《いしばい》を、こっちへよこせ」

「ばかやろ」

などと口論をはじめる。石灰石はセメントを練るのに必須なのである。

「よこせって言ってんだ」

「冗談じゃねえ。こっちも建築所《しよ》の連中をせっついて昨日やっと分捕ったんだ。源太《げんた》んとこの仲間内へ行け」

「ああ、源太あ？」

「あいつあ監督にえこひいきされてるから。持ち場も玄関まわりだし。必要もねえのに何十っ袋もかかえてらあ」

「あいつは虫が好かねえ」

「知るか」

「お前がよこせ」

「力ずくで取ってみろ」

「やるか」

「やらいでか」

とっくみあいの喧嘩をはじめるしまつだった。

はじめれば当然、子分どもも参戦する。一対一の私闘はたちまち集団戦になり、べつの集団が加わったりもした。職人のなかには鉄製ののみ、たがね、げんのうをふりまわすやつもいる、というよりそういう手合いのほうが多いので、金吾はむろん仲裁に入るのだが、売りことばに買いことば、ついうっかり逆上して、

「やめろ。やめろ。きたない血で石をよごすな」

などと口走ったりすると、職人たちは、

「俺たちの命と石と、どっちが大事だ」

がらがらと道具をすてて、全員どこかへ行ってしまう。

翌日から来なくなる。金吾が折れて謝りに行き、資材繰りの改善を約束するまで丸一日も工事がとまるなどという事態がこうもたびたび起こるようでは、ついこの前まで長すぎると思われた四年あまりの工期ももう、

(あすにも、尽きる)

金吾は、そんな焦燥《しょうそう》に駆られてしまう。うまく行かないことばかりだった。

こんなぶざまな話が耳にとどいたのだろう。或る日、川田小一郎から伝言が来た。

——総裁室に、来い。

(叱られる)

金吾は、戦慄した。時太郎をさがして、

「いっしょに行こう」

「え!」

「たのむ。たのむ」

指定された日は、雨だった。

おとといからつづく梅雨《つゆ》の雨。工事はむろん休みである。金吾は現場へ行くことなく、じかに永代橋のほとりの現本店へ行き、時太郎と落ち合い、よろめくように二階へ上がった。総裁室のドアをノックして入ると、

「来たか」

川田は、むしゃむしゃ音を立てている。

あんころ餅を食っている。健康のため四十代で酒をやめてからは甘味いっぽうの食生活をおくっている、というわさはどうやら本当らしいけれども、もちろん、そんなことで金吾の恐怖がしずまることはない。何しろ川田の左右には、背広をきっちりと身につけた、部下らしき年配の男がずらりと立っているのである。

左に四人、右に四人。

おまけに右のほうには机がもうひとつ置いてあり、秘書が三人、こちらを向いて着席している。机の上にはそれぞれ用箋とペンが準備してあるあたり、どうやら自分は、細大もらさず、

（発言を、記録される）

八人に三人ということは、見かたを変えれば、あの渋沢栄一をもしのぐ厚遇といえる。つまり川田は、それほどまでに、

（この建築に、賭けている）

金吾は、おのが陰嚢《ふぐり》がちぢみつつ、きゅうっと悲鳴をあげるのを聞いた気がした。子供みたいに、

「来ました」

単純にこたえると、三人の秘書がいっせいにペンを取り、

しゃあっ

しゃあっ

と紙音《かみおと》を立てはじめた。

本来ならば、呼び出したのは川田のほうである。こちらが口を切る必要はないのだが、そこはそれ、金吾はもうすでに恫喝に屈してしまっているから、

「あの、こ、このたびは工事に遅れが生じまして、たいへん申し訳ないことと。工費の点も……」

「工費？」

川田の机には、赤うるし塗りの菓子盆が一枚。そこへ食いかけのあんころ餅を置きもどして、

「八十万を、超えそうなのか？」

なめるような視線で金吾を見た。金吾はあわてて顔の前で手をふり、

「あ、いや、そうとは決まっておりませぬ。いまは計算どおりです。順調であります。がしかし、何しろ日本初の大事業であるだけに、いろいろ予想外と申しますか、その、思うにまかせぬところも」

「具体的には？」

「頭領どもが、資材のぶんどり合戦を……」

「ばかもの！」

川田は、とつぜん咆哮《ほうこう》した。

背後の窓がびりりと泣いた。口からつぶあんの一斉射撃をおこないながら、

「辰野、貴様、俺にあれほど株主総会で大見得を切らせておきながら、そんな粗末なありさまか。頭領のせいにするな。そういうやつは大きらいだ。貴様の責任《せめ》だ！　日本初の大事業であるからこそ日本人に設計をやらせろと豪語したのはどこの誰だ！」

金吾は、相撲が好きである。

子供のころから悪童どもと草原などでさんざん遊んだし、長じて東京へ来てからは、両国は回向院《えこういん》境内の定場所へたびたび見物に出かけている。

（力士に、なりたかった）

と思うこともある。ところで力士には、

——鉄砲。

と呼ばれる稽古《けいこ》がある。ふとい丸い柱に向き合い、左右の手であるいは交互に、あるいは同時に、力をこめて突きつづける。

金吾はその柱だった。断固かつ峻烈なことばの突き、突き、突きを受け、そのつど心がもまれ、のけぞり、うずくまった。

そうして人間の心というのは稽古場の柱ほど強くもなく、また不動でもないのである。声の殴打はなおつづいた。ときおり必死で返事すると、しゃあっ、しゃあっという例の紙音が空気を切る。心にさらに裂傷をつくる。気がつけば金吾は、うつむいたまま、首に力が入らなかった。

横目でそっと見たところ、時太郎もやはり下を向きつつ、なかば白目を剝《む》いている。頰はあんまり血が引いていて、蒼《あお》いというより黒く見えた。部屋のなかに壁かけ時計はないけれども、一時間、いやもう二時間も経っただろうか。川田はようやく疲れたのだろう、口をとじ、椅子の背にもたれると、もたれつつ手を前にのばして菓子盆のあんころ餅をふたたび取る。

その表面はすっかり乾燥性の亀裂に覆われていたが、川田はためらわず、野犬が肉を食うように、奥歯でぐいと食いちぎった。そうして、

「辰野」

「は、はっ」

「貴様ひとりには、まかせられん。事務主任をつけろ」

「事務主任？」

「そうだ。どのみち会社の経営というものは、要諦は三つしかない。金繰り、人繰り、もの繰りだ。普請の差配もおなじだろう。貴様はその三《み》繰《ぐ》りに失敗した。事務をおろそかにしたからだ。頭のいいやつに全面的にゆだねろ。高橋《たかはし》がいい」

たたみかけられ、さすがに金吾は、

（何を）

腹が立った。なるほど総裁には強大な権限があるにしても、建築所の監督はこの人ではない。

ほかならぬこの自分、この辰野金吾なのだ。その辰野に何の相談もなく人事をもてあそぶなど、それこそ人繰りの要諦に反するのではないか。だいたい自分はまだ石につまずいただけ。取り返しのつかぬ転倒をしたわけではない。失敗したなどと決めつけるのは、

（はやすぎる）

こんな感情が、あるいは態度ににじみ出たものか。川田は唇のはしにつばをためて、

「つべこべ言うと承知せんぞ。二、三度しか会ったことがないが、俺はわかる。あれは能力のある男だ。建築には素人だが。わかったな？」

「わかりません」

と言い返そうとして顔をあげた。視界にとびこんで来るのは例の左右の男ども。金吾

はまた下を向いて、

「……はい」

「聞こえん」

「はい」

戸外《そと》は、まだ雨がふっている。

金吾は時太郎とふたり、銀行をあとにして、洋傘をならべて現場へ向かった。

現場には、特に用事はない。そもそも工事は休みなのだが、ほかへ行く気になれないというより、行かなければ安心できなかった。水たまりを避けつつ日本橋めざして歩きながら、

「辰野さん」

と、むしろ時太郎の口調はさばさばしている。

「辰野さん、これはじつは朗報じゃないかな。要するにわれわれとしちゃあ、その高橋君とやらに面倒事をぜんぶ押しつけて、建物そのものに集中できる次第なんだから。芸術的、構造的、力学的方面の思考にね」

現代では、ごくふつうの考えである。これほどの大プロジェクトなら分業制が当然なのだ。

が、この時代はそういう時代ではない。金吾はすべてを見なければならず、この点、二度も西洋に行っておきながら、悲しいくらい黎明期日本の日本人だった。だからこのときも、

「楽天的だな、時太郎」

「ええっ？」

「お前はめでたいと言ったのだ」

金吾はおのが靴の先を見つつ、ぽつぽつと語を継いだ。建築所の事務というのは、酒屋の勘定とはわけがちがう。文字どおり数字の桁《けた》がちがうのもさることながら、用語ひとつを取っても英語そのままであることが多く、素人にはわけがわからない。

やっぱり自分が見なければならない。だいたい、

「俺は、無能にあらず」

金吾は、ここは強い口ぶりで言った。資材の在庫《のこり》を確認し、注文し、品物をうけとり、頭領それぞれの持ち場へくばる、そういういわゆる事務仕事はそこそこ上手なつもりだし、時太郎もよく補佐してくれている。

だがしかし、

（そこそこでは、だめだ）

金吾はまた、ほんとうは、そのことも承知せざるを得なかった。ほかの工事ならまだしも、この何もかもが最初か最大かのどちらかである建築工事にもとめられるのは「無能にあらず」程度のものではない。日本人ばなれした、途方もない、無始無終の有能さなのだ。

高橋某はどうだろうか。よしんば彼がその有能さのもちぬしだとしても、

「われわれの体制そのものが、彼を殺すよ」

金吾は、そう語を継いだ。時太郎は、

「殺す？」

「ああ。事務主任ではな」

日本銀行建築所は、おもに技術部と事務部にわかれている。じつは在庫の管理とか注文とかいう事務仕事は、事務部ではなく、技術部が担当しているのである。

事務部の仕事など、せいぜい手紙の整理くらいではないか。おそらくはあの、用語ひとつ取っても英語そのままという専門性の高さの故だろうが、当然、そこに属する職員の数も、技術部のほうが圧倒的に多い。

この時代の分業とは、ひっきょうその程度のものなのである。いまさら事務主任などという役職をあらたに設けて就《つ》かせたところで、

「誰が来ようと何もできんよ、時太郎。そういう体制になっているのだ。結局のところは俺が決め、お前が補佐し、実務は技術部にやらせるしかない。これまでどおりな」

金吾が言うと、時太郎は、

「ええ」

つぶやいたきり、押し黙ってしまった。

めでたいと言われたことに腹を立てたのか。それとも解決策を思いつかぬ自分自身がもどかしいのか。ふたりはしばらく無言で歩いた。さほどの距離も歩かぬうちに、金吾は、普請場の敷地に足をふみいれることになる。

傘をちょいと背後へたおし、頭をあげる。

正面には、例の足場。

たかだかと組まれた、まるでそれ自体が城であるかのような縦横ななめの丸太の森。ふだんよりもいっそう陰鬱《いんうつ》に見えるのは、あるいは雨で黒くぬれているせいか。もちろんその内部には建築中の金吾の作品があるわけだが、丸太の組みが密《みつ》なので、ほとんど様子はうかがわれない。

はあ、と大きくため息をつく。左のほう、つまり日本橋川にちかいほうの裏手には簡素な事務所の建物があるのだが、そこから和服すがたの若者が二、三人、

「辰野先生！」

水を派手に跳ねさせつつ、こちらへ駆けて来た。

そのうちのひとりは工手学校（技術者養成機関。工部大学校とはべつ）の学生で、斎《さい》藤《とう》という。かねがね、

――わたくしも、建築で身を立てたいのです。

と志望していて、なかば押しかけるようにして技術部に属してしまった。近ごろはこういう若者もあらわれるのである。金吾が、

「どうした」

と聞くと、斎藤は目の前で立ちどまり、息せききって、

「お待ちしておりました。至急、ご判断をあおぎたく……」

「落ちつけ」

「は、はい。おとといの午後、先生は、石と煉瓦を緊結《きんけつ》する鉄棒を八百六十本、注文し

ましたね？」

「午前だ」

金吾はちょいと上を向き、あごで傘を示してから、

「この雨がふりだす前だったからな。玄関まわりを担当している頭領の源太が、ほかの誰かに取られた。いますぐ、たくさん必要だと言うから、私みずから鉄屋（製鉄工場）の社員を呼んだんだ。ずいぶん無理な注文だから代金の割増しにも応じざるを得なかったが、そうだ、けさ一括してとどけろと……」

「とどきました」

斎藤は、暗い顔をした。時太郎が横から、

「何かあったな？」

「来てください」

斎藤たちは、体の向きを変えた。

金吾は、あとについた。足場の左手をまわり、事務所の建物の前を通る。横には資材用の倉庫がある。土蔵ふうの造りの入口の前にあるものを見て、

「あっ」

金吾は、血の気が引いた。

ピラミッドだった。みじかい鉄の棒たちを規則ただしく積んで成された、人の背ほどの高さの山。

ひとつではない。いくつか横につらなって山脈である。雨にぬれつつ、ほんのりと湯

気の立ちのぼるさまは、そこだけ温泉になったようだった。

金吾はふらふらと近づき、指でふれた。

（あたたかい）

それとはべつに、どろりとした感触がある。指の腹を見る。まるで脂《やに》のような茶褐色の液体で覆われていた。

防錆《さび》、防蝕《しょく》、防水用のタールだった。

「どうして、なかに入れぬのだ」

斎藤へそう問うたけれども、答は頭に浮かんでいる。ひらきっぱなしの入口の扉から、金吾は倉庫へふみこんだ。奥にはさっきと同数の、いや、さらに多くの鉄棒が、やはりピラミッドの山脈をなしていた。

意味するところはひとつだった。製鉄工場を急ぎに急がせ、まだじゅうぶん冷えぬうちに納入させておきながら、こっちは大量の在庫があったのである。

――管理、不行届。

川田の怒号が聞こえる気がした。何のための割増し料金だっただろう。何が「そここそ上手」だっただろう。金吾は首をうしろへ曲げた。全員、こちらに目を向けている。

助けを乞うような、あわれむような目でこちらを見ている。金吾は走りだし、時太郎と斎藤をぐいと左右へおしのけた。

そのまま、雨のなかへ出た。

傘をすて、来た道をもどる。

足場の森へもぐりこむ。世間の目から隠れたいという心理がはたらいたのかもしれない。目の前がひらけ、あかるくなると、そこには制作途中の作品があった。

日銀本店という、ほかならぬ自分ひとりの作品。

「あっ」

西洋人があそびで泳ぐために設けるという、

（スイミング・プール）

そうとしか見えなかった。地面をひろく掘りさげた地下階の空間。じかにコンクリートを敷いたなかで水位が上がり、鱏《えい》でも鮃《ひらめ》でも飼えるほどになっている。内部の間取りを構成する、いわゆる間仕切りにはまだ着手していないのである。

水面《みなも》には、無数の同心円が生じている。

ふりつづく雨のもたらす幾何学模様。まわりの円との衝突と変形をくりかえし、消えては生まれなおしている。それを大きくとりかこむ足場の筒の下のほうに、高さ十数センチの、場所によっては数センチにすぎぬ煉瓦の壁がめぐらされているのは、これはもちろん、建物そのものの外壁だった。金吾から見えるのは大部分がその内側なので、煉瓦の色が水にうつり、血のように見えるところもある。もしもここがロンドンならば、

（あれが、ある）

金吾はそれを思い出した。電気式の喞筒《しょくとう》（ポンプ）。ただ筒先をしずませて作動させれば電気じかけで勝手に莫大な量の水を吸い出してくれるのだが、むろん東京にはそんな文明の利器はない。

あっても使える技師がいない。雨がやんだら職人総出で、ぱしゃぱしゃ、ぽしょぽしょ、手桶で掻き出さねばならないだろう。それだけで一日も二日もかかるだろう。工期のおくれを少しでも回復したいのなら、自分もまた微力をささげるべく、その作業を、

(背広を、ぬいで)

その光景が思い浮かんだ刹那、

(だめだ)

その場にしゃがみこんでしまった。

ふっつりと弦が切れてしまった、そんな感覚におそわれた。自分のこの意志というハープ、戦意というバイオリンはもう二度と音を鳴らしはしないだろう。手桶の仕事がいやなのではない。もはや一個の巨大な動物と化してしまったこの計画を、自分は制御できない、荒れ狂うさまを見るしかできない、そのことに絶望した。

「辰野さん……」

背後から、時太郎の声がする。よほど気がかりなのにちがいないが、金吾はおのれを装《よそお》う気はない。うずくまったまま両ひざをかかえ、目の前の土をじっと見ていた。

「辰野さん」

とまた呼ばれ、金吾はしゃがみこんだまま首をねじって、

「何だい」

「こんなときに何ですが……事務主任が、挨拶したいと」

傘をさしだした。さっき倉庫のところで放り出したものだと気づいて金吾はようやく

立ちあがり、はかなく柄《え》をにぎったけれども、頭上へ立てることはしなかった。

体の横にぶらさげたまま、ぼんやりと、

「さっき、川田総裁が」

「なに主任かな」

「ああ」

高橋がどうとか。遠いむかしのことだった。われながら病人のように懶《ものう》い口ぶりで、

「わるいが、時太郎、その必要はないよ。俺はもう監督をよす。あらゆる日銀の仕事から手を引く。後任はコンドル先生がいいと思うが、案外、曾禰君もやるかもな。設計はどう変えてもいいし、契約金も返上しよう。もっとも資材やら頭領たちへの手付金やらでだいぶん使ってしまったから川田総裁はまた怒るだろうな。どうでもいいが。時太郎、どうだ、俺といっしょに唐津で田畑でもやらないか。のんびり年をとろうじゃないか」

などと言おうとした。

実際、口から出そうだった。しかしその刹那、時太郎のうしろから、

「元気か、辰野」

ひょいと出た顔、

(はて)

どこかで、見たことがある。

何しろよく太っている。達磨《だるま》というより、達磨がさらに水ぶくれした顔。両の目がくりくりと小さいこともあり、鼻の下のひげがまったく威厳のしるしになっていなかった。

おそらく金吾と同年輩、三十代後半というところだが、その春秋にふさわしい苦労の色がない。年をくった書生っぽが、羽二重の紅殻色の和傘をさしかざしている恰好。金吾はつい指さして、

「あ！　あ、あ……」

「東太郎先生！」

「思い出したか」

「あずま？」

達磨おとこは首をかしげて、

「そうか、唐津のころはそんな名乗りだったな。いまの名は、川田さんから聞かなかったか。高橋是清《これきよ》という」

「改名ですね」

「こっちが本当だ」

当たり前だろう、という表情を相手はした。その表情がまた金吾には無限になつかしかった。いっとき唐津のお城の本丸にあった英学校・耐恒寮で、金吾はこの人から、ほんもののアメリカ仕込みの英語の発音やつづりを習ったのである。

アメリカでは奴隷に売られ、牛馬の世話までさせられただけあって、人物そのものも破天荒だった。結局のところ耐恒寮は短期間で閉校になってしまったけれども、金吾は、その後、この人を追うようにして唐津をはなれ、東京へ出た。そうしたら、この人から、

——工部省が学校をつくる。入学試験を受けてみろ。

と言われたのである。

金吾には、恩人中の恩人である。単なる九州の下級武士にすぎなかった自分に、

――勉強すれば、立身できる。

という近代社会の原理と希望をおしえてくれた。海外知識の重要性に目を見ひらかせてくれた。なおかつ建築というこのまだ誰も知らなかった緑の沃野《よくや》へと、

(みちびいてくれた)

いうなれば、コンドル以前の金吾のすべてを造化した神。

事情はそれぞれ異なるにしろ、曾禰達蔵も、麻生政包も、似たような思いを抱いているにちがいない。よくよく冷静にふりかえってみると、この先生は、おどろくことに金吾とおない年だったのである。

それにしても東太郎という名前が、

(仮の、名だったとは)

あるいは借金とりの目を避けるための隠れ蓑《みの》でもあったものか。どちらにしても旧幕のころ、徳川家の御用絵師がめかけに生ませて始末にこまり、仙台藩の高橋某という足軽へ養子に出した子がつまりこの人なので、金吾も今後はこの人を、高橋君ではなく、

――高橋先生。

と呼ぶべきことは確かなようだった。ぎこちなく口をひらいて、

「その、高橋先生」

「さしなよ」

「え？」

「傘だよ。ぬれたままじゃないか」

是清はそう言い、金吾のそれを指さした。金吾はあわてて傘を天に向けて立て、ばさりとひらく。是清は悪童のような笑みを見せて、

「よろしくたのむぜ。辰野監督」

「先生は、その、会計のほうも？」

「面倒みてやる」

即座にうなずき、

「何しろ事務主任だからな」

「ええ」

金吾はあいまいに首肯し、時太郎と顔を見あわせた。なるほど川田はそのように命じたし、金吾も、時太郎も、反論し得なかった。

この人のことだと知っていたら、さすがに、

（何か、言い返したろう）

金吾はいま、そんなふうに思っている。

というのも、是清に関しては、よからぬうわさを耳にしたことがあったのだ。金吾たちを工部大学校へおくり出したあと、日本をはなれ、こんどは南米大陸はペルーに行ったといううわさ。

金吾はいま、おそるおそる、

「聞いたところでは、先生はペルーに、銀山経営のために……」

水を向ける。高橋是清というこの今後、日銀本店新築工事に関する会計いっさいを担う男は、こともなげに、

「大失敗」

「はあ」

「無一文になっちゃった」

ぺろりと舌を出した。舌とともに吐かれた息は、やっぱり少し酒くさかった。

†

その晩は、曾禰達蔵もふくめて四人、新橋の秋錦楼《しゅうきんろう》に登楼した。

是清は、妓のあつかいに慣れている。はじめての店だったにもかかわらず気に入ったのの手をとり、さっさと末席へひっぱって行って、あぐらをかき、妓を横にすわらせた。

戸外の雨音は、まだ激しい。妓は、

「まずは」

と膳の上のお銚子をつまんだけれども、是清は杯をとらず、

「茶を」

「え？」

「ちまちま飲む趣味はないんでね。茶を飲む湯のみを持って来させろ。酒もお銚子じゃなく、とっくりで」

金吾は、床の間にいちばん近い席につきつつ、

（さすがは、日に三升）

耐恒寮のころの東先生の行状を思い出した。曾禰達蔵が、これは金吾の向かいの席へ正座して、

「あの、先生……」

と遠慮がちに切り出すと、是清はようやく、

「二時間」

「え？」

「二時間はかかるぞ、この話は」

まるで勝利者のような笑みを見せた。

べつの妓が持って来たとっくりの酒をじゃぶじゃぶと湯のみへ傾注してから、ことさらエヘンと咳払いして、あらためて語りだした。

是清は唐津を去り、東京にもどり、いろいろのことで糊口《ここう》していた。がしかし海外経験が豊富で、なおかつ大学南校の教官までしたという異色の経歴を周囲がほうっておくわけもなく、

――文部省で、通訳をやらないか。

という誘いがあり、是清はそれに応じた。それから新設の農商務省へ移籍した。

農商務省ではいわゆる知的財産がらみの仕事にたずさわり、欧米も視察し、わずか数年にして特許局長兼東京農林学校長になるという大出世を遂げたのは、もともとの能力

がまんざらでもなかったのだろう。大塚窪町に千五百坪の土地を買い、そのなかに西洋式と和式の家を建てたのも、この特許局長時代だった。

西郷従道、品川弥二郎《しながわやじろう》、松方正義といったような大物政治家にもたよりにされ、順風満帆そのものの役人生活だったけれど、この人生には、どうしたことか、小成功の次にかならず大失敗がある。きっかけは、井上某というペルー帰りの男がもたらした小さな二、三個の鉱石だった。

井上の言うには、

「これは、銀の原石です。ペルーでは、いまも採れます」

ペルーは約三百年前、まだスペインの植民地だったころ、厖大な銀を産出して世界史そのものを震撼《しんかん》させたことがあるのだ。

是清は、こころみに鉱山学会の泰斗・巌谷立太郎《いわやりゅうたろう》博士へ鑑定を依頼した。博士の返事は、

――おどろくべし。

というものだった。

博士によれば、原石なのに銀の含有率はじつに千分の二百ないし二百八十。これはほとんど純銀のような数字だという。しかもこれを産出したというカラワクラ銀山はもともとドイツの専門雑誌にも載るほど有名というので、是清はかたっぱしから実業家、政治家へ声をかけ、出資をつのり、

日秘《にっぴ》鉱業株式会社

というのを設立した。日秘とは、日本と秘魯《ペルー》という意味である。株主は、二十数名あつまった。是清はみずから官職を辞し、いわば株主代表として船にのりこみ、意気揚々と、光にとびこむような思いで横浜埠頭をはなれたのである。是清はこのとき、日本人の鉱山技師や坑夫をたくさん引率した。

船は、サンフランシスコ経由でペルーに着いた。是清はさっそく当の銀山へのぼってみた。

カラワクラ銀山は、アンデス山脈の一部である。標高五千メートル級の高地。ここで開坑式をやり、精錬所建設のための測量をやり、高価な機械を購入し……ひととおり必要なことを終えるや否や、日本人技手たちへ、

「さらに調査せよ」

と命じてから、リマに下りた。高地の空気がこたえたのである。ほどなく技手のひとりが無断で山を下りてきて、

「一大事です」

「何ごとかね」

「内密に申し上げます。坑内はがらんどうです。私の見た感じでは、少なくとも、百年以上は掘られたものです。なるほどドイツで有名なわけです。いくらで買ったんです」

「ああ、えー……何を？」

「この銀山。四鉱区を」

「……二十五万円」

技手は気の毒そうな顔になり、

「売っても、二千円にしかならないでしょう。ペルーの連中はみな知ってます」

「ありがとう」

東京へかえり、株主たちに説明して、さっさと事業を清算した。

会社はもちろん、大赤字。

投資は一円も回収されず、株主たちは丸損である。それでも彼らが是清をうったえることをしなかったのは、是清自身、ほかの誰より金をつぎこんでいたせいもあったけれども、何よりも、現地での迅速な契約破棄により、後顧の憂いを断ったからだった。まさしく死中の活だった。株主たちは怪我はしたが、後遺症はなかったのである。

とはいえ、失敗は失敗。

是清はもとより農商務省への復帰など叶うはずもなく、地位をなくし、大塚窪町の家をなくし、家賃六円の借家へひっこした。

その借家で、妻は毛糸あみの内職をはじめた。長男是賢《これかた》は十四歳になり、次男是福《これよし》は十歳になっている。食べざかり学びざかりの年ごろである。

「いやあ、あれには参ったよ」

と、是清はからからと笑う。

笑いつつ、一升どっくりを湯のみの上でかたむける。しずくのひとつも落ちないのは、とっくに空っぽなのだろう。向かいの席の時太郎が、ごくりと何かの嚥下《えんげ》音を立てて、

「それは、先生、い、いつのことで……」

「二年前さ」

「じつに最近だ」

「大むかしだよ」

「不運でしたね」

「なに」

是清がとっくりを置き、げっぷをひとつ盛大にしてから、

「幸運だったさ。最高に」

言い返したところで、妓が来た。あらたな一升どっくりを是清はほとんど奪い取るようにして、湯のみに酒を張り、唇を寄せてズズとやる。そうして手首で口をぬぐうと、

「日本とペルーのあいだに国交がないも同然だったから、政治問題にならなかった。ただの損得の話で終わったわけさ」

ひるがえして考えれば、そのことが政治家たちの気を楽にしたのだろう。前述の西郷従道、品川弥二郎、松方正義といったような連中が、ほうぼうで、

――高橋是清という男、とにかく能力があるのはたしかだ。何とか身のふりかたを考えてやろう。

とうわさしたらしい。それを聞いたうちのひとりが、

「おもしろいやつだ。会ってみよう」

すなわち、川田小一郎。

あの怒りだしたら手のつけられぬ日銀総裁にほかならなかった。川田は是清を牛込新

小川町の自宅へ呼びつけ、

「ペルーの一件を話してみろ」

　是清は即座に、

「二時間はかかります。よろしいか」

「よろしい」

　すっかり顚末《てんまつ》を話したところ、川田はしごく上きげんになり、

「今後はどうする」

「いつまでも妻に内職をさせるわけには参らんし、どこか田舎にひっこんで、子供たちと蜆《しじみ》売りでもやりましょうかな」

「ばかめ。そんな勿体ない話があるか。失敗はいくらでも取り戻せる。実業界に入る気はないか」

　是清は、心が動いた。ひざに手を置き、ふかく礼をして、

「官界、教育界ならば少しく見るところがありましたが、実業界ははじめてです。丁稚小僧から仕上げてください」

「よし」

　ということで、是清は、このたびの普請の事務主任を、

「拝命したわけさ」

　右手で敬礼してみせた。

　金吾は、すっかり心が融けている。かたんと杯を置いて、

「承知しました、先生。あすからよろしくお願いします」

達蔵と時太郎も、

「よろしくお願いします」

生徒そのもののお辞儀である。是清は目をひんむいて、

「おいおい。ここじゃあ俺のほうが新入生《フレッシュマン》だよ。先生はよしてくれ。俺ももう君らのことは呼びすてにせん。ほんとうは『辰野先生』と呼ぶべきところだが、それも変だから、まあ『辰野君』にしておこうよ」

「承知しました」

と律儀に返事しつつ、金吾は内心、

（大したものだ）

おどろきを通りこして、一種のあきらめの境地に達している。

もちろん人生そのものも数奇である。この高橋是清という人は金吾とおない年、いまだ三十九歳でありながら、すでにして尋常の人の一生をいったい何個ぶん経験してしまったのか。

よほど天に好かれているか、きらわれているかのどちらかだろう。金吾はそう思った。しかし真におどろくべきはむしろ、その苦労が、

（まったく、見えない）

このことだった。

早い話が、いまこのときである。是清はあたかも飲めば飲むほど健康になるかのよう

で、目がかがやき、おでこが桃色になっている。

膳の上の刺身やら、酢のものやら、鯛の煮つけやらの皿にちっとも箸をつけないところも何か痛快。とにかく是清自身が太陽みたいだった。自分も発光し、なおかつ周囲をも明朗にする飲みっぷり、話しっぷり。

苦労が、身につく。

ということばがある。

いいことばだと金吾も思う。だが是清を見ていると、それは畢竟《ひっきょう》、あまり意味がないようでもある。

むしろ或る種の防水布のごとく汚れても汚れない、いくら苦労してもけろりと子供じみている人間のほうが仕事をともにして楽しそうだし、大事をなしそうな気がする。おそらくは川田小一郎も、そのへんのところを見こんで採用したのだろう。川田はああいう人格破綻者だが、人を見る目は、

「……まちがいない」

「何か言ったかね、辰野君」

是清がこちらを向いたのへ、金吾はあわてて顔の前で手をふり、

「いや何も。先生」

「先生はよせ」

気がつけば、戸外の雨音はやんでいる。

金吾はその晩、思いのほか酔っ払った。小唄をうたったりもした。たかだか八百六十

本の鉄棒の注文のあやまりなど、いちいち気にしていては、

(顔のしわが、ふえるだけだ)

気がつけば、そんなふうに思っている。どうやら金吾の心もまた防水布になったようだった。

†

翌日は、快晴だった。

スイミング・プールの水位は、きのう最後に見たときよりもさらに数センチ上昇しているが、金吾はむしろ胸をはって、

「全員、集合」

職人、鳶、そのほかの人夫、百人以上がまわりに来たのへ、

「われわれは、成功した」

全員、きょとんとした顔をしている。

うしろのほうには背広姿の是清もいて、この人だけは少し笑ったようだが、金吾はつづけて、

「水がたまったということは、裏を返せば、浸み出なかったということだ。コンクリートに亀裂はなく、煉瓦の壁にすきまはなく、工事はその正しさが証明された。威風堂々、手桶で掻き出せ!」

言うことの中身というより、言いかたそのものの熱が高かったのだろう。彼らは敏感

に反応した。足ふみならして、

「おう！」

雨水の池は、結局のところ、その日の昼には消滅した。

金吾も少し手伝ったが、それにしても驚嘆すべき速さだった。金吾はふと、

（酒だな）

是清の飲む酒のような減りようだと、たわむれに思ったのである。午後になると普請場にふたたび普請場の音がみちた。石をけずる音、煉瓦を積む音、セメントを塗る鏝《こて》のしゃっしゃっという小気味いい音。

何より、職人たちの力声《ちからごえ》。翌日以後も快晴はつづき、金吾は、日を追って、そこへ向かう自分の靴の軽くなるのがわかった。

学校のない日はむろんのこと、ある日も、かならず顔を出した。ほかの予定の入った日もなるべく終業《しまい》のようすは見に来るようにした。およそ監督というものの現場への貢献のうちの最大のものは、ひとつひとつの言動にはない。ただそこに一秒でも長く立っている、そのこと自体にあるのだと、そんなことも実感できるようになった。

時太郎とも、感情的なやりとりはなくなった。時太郎はあいかわらず、他の者には、

「造幣寮がいやで東京へ出たら、日本銀行と来たもんだ。俺はよっぽど金に縁があると思いたいんだが、辰野さん、少しも給金を上げてくれん。ああ、こんなところに来るんじゃなかったよ」

などと嘆き顔をしてみせたけれども、最近は、ブーツをはくのはやめてしまった。

毎日、革靴をはいて来るのは、そのほうが歩きやすいのだろう。丈の長い靴はどうしても汚れを気にする面積が多く、そもそもが普請場には不向きなのだ。どうやら岡田時太郎、ここでようやく、人生の本領をさだめたようだった。

是清は。

まずは事務部を掌握した。もっとも事務部というのは手紙の整理くらいしか仕事がなく、在庫の管理、お金の計算、人の出入りの確認などというような工事そのものを左右する業務はもっぱら技術部が担当していることは前述したが、この技術部もまた是清は、数日、顔を出しただけで、

「俺がやるぞ。よろしいか」

「はい」

部員たちに、あっさり首肯させてしまった。

そんなことがなぜ可能だったか。むろん人としての器量もさることながら、金吾の見るところでは、そもそも、

（能力）

その差が、圧倒的だった。

暗記力がとにかく冴えに冴えている。専門的な工程の名前、資材の名前のかずかずを一度聞いただけでもう当然のごとく口に出すことができるのはもちろん元来が英語由来のものが多いせいもあるけれども、それよりも金吾がおどろいたのは、数字のほうの記憶力だった。

一例が、セメントを納める商人が来ると、ほとんど舌なめずりするようにして、

「この前とは一貫あたりの値段が〇・五円ちがうではないか。前回も〇・三五円ちがっていた。どんどん高くなるのは相場のせいなのか？　少しずつなら露見せんとでも思っているのか。理由を説明しろ」

是清はこの手の交渉がもっとも得意だった、というより、きっと三度のめしより好きなのにちがいなかった。帳簿全体を見わたして、

「辰野君。いまのうち煉瓦を発注したらどうかね。まだ在庫は少しあるが、この業者《ディーラー》は、あんまり急かすと質が落ちる」

などと指摘したりするのも一再ではなかった。

金吾は、事務の仕事から解放された。

芸術的、技術的、力学的なもろもろへ考えを集中させることができた。日本の建築現場はここにおいて、一歩か二歩、あの分業制という近代の姿に近づいたのである。

石積み煉瓦の外壁はにわかに高さを増し、胸の高さになったので、金吾の思案は、

（そろそろ、内部を）

そちらのほうへ移りはじめた。

間取りはむろん、決めてある。

内壁《まじきり》を立てる工事には容易に着手し得たけれども、たとえば一階から二階へのぼる階段の親柱はどんな材にしたらいいかといったような内装の細部にわたることは、これから決めなければならない。

「どうしようかな」

と、しばしば時太郎を話し相手にした。

もっとも時太郎は、工事が進むにつれ、その日その日の職人たちの監督で手いっぱいになってしまった。デザインまでは頭がまわらない。かわりに金吾は、

「おい、葛西《かさい》」

と、べつの若者に声をかけるようになった。

葛西万司《まんし》、三十歳。

時太郎より四つ若い。帝国大学工科大学を卒業した金吾の門下生のひとりであり、卒業制作の成績がよかったことから、金吾はこの若者に、欧米留学の経験をあたえた。かつてコンドルが金吾にしてくれたことを、こんどは金吾がしたことになる。もっとも万司は、金吾ほどには性格が反抗的ではないらしく、帰国後も、

——辰野先生のもとで、修業させていただきたい。

という意を示した。いまは時太郎とおなじく日本銀行建築所技術部に所属し、肩書は製図主任。

まずは、忠実な弟子である。内装に関する相談をいろいろと金吾がしたところで、言い返すことはほとんどなく、むしろ逆に、

「先生は、どうお思いになりますか」

と聞いてくるしまつ。金吾が内心、

（何だ、覇気《はき》のない）

と思う所以《ゆえん》だったけれども、反面、たとえば金吾が何かひとつ鳶の頭領へ仕事をもとめ、口論に発展するような場合でも、万司を通して伝えると、

「そうか」

頭領は、ふしぎと納得することが多かった。温厚さの故だろう。人間の性格は、どんなものにせよかならず、

(使いどころが、ある)

これもまた、金吾がこの現場から学んだことのひとつだった。

三か月がすぎ、半年がすぎた。

外壁も内壁もさらに丈をのばして頭の高さを超え、一階部分をほぼあらわしたころ。

事務主任・高橋是清が、

「辰野君」

とつぜん、金吾の家に来た。

おりしも、年のおしつまったころ。

家にたまたま酒がないのは、誰も彼も、正月の準備に忙殺されたせいである。さいわい家は銀座にあるから、九歳の須磨子を呼び、ちかくの酒屋へ走らせて、

「どうぞ」

金吾は、是清を二階のせまい洋間へ通した。テーブルにつくなり、

「何か、ありましたか?」

身をのりだしたのは、この日は学生の指導のため、現場へ顔を出さなかったのである。

是清は、ふだんの磊落《らいらく》さに似合わぬ深刻な顔で、

「妻木《つまき》が来た」

「妻木……頼黄《よりなか》君が？」

「ああ」

「またですか」

金吾はひとつ舌打ちして、

「何か難癖を？」

「きょうは、特にひどかった」

誰にも許可をもとめぬまま現場のあちこちを歩きまわって、人足へものが散らかりすぎていると説教したり、あるいは若い左官に、

「腕がいいな。俺のとこへ来ねえか。もっといい給金をやらあ」

などと言ったり。

江戸っ子ことばの小気味よさが、いっそう空気をみだれさせたという。知らせを聞いて急いで是清が出て行ったところ、ふふんと笑って、現場全体を手で示し、

「こんなのろまなお仕事ぶりじゃあ、完成は、予定どおりには行かんなあ。川田さんも、とんだばばをつかんだもんさ」

妻木頼黄、やはり建築家である。

金吾の五つ年下であり、工部大学校への入学も五年後。

師もおなじコンドルだから、金吾は一年間、おなじ校舎で本を読んだり、ともに師に

連れられていろいろな現場の手伝いをしたりしたことになる。そのころの妻木はべつに生意気なこともなく、勉強熱心で、ただし少しばかり、性格が、

（鬱屈《うっくつ》している）

よくしゃべる日があったかと思うと、べつの日には、みょうにふさぎこんだりしたのである。

鬱屈の原因は、もしかしたら、その出自にあるのかもしれなかった。千石どりの旗本・妻木家のしかも長男なのだ。

生まれも育ちも赤坂仲之町、青年になるまで江戸のほかの水を飲んだことがなかったという。

人の上に立つ側の生まれという点では曾禰達蔵にやや似ているが、達蔵はしょせん小笠原家の小姓、徳川将軍から見れば陪臣《またもの》にすぎないのに対し、妻木ははっきりと直参《じきさん》である。格がちがう。もしも御一新がなかったら家督を継ぎ、幕府の要職を占め、国事を左右する権力側の要人のひとりとなることはまちがいなかった。

そういう既得権益をうしなったことが、あるいは彼の鬱屈の、

（一因か）

金吾はそんなふうに推量したこともあったけれども、ひるがえして考えれば、そんなのは、妻木にかぎった話ではない。

当時はまだ建築という学問の分野そのものが幼いというより生まれたばかり、海のものとも山のものともつかなかったわけで、そんなところへ身を投じること自体がもう歴

史の勝者のやることではない。何しろあの長州出身の、ということは勝者のなかの勝者のはずの片山東熊ですら、酔余《すいよ》、

「俺は、本道は行かなかったなあ。脇道へまぎれた」

ともらしたことがあるくらいで、妻木はひっきょう、夫子《ふうし》自身の性格によって、鬱屈をえらんでいると見るのが正しいようだった。

入学して五年目に、だしぬけに、

「アメリカに行きたい」

と言ったのも、あるいは考えるところ深かったか。

金吾はそのときはもう卒業して、イギリス留学中だったけれども、のちにこの話を聞いて、

(急《せ》きすぎだ)

心惜しく思ったことを記憶している。

気持ちはわかるのだ。何しろ金吾のころとは異なり、妻木のころ、工部省はにわかに金がなくなっていた。

卒業生をいちいち留学させてやるだけの余裕はないから、

――さっさと、私費で。

妻木がそう思うのも無理はなかった。

もっとも、私費で行くなら卒業後でも間に合うだろう。いまの学校をわざわざ辞める理由にはならないはずだが、そこのところに妻木自身の性格がある。功をあせるという

よりは、一種の不安に駆られているのかもしれなかった。

行き先は、ニューヨークのコーネル大学。

官費でなく私費、イギリスではなくアメリカということで、金吾とくらべると二重に格が落ちるわけだが、とにかく箔《はく》はつく。実際、この選択は、或る意味において正しかった。

妻木は帰国後、ただちに臨時建築局の御雇となったからだ。やはり留学の後光がさしていたのだろう。しかもその御雇となった直後に、

――二年間、ベルリンに留学せよ。

という命を受けたのである。

臨時建築局とは、あの臨時建築局である。ゆくゆくヘルマン・エンデとか、ヴィルヘルム・ベックマンとかいうドイツの大物を招聘して、東京の官庁街を再編成しよう、もっと言うなら東京そのものを、

――ベルリンにしよう。

その目的でつくられた組織。

そういう組織の、妻木は、かがやく新星になったのである。なおかつ留学地での勤務先はほかならぬそのエンデ・ベックマン事務所となれば、これはもう、

――将来の東京は、俺がぜんぶデザインする。

妻木がそんな自負を抱くのも、むしろ自然だったろう。

ところが二年の留学を終え、肩で風きるようにして祖国の土をふたたび踏むと、東京

再編の第一歩というべき日本銀行の仕事はすでに金吾のものとなっている。

ドイツ人建築家でもなく、コンドル先生でもなく、いくら首席で卒業したとはいえ留学を一度しかしていない単なる民間の建築事務所の所長にすぎぬ辰野先輩のものとなってしまった。しかもその受注のしかたも横紙やぶりというか、

——横取りだ。

妻木はそう思っただろう。鹿鳴館でむりやり山尾庸三と伊藤博文の前に出て、なりふりかまわず自己宣伝した。あるいはいっそ、

——泥棒だ。

とまで、妻木は思いこんだのではないか。

むろん金吾には横取りのつもりなど毛頭ありはしなかったが、かりに横取りだったとしても、

（日本人が、日本銀行の仕事を刈り取って何がわるい）

その気概《きがい》がある。妻木はただ先を越されたにすぎないのである。だいたいこの仕事をもしも妻木がやったとしたら、妻木はドイツの走狗《そうく》である。東京は文化的に、

（占領される）

と、ここまで来ると、金吾もいささか感情的である。

少なくとも、われながら冷静ではない。だが金吾にしてみれば、普請の現場にたびたび来られ、つまらぬ難癖をつけられるのもさることながら、妻木がその挑発をいつも、

（俺の、いないときに）

このことが、何より気に入らなかった。どうせやるなら俺の前でやれ。じかに言ってこい。やっぱりあの男の性格は、むかしと同様、どこかに鬱屈があるのではないか。

「厄介ですな」

金吾はそう言い、ため息をついて、

「近ごろは造家学会の会員にも、われわれを『犬猿の仲』などと言いふらす輩《やから》があらわれる始末です。いろいろとやりづらくなったものですよ、高橋先生」

「先生はよせ。言ったはずだ」

是清は苦笑いして、酒をあおった。

この日のうつわは、赤うるし塗りの汁椀である。正月用にひっぱり出したのを急遽《きゅうきょ》、転じた。横には須磨子が立っていて、是清の椀が空《から》になるたび、背のびして、とっくりを抱えた体でお辞儀するようにして酒をじゃぶじゃぶと落とし入れた。

大人の仕事がしたい年ごろなのだ。是清はそちらへ、

「もういいよ、すまちゃん。なあ。はやく寝間へ行きなよ。体に毒だよ」

などと顔に似合わぬ猫なで声を出してから、

「辰野君」

にわかに、金吾のほうを向く。

丸めがねの奥の目が、ほっそりと光っている。金吾はひざに手を置いて、

「はい」

「まあ彼は彼で、この工事をわがことのごとく思っているともいえる。僻目《ひがめ》で見る必要はないよ。それに妻木の言うことには、ひとつだけ、たしかな真実がふくまれている。わかるな？」

「……たしかに」

「このままじゃあ、期日までに完成しない」

事務主任に宣告され、金吾は、うなずかざるを得なかった。

遅延の原因は、例のそれだった。あいかわらず現場では頭領どうし、職人どうしの喧嘩がたえず、二、三日に一度の割で作業が中断してしまう。

ふたたび始まるのに半日、一日かかってしまう。これぱかりは金吾は手の打ちようがなく、

（日本の、悪しき請負文化だ）

大所高所からの結論を出すことで、結局のところ解決を放棄していた。是清は椀を置き、

「まあ、何かしら考えてみようよ」

「お願いします」

「おやすみ」

立ちあがり、出て行ってしまった。金吾がそれを玄関まで送り、部屋にもどると、須磨子が、

「お父様、もう少しお飲みになりますか」

金吾はただ、

「ありがとう。もう寝なさい」

ほほえんだだけ。須磨子はどうやら不満らしく、気どった口調で、

「お弱いのですね」

「……うん」

金吾は、みょうに眠くなった。

†

結局。

落成式は、

――明治二十九年（一八九六）三月二十二日に、おこなう。

と、決定した。

最初に設定した期限から、二年も遅れてしまった。あの鹿鳴館でのコンドルとの自薦合戦から数えれば十年ちかくを経たことになり、着工からでも五年半におよぶことになる。とにかく長びきに長びいてしまった。

費用もまた超過した。当初予算の八十万円に対し、最終的なそれは百十二万円に達する見こみ。

じつに三十二万増し、四割増しの金額である。日銀総裁・川田小一郎はこの時間的および経済的な大誤算について、

（どう考えて、おられるのか）

或る時期より、金吾は、気が気でなかった。

いつのころからか、呼び出しを受けることがなくなったからだ。たまに勇気を出して自分から永代橋の総裁室へ出頭しても、川田はごく表面的なやりとりだけで、

「もういい」

あっさりとドアのほうへあごをしゃくってしまう。

三人の秘書にいっせいにペンで調書を取らせることも、窓がふるえるほど怒鳴ることもないのである。単に多忙なだけなのか、それとも愛想をつかされたのか。この人の信をうしなったら、金吾は、この仕事の解任はもう考えなくていいにしろ、今後、日本の官界および実業界から大きな仕事をもらうことが困難になる。

日銀ひとつの男で終わってしまう。いつの時代でも、どの国でも、建築家というものは金主《パトロン》がなければ生きていけないのである。

ともあれ。

建物は、すっかり完成した。

内外装とも、いつでも営業がはじめられる状態である。いまだ職人たちは毎日現場へ来ているものの、創造のための手仕事はやめていた。資材のかたづけ、ごみの焼却、足場のとりはずし、それに市民の好奇の目を避けるため道路に面して立てた木製の高塀《たかべい》の撤去などに従事している。これだけ大きな普請だと、こういう作業も案外と日数がかかるのである。

そんなとき、日銀側から、

──落成式の日は、内覧もやろう。

という話が出た。

出席者にこれまでのお礼をかねて、ひととおり建物を見てもらう。むろん彼らは各方面の名士であり、建物には素人だから、彼らをぞろぞろと引き連れて説明してやる案内人が必要である。その案内人を、

──辰野、やれ。

川田は、その意向らしい。

伝令役の日銀社員にそのことを聞いて、金吾はもちろん、

「承知しました」

とこたえたが、それはそれとして気がかりなのは、川田その人が来るかどうかである。来れば金吾は顔を合わせ、親しく話さなければならないだろう。

「どうです」

遠慮がちに尋ねると、社員はあっさり、

「来ますよ」

当然じゃないか、という顔をした。

†

落成式当日。

川田小一郎は、上きげんだった。

集合場所である常磐橋の東のたもとで金吾と会うや、歩幅も小さく歩み寄り、

「辰野君。よく間に合わせた。お前は最高の建築家だ」

左手をさしのばし、金吾の肩を何度もなでた。安堵のあまり、上ずり声で、

「ありがとうございます、総裁。これほど遅れて申し訳なく……」

と頭をさげようとすると、川田はそれを上まわる高い声で、

「工期中には岐阜でマグニチュード八・〇の濃尾《のうび》地震があって設計の変更を余儀なくされたし、この前の戦争（日清戦争）では資材をずいぶん軍にとられてしまったにもかかわらず、このくらいの遅れですんだのは、辰野君、まったく君の手腕だよ。ありがとう、ありがとう」

まわりには、百人からの紳士がいる。

皇族がいる、各国大使がいる。政界からは伊藤博文、井上馨《いのうえかおる》、松方正義などが来ているし、あの山尾庸三の顔も見える。

実業界では、渋沢栄一、岩崎弥之助など。それぞれの分野のというより、国家そのものの重石《おもし》である。

その重石たちの視線のあつまるなか、川田は、

「ありがとう、ありがとう」

涙まで流している。

上きげんというより、ほとんど感動の垂れ流しだった。そもそもこの人に「辰野」で

はなく「辰野君」と呼ばれたのは、

（いつ以来だったか）

川田の左手は、まだ金吾の肩をなでている。

右手は杖をついている。横から高橋是清が挨拶に来ると、

「おお、高橋君。君がいなかったら工期はもっと延びていた。工費はもっとかさんでいた。まったく君の手腕だよ」

声が、かぼそくなっていく。

霧が濃くなるようである。若いころから病気もちで、日銀総裁になってからも、ときに何日も出勤しない日があったというが、この日の川田は、ひとまわり体もちぢんでしまった。

まだ六十一のはずなのに、その首のしわの黒のふかさ、八十をこえた人のそれである。

（長くないな）

と金吾でさえ思ったくらいだもの、本人はなおさら自覚しているのかもしれず、だとしたら落成に、

――間に合った。

という安堵の気持ちがあまりに大きすぎるのかもしれなかった。もっとも、是清がいなかったら工期と工費がいっそう超過していたという評価そのものは正しいので、是清はあの頭領どうし、職人どうしの喧嘩の問題を、おどろくべき方法でもって解決してしまっている。

現場の全体を四つにわけ、それぞれ頭領たちから親方をひとりずつ選ばせて、進み具合を、

——競え。

と号令したのだった。

豊臣秀吉がかつて清洲《きよす》城の城壁普請でやったことと一見するとおなじようだが、あれはおそらく、子供のかけっこのようなもの。いちばん速いのは誰だという単純素朴な勝負のつけかた。それに対して是清の方法はよりいっそう近代的といえるもので、或る一定の作業について期日を明示し、それまでに終わったところには報奨金をあたえる。終わらなかったら罰金を課す。すなわち勝者は幾人も生まれ得るし、敗者も複数、生じ得る。ひとりの利益がほかの害にかならず直結するわけではないという、そういう規則にしたのである。

つまり、悶着《もんちゃく》の原因がない。

事実、これで激減した。彼らが人との喧嘩についやす膨大かつ無意味な労力を、是清は、そっくりそのまま期日との喧嘩にふりむけたのである。

常磐橋のたもとには、名士がつぎつぎと来た。

金吾は、つぎつぎと頭をさげた。ぜんぶで千八百人をこえるはずだった。みんな吸いこまれるように敷地内へ入り、正面玄関の手前の庭へみちびかれ、茶菓の接待を受け、予定どおりに式典がはじまる。

開会の辞
施主挨拶
来賓祝辞
などが型どおりに終わったところへ、司会役の日銀の社員が、

「ここからは皆様へ、設計者である辰野金吾博士が、みずから建物のご案内をいたします」

金吾は足をふみだし、全員の前に立った。

くりかえすが千八百人である。金吾はあまり背が高くなく、うしろが見えぬ。無量無辺そのものの要人の海が、いまは全員、しんとしている。

金吾ひとりを注視している。金吾はのどがからからになり、内臓が過熱した。しぼり出すように咳払いをして、

「われわれはいま、正面玄関の前におります」

誰でもわかることから始めた。

上半身をねじり、背後を手で示しながら、

「ご覧のとおり、玄関は、奥へひっこんだところにあります。というより、左右がぐっと突き出ている。この建物は、上から見ると、ちょうど漢字の『円』のかたちをしているのです。なかのなべぶた（「亠」）の下が中庭。われわれはその中庭にいるのです」

説明しつつ、指で宙《そら》にその字を書いてみせた。みんな同様にちょこちょこと指を走らせてから、

「おお！」

「なるほど！」

その歓声、ほとんど子供そのものだった。なかには、

「日銀だけに『円』か」

という声もあり、満場の笑いを誘ったが、金吾はわざと大げさに首をふり、

「もちろん『円』は、お金の単位をあらわす字ではありません。それは正字の『圓』ですから。われわれのふだん使う一円札なども正字のほうが刷られているのはご存じのとおりでしょう。『円』は筆記の便のための、いわゆる略字にすぎないのです。私もメモなどに使います」

「わしも使うぞ」

などと合《あい》の手が入ると、

「ええ」

と、金吾も、ふっと心がやわらぎはじめる。さらに語を継いで、

「だから私は、ことさら暗合を意識はしておりません。採光、人の動き、空間効率、美的効果などを総合的に判断した結果がたまたまこの平面図になったわけです。ことに美的効果に関しては、外壁の色」

と、金吾はいったん口をつぐみ、玄関まわりから、左右のこちらへ突き出ている部分までを大きく両腕でかこむようにしてみせた。もっとも、突き出ていると言っても、それらはながながと、はるか後方にまで伸びているので、金吾には、ないし客たちには、

いまは横っ腹しか見えないのだが。

「ご覧のとおり外壁の石は、一階から三階まで、『円』の字のなべぶたもけいがまえ（「冂」）も、すべて雪のような白としました」

玄関にならぶ列柱もそうだし、アーチ形の要石《かなめいし》もそうだった。陽《ひ》の光を反射して、きらきらしているという以上に目が刺される。

もっとも、金吾はここでは言及しなかったが、厳密に言うなら一階と二階以上はべつの石である。

一階は、北木石。二階、三階は神奈川県湯河原《ゆがわら》産の白丁場《しろちょうば》石。これは正直なところ、工費の逼迫《ひっぱく》により、

（変えざるを、得なかった）

白丁場石のほうが産地がちかく、運搬費が安いというような単純な理由もあったけれども、より深刻なのは、石工の賃金の問題だったのだ。

北木石は元来、硬度のわりには加工しやすい石である。金吾もそのために採用した。しかしながら結局のところ花崗岩はやはり花崗岩なので、石工には、

――硬い。

と感じられたらしい。実際、彼らの鑿《のみ》は、その刃の減りが早かった。こんな仕事をつづけろと言うなら、

「賃金を上げろ」

彼らはそう金吾に言い、是清にせまり、とうとう全員が鑿ふりかざして事務部におし

かけて来るさわぎになった。石工というのは、元来、気のあらい連中なのである。これはまた別のおりの話だが、金吾の部下の小林《こばやし》という技手がたまたま深川にある日銀専用の石置場へ行ったところ、最近注文したのとよく似ている、しかし実際はまったく劣悪な石がところせましと積んであったので、

「見本とちがう。採用できない」

と頭領に告げた。小林はたちまち、そこにいた二十四人にいっせいに鑿の柄で頭を乱打されたという。

彼らはおそらく、どこかから袖の下でももらっていたのだろう。小林は手近な堀へざぶんと飛びこんで難をのがれようとしたが、石工どもは逃がさない。その劣悪な石のつぶてを次々と投げつけて来た。

これもまた小林の頭に命中した。髪の毛はなまあたたかい血でぐっしょりになった。小林は必死でおよいで遠ざかり、対岸の杭につないであった舟のうしろに身をひそめて、ようやく死をまぬかれることを得たのである。

そういう連中が相手なのである。もっとも、花崗岩の件は相手にも三分の理があった。金吾は結局、

「わかった」

うなずかざるを得なかった。

賃金の値上げに応じたのではない。そんな工費の余裕はない。北木石のほうをあきらめた。そのかわりに採用した白丁場石は、花崗岩よりもやわらかい安山岩《あんざんがん》系である。石

工はようやく鑿をひっこめ、仕事にもどった。すなわちこの外壁は、その石のちがいは、一種の妥協の産物なのである。

おなじ白い色であるし、素人目にはわかるまいが、

（ゆくゆくは、どうかな）

金吾は、それが心のこりだった。一般に、安山岩はよごれやすいという。もちろん石にもよることだけれども、ゆくゆくは二階以上だけが煤《すす》めくなどという事態にならないだろうか。そうなったら、

（素人目にも）

結果として、のちのちも汚れの差は目立たなかったのだが、金吾がこのとき、聴衆に対して、きゅうに、

「みなさん、上を見てください」

玄関の上のほう、お椀を伏せたような屋根を手で示したのは、つまり聴衆の目をそらしたのは、あるいは外壁のこの件がうしろめたいのかもしれなかった。

「どうぞ上を見てください。あれが、いわゆる円蓋《ドーム》です。亜鉛めっきをほどこした鋼板葺きとしたため、あのような濃い灰色になっております。もともとは、めっきなしの銅板葺き、瀟洒なグリーンとするつもりでしたが、こちらのほうが最新の素材で雨風につよいし、何より外壁との色の対比があざやかです」

「白と、灰色か」

誰かが言うのへ、

「そのとおりです。私はここで瀟洒よりも鮮烈、典雅よりも威厳、そういう価値観をあらわしたかった」

この威厳ということに関しては、金吾は、言いたいことが山ほどある。口をひらいて、

「この件に関しては、私は、そもそもの計画のはじまりにおいて、当時の内閣総理大臣・伊藤博文伯および臨時建築局総裁・山尾庸三子に、以下のごときを申し上げたところでした」

しゃべりつつ、聴衆のなかに彼らの姿を、

（もちろん）

さがすまでもない。どちらも最前列に立っている。金吾はそっと目礼してから、

「本件の設計に関しては、従来の永代橋のそれを踏襲してはなりませぬと。ああいう穏健、中庸なるたたずまいよりも、もっと遠慮なく、もっと気位たかく世界へ打って出る精神を体現しなければなりませぬと。この宿願をぞんぶんに果たさせてくださった伊藤伯、山尾子に、この場であらためて御礼を……」

「辰野君」

さえぎったのは、伊藤博文。

金吾はにわかに口をつぐんで、

「はい」

内心、どきどきした。いま述べた口上には、じつはひとつ大きな非礼がある。伊藤は「当時の」どころではない、いまも総理大臣でありつづけている。

——辞任を、望む。

という受け取りかたも可能であろう。だが伊藤は、ちょっと上っ調子に、

「きょうはなかなか、陽ざしが強いな」

意味がわからない。金吾はただ、

「はあ」

「そろそろ、内部《なか》を見せてもらおう」

聴衆の上に、笑いのさざ波がひろがった。これには金吾、苦笑いして、

「これは気のきかぬことを。申し訳ありません。それでは」

きびすを返し、玄関へ向けて足をふみだして、

「あっ」

体の向きを、もとにもどした。いったいどんな誤算が、

——生じたのか。

とでも思ったのだろう、眉をひそめる聴衆へ、早口で、

「すみません、皆様。あまりにも基本的なことを申し上げるのを忘れておりました。この建物は、地上三階、地下一階、総面積三五六九坪であります」

一瞬ののち、どっと笑いが起きた。金吾は顔から火が出る思いである。われながら、

（緊張している）

目を伏せて、くるりと聴衆に背を向けたが、そのとき視界のかたすみに、

（え）

違和感をおぼえた。何かが足りない。

晴れの日らしく、まるでしめし合わせたかのように全員フロックコートを身につけている名士の顔、顔、顔のなかに、あるべき顔がひとつない。

誰だろう。

（まあいい）

玄関のほうへ、足をふみだした。

真新しい革靴でこつこつと音を立てながら雪のように白い五段の石の階段をのぼり、列柱のあいだを抜けた。

あらかじめ、扉はひらいてある。

†

扉の奥は、まず八角形の玄関ホールである。

円蓋《ドーム》の真下にあたる。もっともこの上はやはり八角形の役員集会室になっているので、見あげても、円蓋《ドーム》の内側は見られない。まっすぐ通りすぎ、もう一枚の扉を抜ける。視界がとつぜん左右にひろがり、上へひろがる。

営業場《えいぎようば》。

この建物でいちばんの大空間。たかだかと最上階までの吹き抜けである。二階、三階は回廊ふうの廊下になっていて、その上のガラス屋根から何条もの太い光線がふかぶかと差しこんで来るさまは西洋の宗教画さながらだった。天使の一羽も舞いおりてきそうな感じである。

と同時に、ガラス屋根からは、一本の黒い鉄索がまるで蜘蛛の糸のように鉛直線をなしている。

鉄索の先には、下向きに花が咲いたような巨大なシャンデリア。いまは灯りが消されているが、夜間など、まっくろな空の下できらきらと無数の星を散らすところは、これまでに日本で見たどんな夜会の会場よりも美しいことを金吾は知っていた。いうまでもなく、ここで夜会がおこなわれる日は永遠に来ないにちがいないが。

上から見た位置は、「円」の字の内部のふたつの四角形である。金吾はその中央に立っている。背後から、
わあっ
と、子供のような喚声《かんせい》があがったのは、彼らもまた、ここに足をふみいれたのだ。いくら何でも千八百人がいっぺんに入れるほどの広さではないから、この喚声は、先頭のごく一部の人のそれということになる。最重要の客であることはむろんだった。

金吾は、ふりむかない。

なおも前を向いたまま、視線を水平方向へあらためて下ろす。向かって左側には木製のカウンターをそなえた窓口、右側にはやはり木製のベンチを何個も置いた客溜《きやくだまり》（ロビー）。その風景は、一見、ふつうの銀行と変わりないが、むろん来るのは一般市民ではなく、金融機関の関係者にかぎられる。

「皆様」

金吾はようやく体の向きを変え、われながら芝居がかった口ぶりで、

「ここが接客業務の中心、営業場であります」

聴衆はみな日銀の業務にくわしいわけではない。金吾はこの部屋の目的、機能、欧米における類似の施設の特徴をかんたんに述べてから、

「この部屋をとりかこむ、二階の回廊の壁をご覧ください。外壁とおなじ石づくりで、ぐるりと帯状の彫刻がほどこされています。ギリシア式の装飾です。建物の外観に合わせた内装としました」

「窓口も立派だ」

と誰かが言うのへ、

「装飾つきの木製カウンターは、このたび特別に輸入したものです」

この文句は、格別効いた。聴衆は、

「おお」

「そもそもこの建物における家具、調度品、装飾物などは、ほとんどすべて輸入品ですが」

「おおお」

金吾はそれから、また体の向きを変える。

営業場を奥へつっきる。「円」の字のまんなかの縦線を上へ行き、北側玄関にぶつかることになる。

その手前で右にまがり、角でもういちど右にまがる。「円」の字の右の縦線のなかほ

どへ下りることになる。左側を向く。通路の左右にひとつずつ、扉のない小部屋がある。それぞれ階段が設置されている。階段室である。金吾はそのうちの左側のそれへと歩を進めて、鉄製の、柿色の手すりを、狆《ちん》でも愛撫するように手でなでつつ、

「この階段もまた、輸入品です。特にここは見どころです」

身をかがめ、手すりの下を手で示した。手すりの下は、側壁《そくへき》のようになっている。それはやはり鉄製である。精緻《せいち》な紋様がすかし彫りにしてある。西洋音楽の楽譜によくあるト音記号を上向き、下向き、上向き、下向き……つぎつぎと横にならべたような紋様だった。もちろん実際には、それは階上または階下へ向かうのだから、横ではなく、ななめにならんでいるのである。金吾はこつこつと音を立てて階段を下りた。

下りたところで、鼻をすんすん鳴らして、

「よし」

つぶやいてから、

(おっと)

苦笑いした。この晴れの日にすべきことではない。ないが、これはもう抜きがたい習慣になってしまった。金吾はふりかえり、聴衆へ、

「地階では、最新の金庫をお目にかけます」

通路はさすがに、陽光がとどかない。

ひくい天井のところどころに電灯が設備されていなければ真の闇、真の洞窟だっただろう。壁の左右がせまいことも、床が灰色のコンクリート敷きであることも、そのコン

クリートのまんなかに鉄道よろしく鉄製のレールが二本、埋めこんであることも視認できるはずがなかった。レールは台車をころがすためのもので、その台車はここにはないが、紙幣や銀を満載して、金庫へ出し入れするのである。

歩くのに、不自由はない。

靴音をひびかせつつ金吾がまっすぐ歩を進めると、すぐうしろの声が、

「辰野君」

「はい」

「あの穴は、何だね」

地階特有の声のひびきで少しわかりづらいけれども、伊藤博文だろう。金吾は足をとめぬまま、首だけをうしろに向け、それから伊藤の指さす左上方へ目を向けた。

黄土色に焼いた釉薬《ゆうやく》タイルの壁面が、ちょうど天井と接するところ。その壁面のほうに四角い穴がぽつぽつと規則的にあいている。

遠目には、黒い点線に見えぬこともない。

「換気孔《かんきこう》かね？」

と伊藤博文がなお尋ねるのへ、

「そのとおり」

金吾は、鼻をすんすん鳴らしてみせて、

「地下というのは、要するに、湿気の王国にほかなりません。黴《かび》のにおい、下水のにおい、そういうものが入りこんでいないかどうか、わたしもこうして無意識のうちに体で

たしかめるのが日課になってしまいました。それともうひとつ、川の水」

「川の水？」

「ええ。換気のみの穴ではないのです。有事のさいにはジャアジャアと、日本橋川の水をひきこんで水没させてしまいます。この通路も。金庫も。地階全体を」

これには、伊藤はおどろいたらしい。目の大きさを倍にして、

「有事のさい？」

「はい」

金吾は返事するや否や、立ちどまり、くるりと伊藤に正対した。

伊藤は一瞬、止まるのが遅れた。あやうく金吾にぶつかりそうになったが、金吾はかまわず、

「具体的には、わが国が戦争に負けるとか」

「何だと」

「勝った外国兵どもは、当然、ここをまっ先におさえるでしょう。通貨のあたらしい支配者になろうとするでしょう。その前に一枚でも多くの紙幣を無価値にし、建物そのものを無価値にして、彼らの野心をさまたげるのです」

徹底抗戦の最前線。これも金吾の発案だった。

（俺が、国家だ）

そう自負した瞬間、金吾の脳裡に、

（あ）

三歳の男の子の顔が浮かんだ。

なぜかはわからぬ。一瞬で消えてしまったので、目の前のことに集中すべく、金吾は伊藤博文に、

「僭越《せんえつ》ながら、このことは、ことに閣下にはしっかと申し上げたく存じておりました」

「なぜ私かね」

とは、伊藤は聞き返さなかった。それはそうだろう。この人はほぼ一年前、日本国総理大臣として下関《しものせき》の春帆楼《しゅんぱんろう》なる旅館兼料亭にのぞみ、清国代表とのあいだに講和条約をむすんでいる。

いってみれば日清戦争で日本を勝利させ、清兵による東京占領を未然にふせいだ当事者中の当事者である。その功績をたたえるというよりは、むしろ一市民の側からの、今後の国政のありかたへのいましめとして、

(言いたかった)

伊藤は表情を変えず、

「むだな仕掛けを」

「そう願います」

「金庫を見せたまえ」

「失礼しました」

金吾は頭をさげ、きびすを返し、ふたたび洞窟のような通路を進んだ。立ちどまり、右を向くと金庫室前である。

円蓋《ドーム》および玄関ホールの真下にあたる。金庫室前もまた広大なホールである。北側を向く。奥の壁には人の背よりも高い、絹のような純白にかがやく鉄製の金庫が埋めこまれていた。

ここから見えるのは、いまは扉だけ。

扉は、観音びらきである。そのうちの左のほう、腰の高さに黒い棒状のハンドルが装備されていて、そこをめがけて背後から若い日銀の職員ふたりが駆けて行った。

ふたりとも、川田総裁の命によるのだろう、やはりフロックコートを着用している。

それぞれハンドルを持ち、腰をしずめ、こちらがわへ引く。あらかじめ施錠《せじょう》はしていなかったらしく、扉はその巨大な蝶番《ちょうつがい》をかすかに軋《きし》ませつつ、ゆっくりと両側へひらかれた。金庫のなかは、からっぽである。紙一枚も入っていない。

もっとも、ここで金吾が見せたいのは、金庫の内部ではなかった。

扉そのものの分厚さだった。若い職員ふたりが前もって打ち合わせていたとおり半びらきのところで扉をとめると、金吾はちかづき、扉の側面をわしづかみにして、

「何しろ厚さ百ミリです。片手でつかむのがせいぜいでしょう。これもまた輸入ものの最上品」

と、そこで誰かが、

「碁盤《ごばん》みたいだ」

「いや、それ以上だ」

聴衆がまた笑い、金吾もつられて笑いながら、

「ただしこの金庫の存在のわが国における意義、経済的機能に関して申し上げるのは、私の手にあまります。ここはぜひ、わが日本銀行総裁であられる川田小一郎閣下のご講義をあおぎたく」

ここで講師が交代するのも、事前にきまっていたのである。ところが、

（え）

聴衆のなかに、川田がいない。

最前列はおろか、二列目、三列目……通路のはるか後方のまがり角のところまで、あの畏怖《いふ》心をそそる眼光はなかった。見落とすはずがない。

聴衆が、ざわついた。

（どうする）

心に迷いが生じたとき、例の、ハンドルを引いたふたりの職員のうちのひとりが来て、耳打ちして、

「総裁はおそらく、館内《なか》には来ておられません。場合によっては館外《そと》で待つと、われわれ言いふくめられておりました。辰野先生、ここはひとつ総裁のかわりに」

「それは無理だよ。君やれよ」

ひじで相手をつつきつつ、内心、さっきの違和感の正体がわかった気がした。場合によっては……やはり体の調子が、

（よろしからず、か）

若い職員は、観念したのか、肩をちぢめつつ説明をはじめた。この金庫は札束をおさ

める と同時に、銀をも収納するものであること。

そもそも日本銀行券は兌換銀券であり、日銀としては、いつでも交換できるよう、一円の紙幣を発行すれば一円ぶんの銀塊をつねに持たなければならぬこと。むろん実際には数字はもっと複雑になるが、ともあれ銀をつねに大量に出し入れするからには、容量上、および防犯上の配慮が必須であること。

それを解決するのが今回の本店新築の最大の目的のひとつだったこと。ということは、建物のなかに金庫があるというよりは、むしろ、金庫のために建物という鎧兜《よろいかぶと》をこしらえたというほうが順番が適切かもしれないこと。その意味でこの場所は、日銀の、というより日本経済、日本金融そのものの心臓部にほかならないこと。うんぬん。

若者の話は、やや冗長である。

誰かがしびれを切らしたか、

「二階へ行こう」

と言いだしたので、金吾は、

(それが、名士の希望か)

いくぶん失望した。二階には総会室、貴賓《きひん》室、役員集会室、総裁室などがあり、礼遇の味がいちばん濃いのである。

内装の重厚さ、家具什器《じゅうき》の贅沢さでは二階にまさる階はない。ということは或る意味もっとも日銀らしくないというか、国家枢要の庁舎ならば本来どこにもある要素しかない階である。それでも金吾はほがらかに、

「承知しました。参りましょう。総会室は二階、三階の吹き抜けで、百人以上が収容できる。日本一の会議場です」

また聴衆を先導すべく、足をふみだした。

いま来た通路をもどりはじめた。通路にはまだ金庫を見ていない、いわば順番待ちの人々がひしめいているので、

「お通し願います。恐縮です」

金吾から見て右へ片寄らせ、あいた左側を逆行した。階段室から二階へ上がり、歴代総裁の三枚の肖像画のならんで掛けられた廊下を通りつつ部屋をひととおり見せ、三階にのぼる。

三階には、一般職員のつかう執務室がならぶ。一部屋あたりの面積は小さく、部屋数は多く、そのなかに置かれる家具もいちおう舶来品ながら最高級品ではない。それでも便所のなかへ入れば、洋式便器の横の床からは金属製のペダルが生えていること野山の蕨《わらび》のようである。そのペダルを、立ったまま、金吾は足でふんでみせた。

ジャア

ジャア

と音がした。頭上の壁に設置されたタンクから水が落ち、便器内へながれ、穴にすいこまれて消えたのだ。たいていの液体物および固形物はこれにあっさり流されるだろう、あとかたもなく消えるだろう。

金吾は聴衆へ、

「このような最新式の水洗便所は、これを全館で採用しております。一般職員もその恩恵を受けるのです。それでは一階にもどりましょう。ただしご希望の方にかぎり、階段はもちいず」

「階段をもちいず？」

誰かが問う。金吾はそちらへ、

「ええ」

「飛びおりるのかね。窓から」

声に、不安の色がある。こういうとき笑うのは智者の愚行である。金吾は神妙な顔になり、

「そう思われるのも無理はありませんが……エレベーターを設置しました」

「エレベーター？」

「自動昇降機とでも訳しましょうか。日本で二番目の設置例です」

と、ここまで言えば、会得《えとく》するところがあったのだろう。その人ははははあという顔をした。それまで東京には、ないし日本には人を乗せるエレベーターは一基しかなかったから、どこにあるかは誰もが知るところ。

浅草の凌雲閣《りょううんかく》である。この六年前に開業した展望台は、何しろ別称を、

——十二階。

というだけに、単なる高さでは日銀本店をはるかに上まわるが、そのエレベーターはつまりは遊覧用の乗りものにすぎず、故障がちで、かつ故障したところで何らの国家の

損失になりはしない。こちらとは責任のおもさがちがうのである。

……などという説明をしつつ、金吾は廊下を歩き、「円」の字のいちばん上の横棒のまんなかに達した。

木製の扉の前に立ち、壁に埋めこまれたボタンを押す。扉が横にすべる。われから箱《かご》のなかへ乗りこんだ。

背後の靴音は、

（五人）

ひとりはエレベーターの操作にあたる若い職員だから、客は四人。ほかの客は遠慮したのか、あるいは、

（不安になったか）

エレベーターは落ちる、落ちたら死ぬ。そんな短絡的な恐怖にとらわれている人が、この日本にはまだまだ多いのだ。この調子では、いつになったら西洋に追いつくのか。

金吾は複雑な思いを抱きつつ、ふりかえって、

「あ」

声をあげた。

日本人どころではない。

自分のほかには伊藤博文、あとの三人は、

（外国人）

背のひくい金吾には、三人とも、天井に頭がぶつかりそうに見える。顔見知りはいな

い。そのうちのひとり、五十代くらいの、しかしどこか童顔のおもかげのある青い目の男へ、

「アーネスト」

と呼びかけたのは、伊藤博文。だいぶん世話にくだけた英語で、

「これでわが国も、やや貴国に近づいたかな」

「いやいや、まだでしょう。これくらいの建物なら、あと十《とお》もつくれなければね。それ以上の規模のものも」

その言いぶりが、金吾もよく耳にしたロンドンの知識階級ふうだったので、ようやくこの人が、

（サトウ）

駐日イギリス特命全権公使、アーネスト・M・サトウその人と金吾はわかった。

さすがに、息をのまざるを得ない。

貴賓中の貴賓。世界の最強国がおくりこんできた百戦錬磨《れんま》の外交官ではないか。うわさでは、彼の意見は、しばしば政府の意思決定に影響をあたえているという。そのとおりだろう。何しろ国としての実力がちがいすぎる。日本そのものの生殺与奪《せいさつよだつ》の権をにぎる度合いからしたら、伊藤よりも、宮城《きゅうじょう》の奥にまします天子よりも、

（高い）

わかってみると、ほかのふたりはロシア帝国公使アレクセイ・シュペイエル、およびアメリカ合衆国公使エドウィン・ダンらしい。新聞で写真を見たことがある。要するに

この小さな箱のなかには欧米列強がひしめいているのだ。

この人たちの目に、どれほど、

(威厳を)

見せつけられたか。

そのことを思うと、金吾は、背中が滝のようになった。いうまでもなく、彼らには珍しくも何ともないのである。エレベーターも、水洗便所も、銀行の窓口のカウンターの手のこんだ装飾も。

何より、建築全体のデザインで周囲を圧するという発想自体も。この人たちはこの日のことを、もちろん本国に報告するだろう。

日本そのものの国力をはかる重量計と見るだろう。どう報告するのか。

――意外とやるじゃないか。それとも、

――しょせんこの程度。

か。

金吾には、わからない。

きっと永遠にわからない。わかるのはただ、彼らがみな、いまは心からとしか見えない満足の笑みを浮かべているということ。青い目がやわらかな光を発しているということ。ただそれだけ。内覧が終われば、あとはもう、おさだまりのパーティだった。

全員ふたたび建物を出て、正面玄関前の中庭にあつまった。即席の演壇が設けられ、乾杯の辞が述べられ、四斗樽《しとだる》の鏡びらき。

金吾は酒を飲むひまがなく、料理を食うひまがなかった。次から次へと偉い人が来て、

「おめでとう」

だの、

「りっぱな仕事だ」

だのと、盛大にほめ言葉をあびせられたためである。日本人も、外国人も。金吾はそのつど恐縮してみせたが、内心は、昂揚《こうよう》せざるを得ない。

酒の酔いなど問題にならぬ上質な興奮、うつくしい満足。これ以上の作品はもう一生、（つくれぬ）

確信したのは、あるいは、おのが年齢を意識したせいか。

気がつけば、金吾はもう四十三なのである。まだ姓が姫松だったころ、あの唐津城下の裏坊主町で岡田時太郎あたりと何らの思慮もなく遊んでいたころの光景がいまはもう外国以上にはろばろと感じられる。

この人生、のこり時間は多くない。

万歳三唱とともに散会となり、列席者をみな送り出してしまうと、あとには職員、建築関係者、それに写真屋の技師がとどまるのみ。写真屋はぜんぶで百人をこえる職員たちを正面玄関の前にならばせ、かしこまらせ、記念写真を撮影した。

金吾も、そのなかに立った。

川田小一郎が最前列中央の椅子に腰かけた、その川田のななめうしろ。まことに優遇

というほかなかった。撮影が終わるや否や、職員のほとんどはフロックコートをぬぎ、なかにはシャツまでぬいで下着一枚になってしまう者もいて、あとかたづけを開始した。

時刻は、まだ昼すぎである。

春のふんわりとした陽光の下、まるで手枷《てかせ》を外された罪人のように彼らは敏捷《びんしょう》に活動した。

テーブルを運んだり、汚れた皿やコップを木箱へ入れたり。千八百人をまねいた宴のあとは、ほどなく永遠にこの世から姿を消す。門の外では、まるで何事もなかったかのように人々が道を行き交っている。

場所柄、金融関係者や大商店の店員が多い。背広を着た者、羽織をはおった者、絣《かすり》の着物を身につけて忙しそうに駆けて行く小僧たち……明治時代の日本橋は、けだし男の街だった。

†

金吾は、やることがない。

その場をひとり離れても、誰にも気づかれることがなかった。何とはなし建物のなかへ入り、二階へ上がり、役員集会室へ入る。

玄関ホールの真上にあたるため、全体が八角形になっている。天井は吹き抜けになっていて、円蓋《ドーム》の内側の白い半球がたかだかと宙に浮いている。金吾はその下をとおりぬけ、奥の窓をあけた。

見おろせば、そこは正面玄関前の中庭のひろがり。

職員はやはり金吾に気づかない。いよいよ精力的に仕事をつづけている。

「それでよし」

金吾はつぶやく。この建物はもはや建築家のものではない。それを使う人のものなのだ。

地下の巨大な金庫も、じき紙幣や銀で埋めつくされる。あたうかぎり幸福な結末。が、幸福なら、この心にはどうしてこんなに霜風《しもかぜ》が吹くのか。

まるで念を押すようにして、

「……もう一生、つくれぬ」

ため息をついたとき、

（ん？）

中庭にひとり、異様な分子のまじっているのを見た。

ほかの職員より背が小さく、頭などは豆粒のようで、けれどもフロックコートではないものの正式な上着をいちおう身につけている。

きょろきょろしつつ、こちらのほうへ近づいて来る。うつむきがちで顔はわからないけれども、ときどき大人にぶつかってよろめく、その体の動きを見るだけでもう金吾には誰だかわかる。

「おーい、隆《ゆたか》。おーい」

相手は急停止して、こちらを見あげて、

「あ。おとうさま」

顔が、うれしさで太陽になる。

着工のころの正月にはまだ赤んぼうも同然で、秀子のひざに抱かれて粥をだぶだぶ食っていた彼ももう九つ、赤坂中之町小学校の二年生である。

学校の成績は、なかなかいいらしい。このごろは宿題と称して家で鉛筆を——毛筆でなく——にぎるようになったのも、いかにも明治の子という感じだった。

「どうしたあ、隆？」

呼びかけると、

「行きましょう」

「どこへ」

「隅田川へ。帝国大学のボートレース」

「ああ。そうか」

金吾は思い出した。落成式が終わったら、いっしょに行こうと約束したのだ。

「待ってろ。いま下りる」

そう言おうとして長男の顔をまともに見て、にわかに、

(む)

思い出した。

一年半前、蟬《せみ》の鳴きこめる季節だったが、金吾は新聞で、

——日清戦争、勃発《ぼっぱつ》。

その旨の記事をまのあたりにした。

晩めしのあと、秀子と須磨子、隆、保《たもつ》を呼んで正座させた。保は末の男の子である。

「お前たち」

金吾はわれながら悲痛な顔になり、

「日本はこのたび、清という国と戦争することになった。見ろ」

あらかじめ用意しておいた世界地図を畳の上にひろげて、

「面積といい、人口といい、日本などは小国も小国だ。あるいは負けるかもしれん。俺は建築学の教師というささやかな存在ではあるけれども、いよいよ兵が足りぬとなったら、戦争に出る」

妻および子供三人、息もしない。

家長へ視線をあつめるのみ。金吾は秀子へ、

「貴様も看護婦になれ。兵士のために戦場ではたらけ。須磨子」

「はい」

「お前もそうしろ。母にしたがえ」

はい、と須磨子が返事をすると、金吾はこんどは隆へ、

「貴様、戦争がこわいか」

「こわくありません」

小学生は、即答した。

むらさき色の唇はしっかりと引きむすばれているが、その奥で、かちかちと音がくぐ

もっている。歯の根が合わないのだ。金吾はただ、

「よろしい」

と言い、最後だとばかり保のほうを向いたけれども、目が合った刹那、保はわっと泣き出してしまった。

まだ四歳である。事の重大さを理解したというよりも、この家族の異様な空気に耐えられなかったのだろう。金吾はひるまず、

「保。お前はどうだ。戦争がこわいか」

「こわくない」

「よしよし。いい子だ」

金吾は、うんと頭をなでてやった。このたび日銀本店の地下通路の壁の上にぽつぽつと四角い換気孔をあけ、その穴にさらに、

――地階全体を水没させる。

という自爆的とも呼ぶべき引水装置をほどこしたのも、もともとは、

(清兵が来たら)

という身を焼くような危惧の故にほかならなかった。結局、この危惧は杞憂《きゆう》に終わったわけだけれども、それでも日本がにわかに大国と化したわけではない。

小国はやはり小国なのである。今後は大陸での権益をめぐり、ロシアと、ドイツと、フランスと、アメリカと、イギリスと……あらゆる真の大国としのぎを削り合わなければならない。

事によったら戦争もまたしなければならない。金吾はなおも二階の窓から長男のわくわく顔を見おろしつつ、おのが胸も、まるで戦場に出たかのごとく熱くなるのを感じて、

（つくれる）

いや、

（つくらねば）

もっと良いものを。もっと人をおどろかせるものを。あと十だろうが二十だろうが、きっとこの世にあらしめてみせる。

まだ四十三ではないか。金吾は長男へ、

「隆」

「はい」

「お前はここに、竹松《たけまつ》の人力車《くるま》で来たのかね」

竹松とは、車夫の名前である。足がおそいので子供を乗せるにはちょうどよく、辰野家ではしばしば名ざしで来させていた。隆はいっそう大きな声で、

「はい！」

「なら、それで帰れ」

「え」

「私は行けぬ。やることがある」

隆は、けっして従順な子ではない。

みるみる目をまっ赤にして、敵意まみれの目つきになり、

「お父様、約束したではありませんか！　男に二言はないのではありませんか。きょうは帝大のボートレースに……」

金吾は、みなまで聞いていない。きびすを返し、部屋を出て、ト音記号の階段をばたばたと下りて屋外へ出て、

「おっかさんに伝えなさい。落成式はぶじ終わったと」

隆にそう言うあいだにも、足はとまらない。通りへ出て、右へまがり、さらに駆けた。めざすは銀座。

銀座煉瓦街のはずれ、白一色の西洋長屋のなかの一軒。かつては自宅と事務所を兼ねていたが、いまは自宅がよそへ引っ越したので、事務所専用になっている。

書きかけの書類が、引きかけの図面が、つくりかけの模型が、あるじを待っている。

さいわいにも、金吾は、体はどこも悪いところがなかった。八か月後、川田小一郎死去。享年六十一。

第五章　東京駅

日本銀行本店の落成により、辰野金吾の名は、日本の第一等におどり出た。

ここでいう第一等とは、もはや日本人建築家のそれにとどまらない。日本で活動する外国人もふくめて第一等という意味なので、その上さらに、建築をはなれた一般的な知名度という点でも金吾はたいへんに飛躍した。

——日銀の辰野。

というのが、強力かつわかりやすい看板になったのである。日銀の辰野は、同時に、日本の辰野にもなった。

もっとも。

落成以前から、そのきざしはあった。

銀座煉瓦街、京橋区加賀町八の辰野建築事務所には設計の注文がつぎつぎと舞いこんでいた。民間企業が、政界財界の一個人が、あげて金吾の建物に入りたがったのである。ただし金吾は、これらの依頼をほとんど引き受けることができなかった。

——日銀のあとなら、引き受けてくれるか。

そういう熱心な依頼者も多かったけれども、金吾はその後もしばらくは本店の付属的な建物や、あるいは大阪や門司《もじ》の支店の建物などを至急完成させるよう川田小一郎より命じられている。ほかの者に託すわけにはいかなかった。本店付属の建物はもちろん、支店の建物も、そのデザインは本店を踏襲しなければならないからだ。

金吾の世界のひろがるのは、まだ少し先のようだった。なお金吾のあたらしい自宅は赤坂新坂町十四、もともと佐賀藩出身の維新の元勲・副島種臣《そえじまたねおみ》の邸宅だったものを購入した。女中や書生もたくさん入れた。これもまた出世の結果のひとつである。

†

日本人建築家を糾合《きゅうごう》して、西洋なみに、

——学会をつくろう。

という年来の主張を実現させたのは、早くも日銀着工の前だった。

学会の名は、はじめは「造家学会」と称した。金吾はその副会長に就任したが、十年後、名前を、

建築学会

とあらためたのを機に、会長になった。それまで会長はふたりいた。青木周蔵《あおきしゅうぞう》および渡辺洪基《わたなべひろもと》だけれども、前者は政治家、後者は官僚、どちらもいわば名誉職として就いたので、金吾はつまり実質的な初代である。

初代といえば、おなじ時期に、帝国大学工科大学長にもなった。

これもまた過去の学長は古市公威《ふるいちこうい》と渡辺洪基、どちらかというと官僚臭のつよい人物だった。建築などという、つい最近まで、

——大工の棟梁に、毛が生えたようなもの。

としか見られていなかった学科の出身者が、土木、電気、造船などというような他の有力な学科のそれをしのいで頂点に立ったことになる。建築事務所の所長という一種の個人商店主でありながら、金吾は、学術の面でも、彼自身が権威と化しはじめた。

†

ところが。

工科大学の学長のほうは、四年後、明治三十五年（一九〇二）にはやめてしまった。と同時に教授の職もよしてしまい、完全な民間人になった。権威の法衣をあっさりと脱いで身軽になり、翌年、あらたな事務所を設立した。

辰野葛西建築事務所

という名のとおり、パートナーは葛西万司。

あの金吾が手ずから欧米留学の経験をあたえた門下生であり、日銀本店工事では製図主任の大役をつとめた実力派であり、にもかかわらず性格は温水《ぬるみず》のような男。

しかも金吾に従順な男。盛岡の家老の家の生まれだから金もある。共同経営者には、

（ぴったりだ）

金吾はそう判断したのだ。

ほかの所員もまずまず雇い入れられるだけのお金はあるし、あとはもう、

「どんどん仕事する。それだけさ」

金吾はそう葛西へ言い、葛西はまじめに、

「はい。先生」

がしかし日銀の仕事は、なかなか金吾の手を離れない。

本店付属および支店の建物がしがらみになったことは前述した。その上さらに東京市や住友家の顧問にもなったから、ほかの口はことわるほかない。もっとも、ほかの口といったところで金吾の目には大したことはなく、あの日銀に比肩するような新しい国家級の仕事が来ることもないのである。

野心の上からは、

（こまる）

金吾、焦燥の五十代だった。

そのかわりと言うべきかどうか、これは辰野葛西建築事務所の開設の少し前のことだけれども、東京市から、

――日比谷の陸軍練兵場の跡地五万坪を、市民の憩う公園とすることと決定した。ついては設計にあたられたし。

という依頼が来た。

安からぬ顧問料をもらっているから引き受けざるを得ないのだが、いくら何でも公園

など、畑ちがいでありすぎる。図面をどう引いたらいいかもわからない。

外国から本を取り寄せたところで、用語からして知らぬものだらけ。或る日、市庁舎の一室にひきこもり、図面をひろげて苦慮していると、べつの用件で来た農科大学教授・本多《ほんだ》静六《せいろく》が、

「その道幅は、ちと公園内には広すぎますよ」

本多は、金吾の十以上も年下である。金吾はガバと顔をあげて、

「何！」

「馬車がすれちがう程度でじゅうぶんです。向こう側があんまり遠いと、人間は、案外おちつかんものです」

「君は、公園がわかるのか」

「わかるはずがありませんよ。専門は林学です。ただミュンヘンに留学したとき、公園で、ドイツ語の演説の練習をしましたもので、なつかしく思っただけです。あんまり大声だったのか、まわりのやつらは変な顔してたなあ」

「たのむ」

金吾はさけぶや、設計案をふくむ書類一式をがさがさと両手であつめ、本多の胸へ押しつけた。

本多もまた、一種の豪傑である。結局この仕事をひきうけて、いくつもの池、西洋花壇、夜間用のアーク灯、西洋料理店などをそなえる日本初の近代的公園・日比谷公園をこしらえてしまった。

開園日には行列ができたという。金吾が「日本初」を取り逃がしたわけだから、或る意味、史上めずらしい例である。

†

岡田時太郎は、日銀本店の落成後、独立して岡田工務所を設立した。

時太郎自身が、

「ひとりで、やりたい」

と申し出たのである。

建築家として自信がついたのにちがいない。正直なところ葛西万司とくらべると、設計の腕そのものは、

(万司のほうが、上)

金吾はそう見ざるを得ないが、いっぽうで時太郎には、葛西にはない世間智がある。おさないころからそうだった。家でいたずらをして叱られると、向かいの金吾の家へとびこんで来て、

「姫松のおばさん、助けてくれ」

こういう良質のあつかましさをもつ人間は、むしろ巣離れさせるに如《し》くはない。実力の有無と商売の成否はまったく別のものなのである。

金吾は、かねてそう思っていた。だから岡田のこの申し出には、にやりと笑って、

「とっとと出て行け」

あとで聞いたところでは、時太郎は、このときにはもう茨城県牛久《うしく》村の会社からワイン醸造場の設計依頼を受けていたという。やっぱり抜け目がない。岡田工務所の業績はなかなかよろしかったようで、金吾が或る日、建築学会の会合で顔を合わせると、所長はまたぞろブーツなど身につけて誰かと愛想よくしゃべっていた。

†

日銀に比肩するような新しい国家級の仕事は、じつのところ、来たことは来たのである。

或る意味それは、日銀よりも大きい話だった。これもやはり辰野葛西建築事務所の開設前のことだったが、政府から、

――議会専用の建物を、つくりたい。

という内意を受けたのである。

議会、すなわち帝国議会。

国会とも呼ばれる。議院建築調査会という名の会議を招集するのだという。金吾がその会議に出てみると、ほかの委員は、

妻木頼黄

吉井《よしい》茂則《しげのり》

の二名である。このうち吉井は工学博士。工部大学校第五期生、ということは妻木の一級上である。現今使用されている仮議事堂の設計者のひとりだが、実力、名声ともに

やや劣り、実質的には金吾と妻木のふたりだった。

妻木とは、あの妻木である。

「……よろしく」

「よろしく」

金吾は、口をきく気になれなかった。

何しろ妻木という男、呼ばれもしないのに日銀の普請場へときどき姿をあらわしては人足へいらぬ文句をつけたり、左官を引き抜こうとしたりと、癇《かん》にさわる行為をくりかえしている。妻木は妻木で、アメリカ留学の留守のあいだに日銀の仕事を、

――辰野に、とられた。

と思っていることは明らかだった。双方、腹に一物も二物もある。

厄介なことに、妻木は無能ではない。

設計の力はたしかにあるし、声望もあるから、たとえば建築学会においては金吾が会長、妻木が副会長という体制がつづいている。学界の誰もが、本人のいないところで、

「こういうのを、呉越同舟《ごえつどうしゅう》というのさ」

などと噂していることを金吾はちゃんと知っていた。妻木はようやく、

「……辰野さん」

「何かね」

「国会は、私がやりますぞ」

告げたのを、五つ年上の金吾が、

「励みたまえ」

受けながしたのが、この有識者会議のはじまりだった。妻木はなおも、

「おお、おお、励みましょう。こと国会に関するかぎり、辰野さん、私はあんたに先んじている」

「……」

金吾は、そっぽを向いた。

相手にしなかった。いや、もしかしたら、

（できなかった）

妻木の言うのは事実なのである。なぜなら妻木はアメリカ留学から帰国したとき、ただちに臨時建築局の御雇となったことは前述したが、この臨時建築局がヘルマン・エンデおよびヴィルヘルム・ベックマンというドイツの大物たちを招聘して、官庁街の再編成を計画したとき、その計画には、

――議院新築。

の一件も入っていた。

妻木はそのドイツ人たちの手伝いをしたのである。結局、計画それ自体はつぶれてしまったが、経験という財産はのこった。妻木は一種の経験者なのだ。いっぽうの金吾は、国会については、大して思い出すものはない。せいぜいが、

（ああ、あれか）

ロンドンにいたころ飽きるほど見たチャールズ・バリー設計の国会議事堂の、あの横

長なくせに何本もの尖塔《せんとう》でむやみと天を突き刺したがる不安定な意匠くらいだろう。そもそも国会というものの機能と沿革に関してからが、われながら、

（だめだな）

通りいっぺんの理解しかないのである。明治政府の発足時はそんなものはなかったこと。板垣退助《いたがきたいすけ》、大隈重信《おおくましげのぶ》らの巻き起こした自由民権運動のさわぎを無視できず政府が──事実上あの伊藤博文が──開設を約束したこと。

はじめて開設されたのは明治二十三年（一八九〇）、つまり金吾にとっては日銀本店の着工とおなじ年であること。しかしながら国会のための建物はなく、いまも内幸町《うちさいわいちょう》にある木造の仮議事堂でそれは毎度ひらかれていること。

（だめだ）

それでも結局、調査会では、金吾の案が一等になった。

政府がそう決定したのだ。名声の差によるものか。妻木はまたしても金吾の下風《かふう》に立ったことになるけれども、ただしどうやら、政府のほうも元来が本気ではなかったようで、案の定、実行の予算はつかず、話はそれっきり立ち消えになった。

「予算を、つけろ」

と金吾は何度も政府に申し入れたが、翌年も、翌々年もつかなかった。金吾はようやくわかったのだが、政府にしてみれば、国会など、しょせん獅子身中の虫でしかないのである。

知識も経験も責任感もない有象無象が「国民の代表」面《づら》して国家の方針に難癖をつけ

る、単なる仲間組としか見えないのだろう。そのためにわざわざ金をかけて本式の堂を新築するなど、敵に塩をおくるようなもの。ちなみに言う、この時期の日本には近代的な政党こそ存在するものの、いわゆる議院内閣制を採っていないため、いくら国会で多数を占めようと総理大臣を出すことはできない。

調査の恰好だけはつけるものの、それ以上のことは、

――やる気にならん。

というのが、案外、正直なところかもしれなかった。

†

辰野隆《ゆたか》は、十七歳になった。

赤坂中之町小学校を卒業し、東京一の名門というべき日比谷の府立第一中学校に入学して、いま四年生である。

十七歳ながら、その精神はもう、

(年寄りみたいだ)

と、自分で思うことがある。これまでの人生はいったい何だったのかと考えると、みょうに胸がいたむのだ。

それもふくめて、まあ年ごろなのだろう。むろんこんな問いに対しては、明確な答など出ようはずもない。ないがしかし少なくとも、この人生は、

(半分に、わかれる)

それは確かなようだった。

いうなれば、第一期と第二期。

その境目もはっきりしている。明治二十九年（一八九六）三月二十二日、父・金吾が日本銀行本店を完成させた日。

隆は、九歳だった。それまで大人によく言われたのは、

——大きくなったね。

とか、

——これはまた格別、利発そうな。

とかいう格別どころか平凡そのものの、けれどもとにかく隆ひとりに対する評価のことばだったのに、この日をさかいに、

——さすがは、天下の辰野博士の長男。

などと、父とからめた評価がもっぱらになった。

隆には、おもしろくない。これでは父のつけあわせではないか。ましてやあの日の記憶それ自体は、隆には、理不尽色でぬりつぶされている。何しろふだんは、

「男なら、約束はまもれ」

だの、

「まもれぬなら腹を切れ」

だのと厳《いか》めしいことを厳めしい面で言っていた父が、落成式が終わったら隅田川での帝国大学のボートレースに連れて行ってやるという約束をあっさり反故《ほご》にしたのだから。

あの青空の下。濃い灰色をした大きな円蓋《ドーム》の下の窓から顔を出して、

「帰れ」

と声を投げおろしたときの父のあざやかな無表情を、隆はいまも忘れられない。何が天下の辰野博士だろう。もちろんその後、八年間、ひたすら怨嗟《えんさ》と憤懣《ふんまん》に憑《つ》かれたわけではないにしても、とにかく父が信じられなくなった、それは事実なのだった。

よく言えば、父を信じるという心の監獄から解放された。若者は精神の自由を得たのである。そうして解放されてみれば、この辰野金吾という人は、ふしぎと人柄に、

（かわいげが、ある）

そのこともまた、隆の目には曇りなく映りはじめたのである。

その好例が、ほかならぬ三月二十二日。

「日銀など、しょせん過去の遺物にすぎん。たいせつなのは未来だ」

父はふだん、それが口癖になっているくせに、その日が来ると、

「記念日じゃあっ」

赤坂新坂町の家へ親戚をあつめ、旧友をあつめ、弟子をあつめて一大無礼講の宴を張る。それが吉例になっていた。

ことしも、そうだった。

家には洋風と和風の建物があるが、そのうち和風のほうの座敷へずらずらと六十あまりも膳をならべて、赤飯やら、おきあみの塩漬けやら、凍り豆腐の卵とじやら、里芋とにんじんと干ししいたけの旨煮やら、鯛の姿煮やらの碗や鉢や皿をところせましと押し

こむ。

そうして客を待つ。赤飯以外は、みな郷里の唐津ふうなのである。さくら蒟蒻の小鉢も加えた。客が来れば、酒はもちろん薦樽《こもだる》を割る。父はみずから立って柄杓《ひしゃく》でじゃぶじゃぶ大徳利へうつし、客たちに注《つ》いでまわりつつ、父自身あびるように飲む。たちまち顔が赤くなり、声が大きくなる。つまらぬことで大笑いしだす。はるか末席よりながめつつ、十七歳の隆は、

「子供《がき》みてえな」

と、つぶやいた。

悪口ではないつもりだった。どちらかと言うと、あの年でまだ素直というか、子供というか、なりふりかまわぬ人間でいられることが、

（成功の、秘訣か）

人生の勉強をしている感がある。父は五十一歳だった。姉の須磨子が、ちょうど隆の膳の前をすたすたと横切ろうとして、

「あら」

声とともに足をとめ、体ごと隆のほうを向いた。

両手には、赤うるし塗りの角盆をもっている。盆の上には客たちの食い終えた皿小鉢がまるで何基もの塔のように重なっているところを見ると、台所へさげる途中だったものか。その塔のうちの一基の横から顔をぐいと寄せてきて、

「がきみたい？　誰のこと言ってんの」

「お父さんさ」

隆はそう言い、姉を見あげた。姉はがちゃりと盆を鳴らして、

「またあんた、さかしらぶって」

「ちがうよ、姉さん。そんなんじゃねえ」

「ほんとかねえ。隆、あんた、このごろお母さんとは口もきかないっていうじゃない。お母さん、さびしがってたわよ。すっかり生意気になっちまって」

「そんなんじゃねえ」

「どんなんなの」

「知らねえ」

「どう、梅太郎《うめたろう》さん？」

と姉は視線を左へ――隆から見て左へ――ずらし、隣席の、三十くらいの男へ問うた。梅太郎と呼ばれた男は、さかずきをコトリと置き、うつむいて、ちょこちょこ背広の見ごろを手でなおしつつ、

「うん。まあ……」

「うん、まあって。梅太郎さん、遠慮することないわ。はっきり言ってよ」

隆があわてて、

「そんなに急かすもんじゃねえよ、姉さん。こまってるじゃねえか鈴木《すずき》さん」

と割って入ると、須磨子はいっそう呆れ顔で、

「鈴木さん？」

「まだそんな水くさい呼びかたしてるの。そんならあたしも鈴木さんだよ。もう結婚して三年も経つんだからさ。義兄《にい》さんとお呼びよ」

「はあ」

「梅太郎さんも。義弟《おとうと》なんだし」

「うん」

梅太郎がうなずいて顔をあげ、こちらを見たので、隆と目が合うことになる。

梅太郎の顔は、九州人にはなかなかない。

典型的なうりざね顔。左右の幅がせまいからか、玉の大きな丸めがねがよく似合う。

隆はふと、梅太郎さんも、

（もう、三十すぎか）

ちょっと老けたんじゃないかとそれこそ年寄りじみた感想が頭に浮かんだが、あるいはそれは長いこと顔見知り、ないし長いこと家族同然だったせいかもしれぬ。梅太郎はもう十年ほども前から、ということは姉と結婚するうんと前から、書生として辰野家に住みこんでいたのだ。

きっかけは、よくわからない。この赤坂の大きな家へひっこして来て、にわかに家事が多くなり、

——人手が、足りぬ。

と父や母が困惑したのと、たまたま誰かが、

――帝国大学農科大学に、鈴木梅太郎という学生がいる。頭はいいが実家《いえ》が貧しい。ひとつ面倒を見てやってくれんか。

と紹介したのとが、おそらく相俟《あいま》ったのではないか。隆はまだ小学生だったけれども、何も知らずに、

「鈴木さん、ちょっと頼まれてくれよ」

などと言っては級友への手紙を出しに行かせたり、鉛筆をナイフで二、三十本もけずらせたりした。

いま思うと、

(何てことを)

隆は、背すじが寒くなる。何しろ梅太郎はその後、帝大農科を首席で卒業したのである。

大学院にすすみ、助教授を拝命し、官命によりヨーロッパに留学している。現在はちょうど一時帰国中なのだ。

そういう天下の俊才を、あたかも女中のごとく使役するとは。隆自身はいま、中学校では、あまり成績がよくないというのに。

はっきりと下から数えるほうが早いというのに。このごろ父はいつもいつも、

「もっと勉強しろ」

と隆に言う。まるで火を吐くようにして、

「お前は俺の子だから、秀才であるはずはない。俺はたまたまおなじ唐津藩の出の曾禰

達蔵君と専攻をおなじくして、曾禰君もかなりの勉強家だが、俺はそれ以上にくそ勉強をした。だから彼を追いぬいて首席で卒業できたんだ」

言われたときは、隆も、

（ようし俺も）

と思うのだが、翌日になるとその決心はやっぱり塩をふられた蛞蝓《なめくじ》みたいになってしまう。長もちしない。このごろは誰かを追いぬくどころか、反対に、下級生にも追いぬかれるしまつなのだ。

二年生から三年生に上がったときなど、悲惨だった。それまで一級下、つまり一年生だったやつが飛び級で同級生になったばかりか、たちまち首席になってしまった。もっともこれは、彼のほうが特別なのかもしれなかったけれども。日本橋蛎殻町《かきがらちょう》の米屋だかの出の、名前はたしか、谷崎潤一郎《たにざきじゅんいちろう》といっただろうか。

鈴木梅太郎は、結局、姉・須磨子の夫になった。

しかし最初に、

――くっつけよう。

と思いついたのは、どうやら父ではないらしい。

母の秀子のほうらしい。実際、母は、まだ初潮《はつはな》の咲く前から、

「鈴木君はいい男だよ。お嫁に行きなさいよ」

姉へそう言い言いしていたという。姉はどうとも思わなかった、というより、好きも嫌いもわからなかったそうな。気がつけば、親どうしが手ばやく婚約の話をまとめてし

まっていた。

父ははじめ、乗り気ではなかった。

「まだ早いよ。ほんの小娘じゃないか」

とか、

「うーん、うちはまがりなりにも士族だからなあ。鈴木君は平民だろう。何しろ静岡県の堀野《ほりの》新田《しんでん》とかいう僻村《へきそん》の農家の次男だからなあ」

などと歯切れも悪くつぶやくのを、隆も耳にしたことがある。よほど娘を手ばなしたくなかったのだろう。そんな態度が一変したのは、梅太郎が、辰野家を出たときだった。高名な評論家、史論家である山路《やまじ》愛山《あいざん》に、ことさら、

――住んでくれんか。

とたのまれたため、渋谷の彼の持ち家で、いっとき留守居をすることになったのである。

父は或る日、そこをおとずれた。夏のさかりの昼ちかく、あんまり暑いので蟬もぱたりと鳴きやんでいたという。庭から入ると、梅太郎はふんどし一丁のまっぱだかで盥《たらい》の前にしゃがみこみ、じゃぶじゃぶ浴衣《ゆかた》をあらっていた。

「鈴木君」

声をかけると、梅太郎はぱっと立ちあがり、顔をまっ赤にして、

「あ、こ、これは辰野先生。とんだお見苦しいところを。夏服はこれ一枚しか所持しておりませんで」

盥から、ぬれた浴衣をつまみあげた。梅太郎は、

「着てまいります」

さけぶように言うと、くるりと背を向け、家にとびこみ、ふたたび出てきたときには寝巻をずるずる引きずっていた。寝巻はねずみ色によごれた、ごわごわの、冬でも暑いと思われるような分厚い手織り木綿だった。

「はっはっは。あの寝巻はよかったなあ。いくら学生でも粗末にすぎる」

というのは、父がその後、梅太郎をからかうときの決まり文句になった。婚約期間は二年におよんだ。かなりの長期間になったけれども、これはふかい理由はない。ただ単に、須磨子のほうが、虎の門の東京女学館を卒業するのを待っただけ。逆に言うなら、父と母は、それくらいせっかちに娘の未来を予約してしまった。

それくらい鈴木梅太郎という若者を将来有望と見こんでいた、ともいえる。ひるがえして、

(俺は、どうかな)

隆は、とりとめのないことを考えだした。その考えを、

「ほらほら、隆」

須磨子の声が邪険にやぶる。隆ははっと我に返って、

「何だい姉さん」

「何だいじゃないよ。いつまで義兄さんの顔みつめてるの。ご覧なさいよ。あたしは両手がふさがってるんだからさ」

また盆をがちゃりと鳴らして、

「梅太郎さんの、その、空っぽのさ」

「あ、これは」

隆はあわてて徳利を取り、

「申し訳ない。気づかなくて」

「いやいや」

「どうぞどうぞ」

「こりゃどうも」

しかし梅太郎は、ほんの少し飲んだだけで膳にさかずきを置いてしまう。のちになると話は違うが、この時期は、あまり酒が好きなほうではなかった。須磨子が即座に、

「そんな猫が白湯《さゆ》飲むような調子じゃあ、先が思いやられるわ。あたしもあとで飲もっと」

捨てぜりふを吐き、きびすを返して、台所のほうへ行ってしまった。

とても十も年下の妻とは思われない。隆はつい頭をかいて、

「すみません鈴木さん」

「なあに。もう慣れたよ。君もどうだい」

「まだ中学生です」

「九州男児の嫡男だ。いけるだろ」

「はあ。まあ」

隆は盃をとり、いっきに干した。梅太郎はにっこりとして、徳利の手をさらにこっちへのばしてきて、

「君はどうだ、保君」

隆の右どなり、三つ年下の弟へも声をかけた。

保は、体がむやみとがっしりしている。これまで黙って赤飯ばかりを口中へおくりこんでいたのが、箸を置いて、

「いただきます、お義兄さん」

「どうぞ」

梅太郎が徳利をかたむけようとしたそのとき、上座のほうが、

わっ

と沸いた。

誰かが詩吟をやりだしたのだ。見ると、

（ああ）

父の弟子ふたりが、ならんで立って、声をそろえて誦《ずん》じている。

葛西万司と松井《まつい》清足《きよたり》。松井は最近、辰野葛西建築事務所がやとい入れた助手のひとりで、葛西よりも血の気が多いが、その血をぜんぶ父への忠義につぎこんでいる。実際、隆にも、

「僕はね、坊っちゃん、辰野先生は神様だと思う」

と至極まじめに言ったことがある。この騒がしいだけの宴席も、松井には、たぶんそ

の神様への信仰の厚さを見せつける絶好の機会にほかならないのだ。

考えてみれば、直立不動で詩吟というのも変な光景だ。ふたりも酔っ払っているのだろう。それでも父はふたりを見あげたまま、

――うむ。うむ。

と言わんばかりの満面の笑顔。詩吟が終わると、またぞろ気が乗ったのにちがいない。

「よし」

父はすっくと立ちあがり、着物の帯をときはじめた。

ふんどし一丁の裸身になり、腰に赤い毛布を巻き、庭へ下りた。分厚いくもり空の下、こちらへ体を向けたかと思うと、四股《しこ》をふみ、身をかがめ、左手を脇にあて右手を横にさしのばし……。

お得意の、雲竜《うんりゅう》型の土俵入りだった。座敷から松井清足が、

「先生、おみごと！」

と感動に声をふるわせ、まるでそれが何かの合図でもあるかのように満座の拍手が鳴りひびいた。

隆は保と目を合わせて、同時にふかいため息をついた。父は体のバランスをくずし、尻もちをついた。ひざを抱くような姿勢のまま、相撲甚句《すもうじんく》をうなりはじめる。

清めの塩や化粧紙
四股踏みならす土俵上

四つに組んだる雄々しさは
これぞ誠のヨーホホイ
アー　国の華ヨー

客たちは全員、手拍子で和した。隆は両手で耳をふさいだが、それでも父の声はしみこんできた。

絶望的な音痴である。音の高低もだめ、リズムもだめ、息つぎもだめ。相撲甚句のつぎは「蛍の光」を、そのつぎは「君が代」を熱唱したけれども、すべてメロディがおなじだった。隆はひそひそと、梅太郎へ、

「あれがほんとに名士ですかね」

「……まあね」

父の歌は、いつしかいびきに変わっていた。

庭のまんなかで大の字になり、寝入ってしまったのだ。そのいびきは雲にも穴をあけそうなほどけたたましかったが、隆の耳には、まだしも父の歌よりは節まわしに秩序があるように聞こえた。

少なくとも、規則的である。ほどなく宴はおひらきとなり、客たちはめいめい母に手みやげを持たされた上、帰途に就いた。

†

「旦那様。旦那様」

という声とともに肩をゆすられて、金吾はようやく、

「う、うーん」

気がついた。

薄目のまま少しぼんやりとして、それから目をしかとひらけば、巨大な一枚の円蓋《ドーム》屋根がすっぽりと世界をつつみこんでいる。

空《そら》
という名の、自然の半球そのものである。

その内面《うちのり》は、いまも灰色の雲でおおわれている。その灰色もさっきより黒みの度合いが増しているらしいのは、闇濃《やみこ》き夜が、そこまで来ているのだろう。

季節は、まだ春先である。

（さむい）

金吾はあおむきのまま自分の身を抱きすくめ、身ぶるいした。頭のななめ上のほうから、

「旦那様。お起きになりましたか。さあさあ、家にお入りなさいな。かぜを引きますよ」

この声は、

（秀子）

金吾はそう思いあたるや、がばと身を起こし、首をうしろに向けて、

「ばか！」

「どうしてです」

「お前、ばか、その体で。さっさと入れ。こんなところじゃ臍《へそ》がひえる」

「はあ」

秀子は、身をそらしている。

上半身がわずかに前後へ動いているのは、どうやら、こちらへ向かって中腰になろうとしているらしいが、臨月の腹がじゃまをしてなれないのだろう。腹ごしに金吾を見おろしつつ、苦笑いして、

「だいじょうぶですよ、これくらい。お産はもう四度目ですよ？」

「前回は保のときだ。もう十何年も前だろう。若くて丈夫な年齢《とし》でもなし」

「まだ四十二《しじゅうに》ですよ」

「強がりを言うな」

「旦那様には言われたくないわ。お酒はもう、さめましたね」

「当たり前だ。これくらいで」

「曾禰様が、応接室で」

「曾禰君が？」

「ええ。何か、特別な話がおありだとかで」

「何だろう」

金吾は首をひねりつつ、立ちあがった。ふとんが胸からすべり落ちたのは、寝ている

あいだ、秀子がかけてくれたのにちがいなかった。

頭のうしろや、背中や、ひざの裏についた土をざっと手で払い落とすと、秀子のよこした着物をつけて、帯をしめ、何時間ぶりかに座敷へふたたび上がりこんだ。

座敷の畳は、きよらかである。

白い玉砂利を敷きつめた神社の境内さながらに膳ひとつ、皿一枚、のこすことなく片づけられている。その部屋をすたすたと突っ切り、襖をあけて廊下へ出て、右にまがり、ながながと歩いたあげく渡り廊下から洋館のほうへ足をふみいれる。

階段横のドアをひらき、小さな応接室に入ると、そこでは男ふたりが椅子に腰かけて談笑していた。

ひとりはテーブルの奥で、こちらを向いていて、金吾へ、

「起きたかね」

にやりとしてみせた。金吾は苦笑いして、

「曾禰君。まだ帰らなかったのか」

「話があってな」

「隆に？」

と金吾が聞き返したのは、もうひとりの、テーブルの手前でこちらに背を向けている若者がその十七歳の長男だったからである。達蔵が、

「君にだ」

と応じたのと、隆がこちらへ顔を向けて、

「僕は、間《あい》の繋《つな》ぎにすぎませんよ」

肩をすくめてみせたのが同時だった。十七歳らしく唇のまわりは面皰《にきび》だらけだし、声はすっかり低くなっている。

食っても食っても足りないのだろう。テーブルの上では紅茶のカップとソーサーが各人の前に置いてあり、ふたりのほぼ中間のところに、マドレーヌを山盛りに盛っていたのだろう大皿がひとつ置いてあるけれども、その山はいま、裾野をのこして、山容をほとんど失っていた。

「間の繋ぎが、会話としては、じつはいちばんむつかしいのだ」

と金吾は応じてやってから、

「須磨子と保は？」

親にとって、いちばん気になる子供とは、そこにいない子供なのである。隆は、この年ごろの男子に特有のぶつぶつ切れるような口調で、

「ふたりとも、梅太郎さんといっしょに和館のどこかにいると思うよ。三人で飲みなおしてるかも」

「そうか」

「それじゃあ」

隆ががたりと立ちあがり、部屋を出て行こうとする。金吾の横をすりぬけざま、ことさらに、

「部屋へもどるよ。勉強しなきゃ」

金吾は、

「隆」

「何？」

「しっかりやれ」

「うん」

出て行ってから、隆の占めていた席を占めた。やれやれという顔をしてみせて、達蔵へ、

「いやいや、正直なところ困惑するよ。あの年ごろの男子とどう接したらいいか、恥ずかしい話だが、皆目わからんのだ」

「私もだよ」

「おなじ年のころの自分のことを思い出そうにも、何しろ私は、もう実家《さと》をはなれて辰野の家に養子に入っていた。耐恒寮で東太郎先生に英語その他をおそわっていた。その上その耐恒寮もあっさりと廃校になっちまったんだ。何の参考にもなりはせん」

達蔵は、すっていた紙巻きたばこを灰皿へ置き、ほほえんで、

「そうだな」

「私たちの世代の人生というのは、ひょっとしたら、日本史のなかでも特別なのかもしれんなあ。封建の水と開化の水をともども浴びる。そう思わないかね曾禰君」

「そうだな」

達蔵の返事は、どこまでも紳士的である。そこへ背後から、

「失礼します」

声がして、妻の秀子が入ってきた。

両手に盆を持っている。こんどは西洋ふうの陶製の盆。その上にはティーポットと、ひとりぶんのカップとソーサーとが置いてあり、秀子はまず達蔵のカップに注ぎ足してから、金吾の前にカップとソーサーを置き、紅茶を入れて、そうして息子の飲んでいた器をかちゃかちゃと盆にうつした。

そのまま、

「失礼しました」

と退室しようとするのへ、達蔵が、

「いや、奥方」

「え？」

「この話は、奥方にも聞いてもらいたい。今後また数年間ないし十数年間、夫君を攫《さら》っちまおうという話なのだ」

秀子は、達蔵には従順である。体の向きを変え、

「留学ですか？」

「国内だ」

「そうですか。それなら」

あいた椅子にどさりと腰を落として、盆を、となりの空席の座面に置いた。

腹のふくらみのせいなのか、すわりかたが極端にあさい。金吾はだいじょうぶかなと

思いつつ、達蔵へ、

「数年間ないし十数年間？」

「ああ」

「そいつはまた大仕事だな。日銀本店にも匹敵する？」

達蔵はゆっくりと首をふり、

「それ以上の」

（おいおい）

金吾は、にわかに心臓がおどりだした。日銀本店をこえるということは、つまり生涯最高ということであり、日本最高ということである。

「それは何だね。曾禰君」

身をのりだすと、

「鉄道だ」

「鉄道？」

達蔵は灰皿のたばこを指でつまみ、灰を落とし、紅茶をひとくち飲んでから、

「中央停車場《ステーション》」

こんにちの、東京駅である。

†

日本史における鉄道営業のはじまりは、いうまでもなく新橋―横浜間のそれであり、

開業は、明治五年（一八七二）十月十四日である。

開業日には新橋発の往復便にわざわざ天皇の聖乗をあおいだことからもわかるとおり、政府はこれを、国家第一の事業ととらえていた。交通の便利はもちろんながら、それ以上に、

——わが日本の新政権は、このとおりやれる。

と国内国外へうったえる、いわば自己顕示が目的だったのである。

自慢というのは、大ぶろしきでなければ意味がない。彼らはさらに、

——今後も線路は、政府が敷く。

すなわち官営ということを大方針としたけれども、しかしそのためには、政府の財布はあまりにも中身がとぼしかった。

あの新橋—横浜間の陸蒸気《おか》は、ぎりぎりいっぱいの自慢だったのである。おのずから民営資本の導入をみとめざるを得なかったが、これを民間の資本家の側から見れば、鉄道というのは、ほかのどの国でも産業革命の主役である。

すなわち、近代社会そのものの主役。

投資先としては有望きわまる。彼らは進んで金を出し、株主となり、民営会社が乱立した。

日本中に線路が敷かれた。達蔵が金吾にこの話をうちあけている明治三十七年（一九〇四）三月というのは、じつはあの新橋—横浜間の汽笛の第一声からまだ三十二年しか経っていないのだが、この時点でもう官営鉄道の線路の総距離（営業キロ数）は約二千

四百キロ、民営のそれは約五千キロ。

民のほうが、倍以上もながいのである。これを政府から見れば、例の官営の大原則はあえなく粉砕されたばかりか、鉄道本来の目的である交通の便利ということにおいても害が大きい。その地方その地方でいちいち規則もちがう、車両もちがう、場合によっては線路の幅すら異なるのだから、短距離ならともかく、長距離の旅にはたいそう使い勝手がわるいのである。

いや。

それだけなら、まだよかった。

しょせん人の旅である。使い勝手など我慢しろと言うこともできる。けれどもこの前月、というのは達蔵と金吾が話しこんでいる前の月だが、政府は、もしくは日本国そのものが、そんな呑気なことを言っていられない状態になった。日本海軍が旅順《りょじゅん》でロシア艦隊を砲撃して、
日露戦争
が、はじまったのである。

主戦場は遼東《りょうとう》半島やその周辺、南満州などになるだろう。海軍は黄海や日本海か。国内でもにわかに兵隊や軍需物資の移動がさかんになりはじめたが、その移動の任を負う鉄道会社がこのような官民混在、戦国乱世のありさまでは、

——戦争遂行に、さしさわりが出る。

政府および陸海軍は、そう認識しはじめた。

要するに、前線へ武器弾薬が送れないのである。ましてや民営会社のなかには、外国人の資本参加をあおいでいるものがある。その外国人がもしもロシアの利権にふかい関係をもっているとしたら、

——うちの線路では、輸送させぬ。

などと言い出しかねない。

鉄道が、味方の足をひっぱるのである。そのようなことは、絶対に、

——あってはならない。

それもまた、政府の認識になりつつあると、右のようなことを説明したあと、達蔵は、何本めかの紙巻きたばこに火をつけながら、

「この問題は、じつは一気に解決できるのだが」

「ほう」

「その方法がわかるかな、辰野君？」

金吾は、鉄道の専門家ではない。

ないが、ここまで言われれば答はいちおうかんたんである。達蔵の目を見ながら、

「国有化かな」

「そうだ」

達蔵はうなずくと、口から紫煙をゆらりと吐いて、

「すべての民営会社を国有化する、つまり国のお金で買い取ってしまう。彼らはそれを本気で検討しているよ」

「民のほうが、抵抗するだろう」

「それが案外、そうでもないのだ。鉄道事業というのはだな、まあ私も素人だが、むかしとちがって濡れ手で粟《あわ》の商売でもないらしい。何しろ線路は長くなったし、機械は複雑かつ高価になったし、維持管理だけでも経費がかかりすぎる上、事故でも起こせば乗客は離れる。経営者たちは手ばなしたがっている」

「実現できる、ということか」

「機密中の機密だよ」

「もちろん」

「奥方も」

「洩《も》らしません」

と、秀子がことさら首肯する。達蔵が、

「ありがとう」

とほほえむのへ、金吾はまるで抗議するような口調で、

「それにしても曾禰君」

「何かな」

「どうして君が知っているのかね、そんな情報を。政府高官との交際もない、これまで鉄道関係の仕事をしたことがない、鉄道どころか軍艦にばかり乗ってきた君が」

「軍艦は、むかしの話だよ」

達蔵はかすかに苦笑いしてから、すんなりと、

「国有化の話だったな。政府はそれをやろうとしている。もっともまあ、いまのところは、そんなお金があるなら一円でも戦費へまわしたいにちがいないし、それはまた正しい。やるなら戦争終結後だ」

「終結後……」

「わが国の勝利に終わったあと、という意味だよ。もちろん」

「もちろん」

と金吾は力強くうなずいたけれども、脳裡には、一瞬だが、あの画《え》が浮かんでいる。灰色の円蓋《ドーム》もうつくしい日本橋の日銀本店が、ロシア兵に占領され、しかし職員のうちの勇気ある誰かがあの自決装置をこっそりと作動させる。地下の壁の四角い穴から川の水がジャアジャアながれこみ、金庫を完全に水没させる。

ぬれねずみになる無数の札束。その画を霧散させるべく、頭を横にふったけれども、達蔵は気づかなかったのか、

「そうして辰野君」

と、また少しけむりを吐いて、

「君はもう、そのときには、完成させていなければならぬ。中央停車場の設計図をね」

「引き受けたなら、だろう？」

「引き受けるさ」

達蔵はくもりない笑顔を見せた。背後のフランス窓はいまや完全な黒。とっくに夜になっているのだ。金吾はちょいと秀子のほうへ、

「隆は、ちゃんと勉強してるかな」

話をそらした。

われながら、思い切れない。達蔵はなおも、

「戦争終結後」

話をつづけた。戦争終結後、国有化が成立したと仮定しよう。

日本中の線路という線路が、たったひとつの政府という事業体のもちものになったと。

効果はさだめし鮮烈なはずだ。資金は整理され、人材は融通され、車両は共通化され、仕入先は一本化され……要するに、経営がたいへんに能率的になる。

けれどもそのいっぽうで、巨大な非能率も世にあらわれることになる。

東京の、路線図である。

東京は、大阪や名古屋や仙台とはちがう。

あらゆる地方、あらゆる都市へ行きかつ帰ることのできる原点であり、またそうならねばならぬ。原点とはこの場合、起点と言いかえてもいいし、終点と呼んでもおなじことである。いまの東京は、厄介なことに、それがいくつも存在するのだ。

早い話が、日本鉄道である。

この日本最初の民営の鉄道会社は、北関東および東北方面をその主要な版図としたが、どこへ行くにしろ、東京府内の起点はつねに上野駅だった。

ほかの会社にも、それぞれ独自の起点がある。

八王子、甲府など西へ向かう甲武鉄道のそれは飯田町（こんにちの飯田橋）だったし、

南へ向かう東海道本線はもちろん新橋がそれである。

東へ、つまり千葉方面へと向かう総武鉄道の起点は両国橋（こんにちの両国）。みんなばらばら、はなればなれ。北を上とする地図で見れば、東西南北、起点はじつに南十字星の星のように飛び散ってしまったことになる。

民営会社に勝手にやらせてしまったことの、最大の弊害《へいがい》といえるだろう。もちろん東京と地方を往来《いきき》するぶんには何らの不便もないのだが、たとえば仙台から名古屋へ、千葉から金沢へといったように東京をまたいで行こうとすると、起点から起点へ、駅から駅への移動を余儀なくされる。

言いかえるなら、

――原点から原点へ。

これほど滑稽な文句もあるまい。ふたつ以上ある原点のどこがいったい原点だろうか。人ならばいちおう混雑をかえりみず路面電車にゆられるという手があるけれども、貨物の場合はどうしようもない。ゆくゆく三度目の戦争をやることになったら、軍需物資もまた、三たび不便をかこつのである。

日本という南北に長いこの国は、かくして現在、東京のほんの数キロメートルが埋まらないために全土がみじめに寸断されている。そうしてこういう寸断状態は、能率以外の面においても、はなはだ都合がよろしくないのだ。

すなわち、国家そのものの威厳にかかわる。

日本はやっとロシアに勝利し（仮定だが）、国がまるごと鉄道を所有して（さらに仮

定である）、軍事面でも民政面でも中央集権の実《じつ》を、

——挙げた。

と内外へひるむことなく言いたいのに、その中央たり得るたったひとつの駅がないのだから。

それはさながら要《かなめ》のない扇、玄関のない家のようなものだろう。そんなものを誰がいったい尊敬するか。その尊敬に値する玄関をつくるというのが、とどのつまり、中央停車場の構想の最大至高の目的なのである。この場合の、

——中央。

が東京のそれであり、なおかつ日本のそれでもあることは、もはや言うまでもない。となれば、その駅の場所も、やはり東京の中央であるべきだろう。

†

「なるほど」

金吾はそう言うと、ふーっと息を吐いて、椅子にもたれた。すっかり冷めてしまった紅茶をがぶりと飲んでしまってから、

「それは、どこだ」

また身をのりだした。達蔵はにやりとして、

「気になるかね？」

「もったいぶらずに教えてくれ、曾禰君。そんな場所がどこにあるのだ。上野、飯田町、

新橋、両国橋がつくる南十字星の線の交点となると、都心中の都心だぞ。おあつらえむきに広大な空き地がのこっているなどと……」

そこまで言って、目を見ひらき、

「曾禰君、まさか」

「言いたまえ」

「丸の内か？」

「そのとおり」

達蔵は、わずかに片方の頰を動かした。

丸の内は、宮城の東側の地名である。

日本橋にも銀座にも隣接する。その意味では金吾にもなじみあるところだけれども、より因縁がふかいのは、むしろ金吾よりも達蔵のほうにちがいなかった。この地は、徳川時代には、その名のとおり、

——城郭《まる》の内側。

であり、全国の政治的支配の上できわめて重要な地域だった。

何しろ江戸城の正門というべき大手門のまもりの地域である。当時の切絵図を見ると、

そこには、

松平内蔵頭《くらのかみ》

松平相模守《さがみのかみ》

松平越後守《えちごのかみ》

松平土佐守《とさのかみ》
などなど、松平姓の大屋敷《おお》がずらりと区画されている。ときどきそのほかの姓があっても、それはやはり細川越中守《ほそかわえっちゅうのかみ》とか、阿部伊勢守《あべいせのかみ》とか、永井遠江守《ながいとおとうみのかみ》とか要するに譜代大名の上屋敷なのだ。

徳川将軍家がもっとも信頼を置くところの家々。達蔵のつかえる小笠原家のそれは少し離れた外桜田にあったから（もっとも当時はそこも「丸の内」と呼ばれていたが）、登城のときなど、まさしくこの超高級住宅街のなかを通りぬけることになる。

白漆喰でぬりつぶされた塀や、蔵や、屋敷やが、くすんだ色のかわら屋根をいただいている、それはそれでしっとりと落ち着いていた街なみ。それが御一新となり、明治五年（一八七二）の大火で灰になり、跡地には陸軍の兵営や練兵場が置かれたけれども、それらが郊外へ移転してからは、いちめんの藪原《やぶはら》。

なまじ宮城が近いだけに逆にいっそう使いづらい無慮八万坪が、来る日も来る日も、風をさむざむと吹き渡らせて鬼哭《きこく》の声をあげるばかり。

陸軍は、払い下げを決定した。

だが引き受け手がいない。ようやく、

――引き取りましょう。

と申し出たのが、三菱の総裁・岩崎弥之助にほかならなかった。これには社員も、

「あんな土地、どうするのです」

あやぶんだけれども、弥之助は、

「さあて、虎でも放し飼いにしましょうか」
とうそぶいたという。内心はどうだったか。へたをしたら三菱そのものがつぶれかねない。人々がほどなく丸の内の地を、

――三菱が原。

と言うようになったのは、これはもちろん、浅茅《あさじ》が原も同然だという揶揄と憐憫《れんびん》のためだったにちがいない。岩崎弥之助の大勝負は、その浅茅が原を、ロンドンに化かそうとしたことだった。

それも郊外などではない。ロンドン経済の、ということは世界経済の中心地であるシティのロンバード街をお手本として、一大ビジネスセンターを築こうとしたのだ。まことに壮大な企図ではある。完成すれば銀座や霞ヶ関など比較にならぬ、世界のどこへ出しても恥ずかしくないビルディングの密林があらわれるだろう。

ところでビルディングというものは、当たり前だが、設計者というものが要《い》る。

その設計の仕事を、三菱は、自社の顧問に依頼した。

顧問の名は、ジョサイア・コンドル。彼はすでに帝国大学をやめ、政府がらみの役職も辞して（名誉職にはありつづけたが）、みずから建築事務所を設立している。

純粋な民間人として三菱にまねかれている。これを三菱の側から見れば、彼らはこの年をくった、なぜか祖国に帰ることをしない元御雇外国人をも政府から、

――払い下げられた。

というような感覚だったか。コンドルはただちに仕事を開始したけれども、今回ばか

りは、

——手にある。

と感じたらしい。

設計自体はむつかしくないが、何しろ数が膨大《ぼうだい》なのだ。計画によれば、その八万坪には、ぜんぶで二十一棟ものビルディングが建つことになる。

建物以前に、そもそも都市計画を立てねばならぬ規模である。猫の手でも借りたいというより、できるなら、

——虎の手がいいや。

と、コンドルは考えたかもしれない。何しろこの青い目の中年は、いつのまにか、落語がすっかり好きになっていたのだ。そこで達蔵に、

「いっしょに、やりましょう」

手紙を出した。

達蔵という虎は。

このとき、広島の呉《くれ》でくすぶっていた。

もともと達蔵は、工部大学校を卒業後、海軍省に入っている。海軍はちょうど清国を仮想敵とした大拡張期にあたっていて、横須賀についで佐世保、呉と、どんどん鎮守府《ちんじゅふ》を新設しようとしていた。そこの技師におさまったからには、当然いずれ、

——洋行できる。

というのが、若い達蔵の期待だった。海軍省は、工部省などよりもはるかに多額の国

家予算を毎年わりあてられている。

が、この期待は裏切られた。

予算はまず何よりも、艦船、武器弾薬、兵食、およびそれらの研究のために費されなければならず、陸上の建築などは二の次、三の次というのが上層部の判断だったのにちがいなかった。達蔵は国内にとどめ置かれた。佐世保と呉の両方で、おもしろみのない軍施設の設計をたくさんやらされるばかりだったのである。

それとはべつに、東京での仕事もある。達蔵はまた工部大学校の助教授でもあった。東京と佐世保との、ないし呉とのあいだの往復の生活が、さて何年つづいただろうか。もしもそのつど鉄道を利用していたら、あの官民混在の弊害もみずから痛感しただろうが、残念ながらと言うべきか、移動はもちろん軍艦である。達蔵には何の体験にもならなかった。

そのうちに、呉への滞在が多くなった。

ひょっとしたらこのまま、

――東京へは、もどれないのでは。

あるいは一生、

――海軍に、飼いごろしにされるのでは。

達蔵はそう危惧して、ようやく動いた。師のコンドルに手紙を出して、

「何とかなりませんか」

とうったえたところ、コンドルもたまたま丸の内のビルディングの仕事に着手したば

かりだったから、

「いっしょに、やりましょう」

達蔵が海軍をやめ、呉をひきはらい、三菱に入社したのは明治二十三年（一八九〇）九月である。これは金吾のほうの個人史では、ちょうど日銀本店の着工の月にあたっているし、ついでに言うと、おなじ工部大学校の同級生である片山東熊はやはりすでに二度の洋行をすませていて、宮様や華族の華麗な私邸をさかんにつくりはじめていた。

達蔵は、人生の電車に乗り遅れている。

ことに金吾に対して乗り遅れている。がしかしとにかく、このようにして、四十年をへだてて丸の内の土をふたたび踏んだ。

かつては頭に髷をいただき、幕府老中の家来という立場を誇っていたものが、このたびは三揃いの背広をきっちり着こんだ、まがりなりにも独立した建築家という立場で。

ビルディングは順次、完成して、

一号館

二号館

三号館

という簡潔きわまる名前がつけられた。一号館には三菱本社はもちろんのこと、銀行や各種の会社が入居した。賃料でかせぐ欧米流のオフィス・ビルディングが、ようやっと、日本にも本格的にあらわれたのである。

この三棟は、設計はコンドル。

四号館から七号館は達蔵が設計し、いままさに建築工事が進行しているところ。何ぶん最終的な目標は二十一棟であるからして、まだまだ三分の一にも達していないのだが、しかしこの時点でもう現地の風景は一変している。

気のきいた東京っ子はそこを、

——一丁倫敦《ロンドン》。

と称しているとか。「三菱が原」とは正反対の語感である。人のうわさのことだから判然とはしないけれど、ここでの一丁とは、おそらく距離ではなく、面積を意味しているのだろう。約一万平方メートル、それでも実際の半分以下。

民衆の想像力をさえ凌駕《りょうが》するような、そういう仕事をいま達蔵はしているのである。

ところでこの一丁倫敦のあるのは、ひろく丸の内と呼ばれる地域のなかでも、西寄りの、宮城の内濠にぴったりと貼りついているようなところである。

東寄りのほうは、そこだけがまだ三菱が原である。

地名で言うなら、八重洲や京橋を侵《おか》すあたり。もはや最後の一等地であり、東京全体の地図で見れば、たしかにあの南十字星の線の交点にほぼぴったりと打ち重なる。

「そこにつまり、中央停車場か」

金吾がつぶやくと、達蔵は、

「そういうことだ」

長話に疲れたのか、片方の肘《ひじ》かけに体をあずけた。金吾もふっと息を吐いて、

「それでわかったよ。ゆくゆく日本中の鉄道が国有化されるなどという機密中の機密が、

君の耳に入っていた理由がさ」

「そういうことだ」

達蔵はほほえむと、

「丸の内《あそこ》にいれば、情報はいくらでも入ってくる」

「ならば」

と、金吾は手をひざに置き、にわかに顔色をあらためて、

「なぜやらぬ」

「何？」

達蔵が、ほんのちょっと目を細める。金吾はつづけた。

「そんな大事な中央停車場なら、曾禰君、なぜ君がやらんのだ。そのほうが自然だ」

「ふむ」

「ふむじゃない。もしも私が君だったら、誰かに教えたりなどするものか。ひとりでこっそり引き受ける。コンドル先生も出し抜いて、設計料も名誉もひとり占めだ。それが野心というものではないか」

われながら、

(よし。よし)

金吾は、自分をほめた。むかしから秀子も、隆も、

——癇癪がすぎる。

と文句を言いつづけている。自分でもそう思う。いまはもう、このように冷静に相手

を責められるようになった。つまりは、

（年の功さ）

達蔵も、おだやかに応じる。

「それはもちろん、辰野君、君が日本一だからさ。第一等の駅はやはり、第一等の男の手にならねば」

「やったことないよ。駅舎など」

「君の仕事はいつもそうだ」

「君はいいのか」

「もちろんさ」

と達蔵はなおも、その小作りな顔をにこにこさせて、

「だいいち私はもう、オフィス街だけで手いっぱいだよ。君のように事務所をかまえる甲斐性もない、単なる雇われ建築家だからね」

この男がときおり見せる、純粋好意主義といったような顔である。金吾はもう、正視することに耐えられなかった。

うつむいて手をのばし、カップを取る。

唇にぶつけて上を向く。いっきに飲もうとしたのである。が、

（あ）

空砲だった。

一滴もなし。そうだった。さっき飲みほしたではないか。こんなささやかな失態が、

金吾の血を逆流させた。

「おい」

吊り目になったのが、われながらわかる。何が年の功だろう。達蔵が、

「何かな、辰野く……」

「耐恒寮！」

カップをがちゃんとソーサーへ投げ、立ちあがった。

口から唾液をまきちらしつつ、

「なぜ君はそうなんだ。あのころは君がいちばんだったではないか。鉱山学へ行った麻生政包君、いま操觚《そうこ》界で活躍している理財学（経済学）の天野《あまの》為之《ためゆき》君……じつに粒ぞろいの人材のなかで先頭を走るのは君だった。そうして俺と東京に行き、おなじ工部大学校に入り、はじめはやっぱり首席だったのが、土壇場のところで俺のような身分も脳みそも容貌《かお》もおとる山猿もどきに追いぬかれた」

「……」

「外遊も俺が先、教授になったのも俺が先、君もいちおう外遊したが、官費じゃない、ようやく三菱の世話でだったかな。俺どころか後輩にも、時太郎にすら先んじられて、まだ莞爾《かんじ》としているのか。くやしくはないのか」

「辰野君」

達蔵はゆらりと口をひらいて、まばたきして、

「容貌《かお》は、よけいだよ」

「はぐらかすな曾禰君。くやしいに決まってる。その積年の無念を晴らし、辰野をふたたび打ち負かすばかりか、曾禰達蔵の名を不朽のものとする絶好の機会がこのたび舞い降りてきたにもかかわらず、なぜなのだ。君はなぜ中央停車場《ステーション》をほうり出す?」

「あなた」

するどく口をはさんだのは、秀子だった。身重の腹ごと金吾のほうを向き、

「そんな、あなた、曾禰様に……」

「曾禰君だ!」

掃射の標的は、おのが妻へと変わる。

「いつまで徳川の世のつもりなのだ、骨董屋の店先おんなめ。帝国議会を見ろ。新聞くらい読むだろう。あそこでは議員どうしが君づけで呼ぶ。なぜかわかるか。士族も平民もごちゃまぜだからだ。いちいち様だの殿だの呼びすてだのと身分の差に応じた言葉づかいをしていたら、のろくさなだけでなく、四民平等の手本にならん。君という人称は、な、まさしくなあ、明治日本最大の発明だ!」

「もうよせ、辰野君。わるいのは私だ」

「何を言うか、曾禰君……」

「私はべつに、くやしくはないのだ。実力不足はじゅうじゅう承知」

「何を言う……」

「私はな、もともと建築には不向きなのだ」

「不向き? 不向きと言ったか?」

何という無責任な発言だろう。これまで世へおくり出した何十人もの学生への、仕事をくれた人々への、そもそも一人前にしてくれた師コンドルへの、侮辱というより裏切りである。

「曾禰君」

金吾がうんと息を吸いこみ、限界の声でどなろうとしたところへ、達蔵が、

「帰朝の日」

絶妙の、間合い。

金吾は口をあけたまま、声がひっこんだ。達蔵はつづけて、

「君がはじめてロンドンから帰った日、新橋停車場は、ひゅうひゅうと家鳴《やな》りがした。外壁の石がどこか剝がれるか、ひびが入るかしたところへ風がぶつかった音なのだろう。しょせんは外面《そとづら》だけ、いや外面すらもままならぬ西洋もどきの建物だったと君はいまも事あるごとに言う。よほど気になっているのだな。君は、駅舎《えき》とはくされ縁だ」

「あ、ああ……」

「引き受けるかね？」

にこりとした。

――引き受けぬ。

という返事など予想もしないと言わんばかりの、邪気のまったく見えない笑顔。金吾はあたかも相手を投げようとしてうっちゃりを食らった力士のように目をまるくして、

「そ、曾禰君」

「いい会だった」

と、達蔵はなおもたたみかける。金吾はつい、

「何が？」

「きょうの、記念日の宴がさ」

「ああ」

「たのしい酒だった。今回で最後にしたらどうか」

「どうして？」

聞きつつ、反射的に、

(嫉妬か)

が、達蔵のことばは、雪の日の湖面のように静かに、

「戦争だぞ」

「……む」

「ひっきょう鉄道国有化だの、中央停車場の建設だのは、くりかえすが日本がロシアに勝つことが大前提。もしも負けたら、いや、そのような仮定すら考えられぬ情況だ。たいせつなのは将来だ。君のような立場の人間がいつまでも日銀などという過去の仕事をよろこんでいては、同輩後輩が、いや、国民全体が、それでいいのだと思ってしまう」

「……」

「君はもはや君自身を、生身の人間ではないと思いたまえ。一個の偶像《アイドル》だと思いたまえ」

「わかった。わかったよ曾禰君」

金吾は両手をあげ、降参の意を示した。

子供たちが見たら一驚するにちがいないしぐさ。達蔵は、

「ありがとう、辰野君。じゃあ宴はもう……」

「宴は、やる」

（負けた）

金吾は手をおろし、ふかぶかとため息をついた。どういうわけか、
そんな気がしてならなかった。秀子の顔をちらりと見てから、

「こんどのそれは、中央停車場の落成記念だ」

「受けるのだな」

「ああ」

「ありがとう」

達蔵は破顔し、立ちあがった。

テーブルごしに手をさしのべて来る。金吾はがたりと腰を浮かし、その手をにぎった。

達蔵はやはり笑顔である。金吾にはその顔が、弾性もない、可塑《かそ》性もない、ただ無機質な、

（鉄の、仮面）

そんなふうに見えてならなかった。

第六章　八重洲と丸の内のあいだ

明治四十年（一九〇七）十一月十日付、駐日イギリス大使クロード・マクドナルドより、本国首相キャンベル・バナマンにあてた書簡の下書き（抜粋）。

……そういう折も折、公務に多忙をきわめておられると知りつつも、閣下へこうして不要不急のお手紙をさしあげる無礼をおゆるしいただければと思います。なおこの手紙はあくまでも私的なものであり、また諸般の事情から、いささか腰のおちつかぬまま書かざるを得なかったものですので、文章のみだれ、措辞《そじ》の不適切、感情の不用意な漏出等をふくむことが予想されます。

まことにお恥ずかしい話です。どうか閣下には、一読後すみやかにご火中いただけますよう重ねてお願いを申し上げるしだいです。

さて、こちら東京の政界、社交界、および一般大衆における最近の情況については別便でくわしく申し上げたとおりですが、その後じつは、私のもとへ、一通の手紙が来着しました。

差出人は、アーネスト・M・サトウ卿。閣下もよくご存じのとおり、サトウ卿は、私の前任の駐日公使として――私の代から駐日公使は「大使」に格上げとなったわけですが――尊敬に値する業績を果たされました。官界を引退された現在もなおかの国のことが気になるのでしょう、サトウ卿は言われます、自分は十一年前、ひじょうに印象的な経験をした。東京日本橋の地に日本銀行本店が落成したとき、内覧に立ち会ったのだ。

なかなか本格的なドイツ式だった。もちろんヨーロッパには、特にロンドンにはこれと同水準の、あるいはこれをはるかにしのぐ建物がいくらでもあるが、考えてみれば、日本は、その時点ではまだ維新以来二十九年の歴史しか持っていなかった。

たかだか二十九年前には彼らはあの徳川将軍政権のもと、頭頂部にちょんまげを乗せた上、あるいは腰に刀をさし、あるいは下駄などという板同様のしろものをはいて街道を闊歩《かっぽ》していたのである。何という発展のはやさかと、自分はむしろ建物よりも彼らの近代そのものに対して驚嘆の念を抱いたのだった。

私ほど個人的ではないにしても、あのとき落成式にまねかれたロシア帝国公使アレクセイ・シュペイエル卿や、アメリカ合衆国公使エドウィン・ダン氏等も、やはり同様の感慨に打たれたようだった。実際、それからほんの十年で、日本はロシアに勝利したのだ。

くりかえすが、たいへんな発展のはやさである。今後十年、いや五年でどうなるかと考えると……と、サトウ卿はそこまで述べた上で、まことに好意的な結論に達したのです。すなわち「わが国は今後、日本を真の独立国とみなすべし」。

ここでの「真の独立国とみなす」とは、おそらく、単なる敬意の問題です。外交の実際とは関係のない、精神的な問題にすぎません。しかしながら私自身は、正直なところ、この結論に賛成ではありません。

むしろ反対です。なぜなら彼らは、そんなことをしたら、国民全体がおごり高ぶる。もともと好戦的だったものが、さらに好戦的になる。私はそのように懸念します。日本人とは、まことに油断ならぬ国民なのです。

これは決して不当な議論ではないつもりです。ましてや黄色人種に対する偏見ではない。むしろ日本政府のほうがそれを積極的に証明しようとでもしているかのごとく、最近、或る施策をおこなったのです。

その施策とは、鉄道の国有化です。別便でも少し触れましたが、案そのものは、どうやら対ロシア戦争のはじまる以前からあったらしい。

何しろ全国の主要な私企業をすべて買収してしまうなどという大がかりな話でしたから、私もはじめて聞いたときは「無理だ」と本気にしませんでした。彼らには、というより、わが国をふくめて世界中のどの政府にも、そんな実行力はないと確信していたのです。

ところが日本政府は、昨年三月、鉄道国有法を成立させました。そうして先月までのたった一年半のあいだに、ほんとうに十七の民営会社を手中におさめてしまいました。私の調べに誤りがなければ、それは北海道炭礦鉄道、甲武鉄道、日本鉄道、岩越鉄道、山陽鉄道、西成鉄道、九州鉄道、北海道鉄道、京都鉄道、阪鶴鉄道、北越鉄道、総武鉄道、房総鉄道、七尾鉄道、徳島鉄道、関西鉄道、および参宮鉄道で、これらすべてを合わせると、営業距離は四千五百キロメートルを超えます。

全国の半分以上の線路が、またたくまに、国のもちものになったのです。こうして書いていても信じがたい気がします。政府の実行力もさることながら、目的を理解し、すすんで買収に応じた各企業の忠誠ぶりも驚嘆に値すると言わざるを得ません。もともと日本人というのは為政者、権力者への態度がことに無批判的であることで知られていますが、その究極というべきあの切腹《ハラキリ》、あの自己犠牲の精神が、こんなところで大事業をなしとげたのです。

この国有化により、日本の鉄道は、さまざまな面で生まれ変わりました。車両や諸設備の運用の円滑化はいうまでもなく、外国資本の排除にも成功した。

どちらも将来、日本の軍事力をいっそう増強させることはうたがいの余地がないでしょう。しかも彼らは、これではなお足りぬとばかり、あらたな野心の実現にとりくんでいる。まことに油断ならぬ国民です。ロシアに対する完勝は、日本人を、おそらく毛ほども懈《け》怠《たい》させていないのでした。

その野心とは、駅の建設です。東京の中心部、丸の内というところでの中央停車場の建設計画。もしそれが完成すれば――するでしょう――日本中の鉄道が、名実ともに一本になる。

民政的にも、軍事的にも便利になる。物資や人をひとつところで集散することができますし、そこを通過することも容易です。あとは美術の問題でしょう。駅舎そのもののデザインによっては、日本の鉄道は、単なる道具で終わるかもしれない、威厳と貫禄を身にまとって世界中の注目をあびる生きた記念碑になるかもしれない。どちらかは今後しだいです。設計にあたるのは辰野金吾博士、日本人ではじめて民間の建築事務所（辰野葛西建築事務所）を経営しているという斯界《しかい》最高の人材です。

わが国の首都には、中央停車場はありません。まんなかがぽっかりとあいている状態で、それをおずおずと取りかこむようにしてセント・パンクラス駅、チャリング・クロス駅、ウォータールー駅、ロンドン・ブリッジ駅などの起点《ターミナル》がある。それぞれの駅から各地方へ出る。その行先は東西南北の明確な区分もないありさまで、しかしながらヨーロッパでは、むしろこちらのほうが多数派でしょう。東京の街は、ないし大日本帝国は、少なくとも鉄道の発展に関するかぎりヨーロッパを凌駕しつつあるのです。わがイギリスの技術的指導により新橋―横浜間にはじめて蒸気機関車を走らせてから、まだ三十五年……三十五年しか経っていないのに！

私がこのたび、この異例かつ不躾《ぶしつけ》きわまる手紙をお送り申し上げたのは、けだしこの恐れのためでした。もしも現在のような情況でサトウ卿の言うとおり、「日本を真の独立国とみな」したりしたら、たとえ精神的な措置にすぎないとしても、日本人はいよいよ図に乗らないか。いよいよ好戦的になりはしないか。

いまは締結中の日英同盟がありますから顕著な国家的行動は取らないでしょうが、将来的にはどうでしょう。ひとりイギリスのみならず、ほかの国をも敵にまわし、世界平和に禍根《かこん》をのこすことになるかもしれません。そうしてサトウ卿がもしも同様の趣旨の手紙を閣下に送りつけたとしたら……いや、もちろん賢明な閣下におかれては、そのような意見を鵜呑《うの》みにすることはないと信じます。

それにしても、その中央停車場が、わが国とじつに縁がふかいのは皮肉なことと言わざるを得ませんでした。まず設計者の辰野博士その人にしてからが、ロンドン生まれ、ロンドン大学出身のイギリス人――いまその名を失念しましたが――の指導を受け、博士自身もロンドンで学んだという、きっすいのイギリス学派の人であります。おまけに駅舎の建築様式は、漏れ聞くところによれば、わが国クイーン・アン様式に準じるとか。

これは当然のようでいて、じつは意外な組み合わせでした。というのも、辰野博士はあの日本銀行本店の設計者でもあるからです。

サトウ卿の言われるところの「なかなか本格的なドイツ式」。わが国にはまったく見られぬ外観、装飾。いったい日本人は、文化的には、厨房《ちゅうぼう》でちょいちょい各国料理をつまみ食いする無遠慮な下男のようなところがありますが、さて、つぎの駅舎がどうなるか、興味ぶかい事実が判明しましたらまた閣下にお手紙をしたためたいと思います。

……

†

中央停車場建設予定地のすぐ近く、東京市麴町区八重洲町一丁目一番地は、しかし現在の八重洲とはちがう。

現在の、丸の内二丁目あたりである。

当時はまだ行政区域名としての「丸の内」は存在せず、二十一世紀のいま「丸の内」と呼ばれている日本の代表的なビジネス街は、そのかなりの部分が、当時は「八重洲町」のなかだった。

ただし慣習的には「丸の内」と呼ばれていた。このあたり、いささかややこしいけれども、とにかく辰野葛西建築事務所はその八重洲町一丁目一番地、すなわちコンドルと曾禰達蔵によって整備されつつある一丁倫敦のなかの三菱九号館へひっこした。金吾自身が、ビルのテナントになったわけだ。要するに、東京駅のためのひっこしである。

入居先は、最上階の三階だった。

事務所へは、連日、ひっきりなしに助手たちが出入りした。入口のところで出る者と入る者がぶつかって、書類をばさばさ落としたり、ときには喧嘩になったりしたので、葛西万司がみずから筆をとり、

衝突注意！

と大書して、扉の横に貼るしまつだった。
それほど、つまり業務が多かった。何しろ日本銀行の仕事はその後もほとんど一手にひきうけて、ここ三、四年のあいだにも、
本店東館

大阪支店
広島出張所
名古屋支店
京都支店
と、雨後のたけのこのように落成がつづいている。もちろん金吾ひとりでは手が足りず、助手たちを駆使してもまだ足りないので、工科大学のころの学生である十三歳年下の長野宇平治《ながのうへいじ》というのを日本銀行へ就職させ、技師長につけ、この仕事に関する事実上の共同経営者とした。
長野は、金吾に心酔している。
だんだん口調までが金吾ふうになるので、葛西万司が、
「勘弁してくれ。辰野先生はひとりでじゅうぶんだ」
天をあおいで、まわりを笑わせたことだった。日銀のほかにも、
第一銀行本店
　同　京都支店
三十四銀行堀江支店（大阪）
など、民間銀行の建物をこしらえたことは、金吾の経歴にいっそうの信頼と厳粛をもたらした。第一銀行の頭取は渋沢栄一。みずから金吾への依頼をきめた。
銀行以外にも東京海上火災保険の社屋を建てたり、英吉利《イギリス》法律学校（こんにちの中央大学）の創立者のひとりである増島六一郎《ますじまろくいちろう》のため私邸の設計をおこなったり。

事務所としては、設計にはかかわらずとも、

——工事監督だけ、やってくれ。

というような案件もあるし、何より、右に見るとおり、仕事の場が全国にひろがった。ことに大阪、京都が多かった。

まだしも横浜あたりなら出かけたその日に帰って来させることも可能だけれども、大阪となると、一泊二日もむつかしい。少なくとも、用事ひとつで三日かかる。これに対応するため、金吾は、じつは早くから手を打っていた。東京のほかにもうひとつ、大阪中之島の地に、

辰野片岡《かたおか》建築事務所

を開設したのである。

片岡というのは、やはり工科大学の門下生である片岡安《やすし》。金沢の生まれで、学生のころは細野《ほその》安といい、長野宇平治の四級下だった。

卒業後、日銀の技師になったのも長野とちょっと似たところがあるが、ただしこちらは、大阪支店の新築工事をしているとき、地元財界の巨頭である片岡直温《なおはる》と出会い、その人物をみとめられ、

——娘の、婿《むこ》になれ。

と言われたのだった。

片岡直温は、のちに選挙に出て代議士となり、若槻礼次郎《わかつきれいじろう》内閣（第一次）の大蔵大臣となり、議会でうっかり「東京渡辺銀行がつぶれた」と失言したことで全国的な金融恐

慌をまねくことになる。近代経済史につとに悪名をのこしてしまった政治家だが、選挙に出る前は、日本を代表する生命保険会社、日本生命保険会社の創設者としてその名をとどろかせていた。

その娘婿だから、金《かね》がある。

この片岡安に、金吾が、

「いっしょに、やろう」

と声をかけたのは、はっきりと、

（金が、大事だ）

このことを念頭に置いていた。金自体もそうだけれど、よりいっそう大事なのは、そこにかならず蔓《つる》をあつめる、夏蔦《なつづた》のような、

（人脈）

大阪はこの時期、ひじょうに厄介なところだった。

都市そのものの規模が大きく、仕事はたくさんあるけれども、東京ほどには文明の度が進んでいない。

ことに設計料というものに対する理解がとぼしく、民間の依頼主は、しばしば、

――紙に絵を描いただけで、なんで大金をむしり取るのや。

辰野片岡建築事務所は、なかば以上、片岡安ひとりの事務所である。片岡はそのつど頭をさげ、腰を折り、ねばりづよく説明した。ふみたおされることも間々あった。おそらくこのとき片岡の脳裡には、義父である直温の、

――正しいことは、いずれきっと理解してもらえる。

という述懐が点滅しただろう。なぜなら直温その人もまた、生命保険という日本人のそれまで見たこともなかったものを売るために、

――生きてるだけで、金を取るのか。

とか、

――死んだら金くれるとは、死神みたいな。

などとさんざん言われ、詐欺師《さぎし》よばわりされたからである。片岡安は晩年、若手の態度が不遜《ふそん》だと、

「誰のおかげで設計料がもらえる」

と激怒したが、それを言う資格はたしかにある。ただし本人の努力以外にも、この場合、義父ゆずりの人脈の力が大きかった。大阪の上流階級というのは案外、優柔不断なもので、ひとたび、

――あの人が払った。

――この人も払った。

となれば、たちまち右へならえになるのである。片岡安という人材は、この点、まことに大阪向きだった。

ともあれ金吾は、東京と大阪、それぞれに事務所を持っている。

どちらも大所帯である。大学はやめてひさしいが、しかし建築学会のほうは相変わらず会長でありつづけていて、民間の売れっ子であることと、アカデミズムの権威である

ことの両方を金吾は一身にそなえている。

†

ふだんは、製図室にいる。

天井のたかだかとした、柱のない、五十人くらいのパーティなら容易にひらくことのできそうな部屋。

いくつかの製図台が整然と置かれているなか、ひときわ大きいのは、東の窓ぎわのそれだった。

台ひとつで、畳二枚ぶんもあるだろうか。いまは一枚の立面図がのべられていて、そのかたわらに、金吾は、両ひじを台につきつつ立っていた。

台のむこうには、葛西万司がいる。

ふたりで立面図のそこここを指でとんとん突き刺しながら、議論している。時刻はもう夜にちかく、窓からの陽光は疲弊《ひへい》しきっているけれども、天井にぶらさがる何個もの電灯が室内をあますところなく昼にしていた。最新最大のテナントビルは、とかく設備が豪華になる。

議論のなかみは、われながら、

（こまかすぎる）

金吾は、そう思わざるを得なかった。

設計そのものは出来あがっているというのに、なおも、

「ここの階段、つまずいたら大事《おおごと》だ。一段あたりの高さをもう一、二センチ下げたら」

とか、

「貴賓室の回廊の手すりの支柱は、もう少し細いほうが」

とか。

しかり、まことにこまかすぎる。が、あすになれば、

（宮城へ、上がる）

そのことが、思いきりを悪くしていた。金吾はそこで中央停車場の構造について、装飾について、使い勝手について、天皇および桂太郎《かつらたろう》首相へじかに説明する予定なのだ。

ひと月前、枢密院の書記官長がみずから来て、

「御前《ごぜん》へ、まかり出よ」

と告げたときには心臓がとまるかと思ったし、さらに、

「陛下におかれては、このたびの駅舎の落成、ことのほか心待ちにしておられる」

と言われた瞬間は、ほんとうに五、六秒はとまったのではないか。名誉がどうこう以前に、

（信じがたい）

が、よく考えてみれば、それはむしろ当然のことかもしれなかった。何しろ建つ場所が場所である。宮城の表門というべき和田倉門の、ほんの目と鼻の先。

母屋と離れほどの距離しかないのだ。そうして天子は民情視察のため、しばしば地方巡幸をおこなう。鉄道をつかう。天子にとってこの駅の完成は、つまるところ、家の最

寄り駅の完成を意味するのだ。

ただし金吾の見るところ、より重要なのは、国家の機構のほうだった。

この駅は、日本の鉄道の原点である。鉄道は政府ひとりの所有物である。そうしてその政府の頂点にあるのが天子ひとりであるからには、論理的に見ても、国民精神の上からしても、

――この駅は、天子の駅。

が、それにしても。

日銀本店のときですら、こんな直接の説明の機会は、

（なかった）

金吾はなおも、立面図を指でつついて、葛西とずるずる議論をつづけた。気がつけば、葛西は、シャツの脇の下をぬらしている。金吾はそれを指さして、はっはっはと高笑いして、

「気をつめすぎだぞ、葛西君。もっと楽にしろ」

「先生も」

「む」

金吾は、右手を左の脇へさしこんだ。

水をこぼしたようだった。ふたりして両手をおろし、何となく二の句が継げなかったところへ、金吾の背後で、軽快な金属音がした。

ふりかえると、入口のドアがひらいている。

助手の、松井清足が入って来た。三年前、最後の日銀大宴会をやったとき葛西とならんで直立不動で詩吟をうなった、あの忠義者である。こつこつと靴音を立てつつ、こちらへ来て、

「先生、飛鳥山の件、先方に納得してもらいました」

「おお、そうか。それはそれは……」

「やめましょう」

と松井は言うや、台の横でぴたりと立ち、意味ありげに立面図を見おろした。金吾はわれに返り、

「ああ、そうだな。君の言うとおりだ。いまさら些事《さじ》をあげつらったところで、陛下のお目には……」

「そうじゃなくて」

と、松井は、図面全体をかこむよう宙《そら》に円を描いてみせて、

「クイーン・アンを」

些事どころではない。

様式そのものである。それをやめるということは、要するに一から描きなおすということ。金吾は憮然《ぶぜん》として、

「まだ言うかね」

「もちろんです。まあ外部へ説明するときは、フリー・クラシックとか、ヴィクトリアン・ゴシックとか、いろいろな呼びかたもできるのでしょうが、とどのつまり十八世紀

から十九世紀イギリス式の一形態。いくら先生ご自身の解釈をくわえるとしても、時代おくれです」

「おいおい、松井君」

と葛西が割って入ろうとするのも気にせず、松井は、

「言いかたが悪いなら、辰野先生、こう言いなおしましょう。クイーン・アンは先生のご業績をいささかも発展させるものではありません。逆に……」

「逆に？」

「退歩」

松井はそれから、

――真の忠義とは、直言である。

と言わんばかりに早口でつづけた。いわく、聞くところによれば、辰野先生は二十年あまり前、日銀本店の受注のさい、当時の内閣総理大臣・伊藤博文、および臨時建築局総裁・山尾庸三の前でコンドル氏をこてんぱんに批判したとか。

コンドル氏の設計した鹿鳴館はあまりにお行儀がよすぎる、日銀もおなじにするようでは日本の発展はない。もっと権高に、もっと威厳たっぷりに行くべきだとなればイギリス式よりもドイツ式のほうを、ルネッサンス様式よりもバロック様式のほうを採るべきである。……そう批判して日銀の仕事をコンドル氏から強奪しておきながら、その否定し去ったイギリス式、ルネッサンス様式をいまさら採るなど、

「これを退歩と言わずして、何と言いますか」

「松井君」

金吾は声を荒らげて、

「その二十年あまり前、君はただの名古屋のわんぱく坊主だった」

「若造はものを申すなと？」

「ああ、そうだ。それに君は、この」

と、台の上の立面図をトンと手のひらで打ち、

「この図面を引いた当事者だ、クイーン・アンと知りながら。はじめ私がやってみろと言ったら、うつむいて、ずいぶん顔を赤くして、小さな声で『自信がありません』とはあどけなかったなあ。だいじょうぶだ、君ならできる、私の言うとおりにしろと励ましてやったら、ようやくペンを取り、いまや一家言のもちぬしとは」

「感謝しています、貴重な経験をいただいたことには。だからこそ自分の意見を……」

「君の意見は、惜しいかな、視野がいささかせますぎるようだ。たったひとつの建物をとらえて退歩だの進歩だのと。たしかに中央停車場はそれ自体がたいへんな記念碑だけれども、同時にそれは、全体のなかの一部でもある。丸の内というクイーン・アンで統一された街なみ全体の代表である駅が、それだけドイツ式でよろしいかね」

「う……」

松井は口をつぐみ、下を向いた。

丸の内のいわゆる「一丁倫敦」は、その版図が、ここのところ急速にひろがっている。二丁ないし三丁にもなったかもしれぬ。つぎつぎと建つビルディングはしかしデザイ

ンの統一をやぶることなく、一糸みだれぬ隊列のように道の左右におなじ高さ、おなじ赤煉瓦の外壁をつらねている。

外壁には、縦長の窓がたくさん設けられている。

縦横に整然とならんでいて、それぞれ白い石でふちどられている。一階と二階のあいだ、二階と三階のあいだはそれぞれやはり白い石の横線でまっすぐ区切られているが、全体に扁平《へんぺい》な感じがないのは、窓のかたちが縦長だからか。

屋根は、黒い切妻ふう。赤白の外壁にぐっと落ちつきを加えている。建物ひとつを取ってみれば、これはじつは、後世、
辰野式
と呼ばれるデザインの原形にほかならなかった。

この時期には、この語はまだない。そのかわり、業界内外の人々からは、主として、

――クイーン・アン様式。

という呼びかたをされていた。厳密な建築用語というよりは、赤煉瓦の地《じ》、白い石のアクセント、および黒い切妻屋根の三つが揃えばまあそれだという程度の、ぼんやりとした、やや愛称にちかいもの。そのクイーン・アンのビル群を、淡々と、しかし着々と建て進めているのはコンドルと曾禰達蔵にほかならなかった。

「松井君」

と、金吾はさらに語を継いで、

「この丸の内は、いまの日本では、もっとも美しい都市景観だ。そのことは君もみとめ

るだろう。われわれが駅舎ひとつで全部ぶちこわしにするわけにはいかん。少なくとも前任のバルツァー氏のごとき、和風のデザインは……」

「あれは論外です」

「むろん論外だ。クイーン・アンの街なみにはクイーン・アンの駅を、けだし当然の話じゃないか。だいいち松井君、わすれてはいないだろう？　われわれにはこの様式ははじめてではない。これまで何度も練習した」

「それは、まあ」

と、松井は、いかにもしぶしぶうなずいた。金吾はおなじ日本銀行でも、本店と大阪支店はドイツ式でやったが、その後の名古屋支店、および京都支店はクイーン・アンでやっている（京都支店は現在の京都文化博物館）。松井もむろん手伝っている。いわば共犯者だろう。が、激しく首を横にふり、

「あれはあれで理由がある。工費の問題が大きかったはずです。さしもの日銀もなかなか地方の支店にまでは大金はかけられないから。このごろは煉瓦もずいぶん国産化がすんで、安価になりました」

「私は、意識していたがね。この駅の大仕事をさ」

「煉瓦は、ふるい」

「何？」

「こんなもの」

と、松井は図面を手のひらで叩いて、

「国産化がすすんだということは、煉瓦というのは、もはや洋じゃなく和の建材だということです。最新文明のあかしにはならない。明治ももう四十年を閲《けみ》しているのです」

「き、貴様……」

「失礼ながら先生は嘉永うまれ、御年五十五、いささか耄碌《もうろく》されたのではありませんか。私たち若い世代は……」

「かえる」

金吾は、両手で松井の胸を突いた。

松井が顔をゆがめ、二、三歩あとじさりするあいだに、くるりと背を向け、ドアのほうへ歩きだした。

「先生！」

松井がさけび、葛西万司が、

「あ、ちょっと」

遠慮がちに口をはさむ。金吾は無視した。よりいっそう足早になった。われながら子供じみたふるまいだが、煉瓦の悪口を言われるのは、どうしたことか、長男の悪口を言われるより、

（腹が立つ）

ドアの横には、帽子かけがある。

そこから帽子をとり、ステッキ立てからステッキを抜き出し、ノブに手をかけた瞬間、

「危険です」

松井の声が、うしろから来た。

と同時に、手をのばして来たのだろう。金吾は、背広の上着の裾のあたりが、つよく引っぱられるのを感じた。ふりむきざま、

「何だね。まだ不満が……」

言おうとしたら、目の前にぬっと松井のまっ赤な顔があらわれて、

「時代おくれ、だけならよろしい。煉瓦は危険です。ひっきょう積み石にすぎません。地震が起きたら崩壊し、なかにいる者はもちろん、たまたま屋外の道路へさしかかった勤め人や子供たちへも雨よあられよと降りかかる。わが国は地震の国です。イギリスやオランダとはちがう。退歩はただちに人を殺す」

「最新の工法をつかえと？」

「それが先生の名誉にもなる」

「だから、つかうと言ってるじゃないか。君の言うのはコンクリートだろう」

言いながら金吾は、二度、三度と松井の肩をこづいた。コンクリートはベトンとも呼ばれる。石灰石と粘土でセメントを練り、そこへ砂や砂利をぶちこむ。水でさらに練ると硬化する。たとえて言うなら石をいったんペースト状にして、ふたたび固める仕掛けだから、基礎にもなるし外壁にもなる。

建物そのものの構造にもなる上、

「崩落の危険がない、だろう？」

と金吾が言うと、松井はただちに、

「寿命もながい」

「図面にもあのとおり、ちゃんと記した。中央停車場の軀体《くたい》はコンクリートだ。ただし見た目はのっぺりとした灰色の石そのもの、美麗にはほど遠いから、外壁には煉瓦を貼る」

「貼るだけですね」

「ああ」

「鉄筋も？」

「入れる。軀体はいよいよ堅固になる」

「たしかですね」

「くどい」

金吾はふたたびドアのほうを向き、ドアをあけた。ことさら足音を立てて階段をおりた。

（敵前逃亡）

ということばが、しきりと脳内にまたたいた。時代おくれになりつつあるのは、クイーン・アンのみではない。

†

ほどなく、着工。

地鎮祭がおこなわれ、基礎工事がはじまった。

具体的には、まず杭打ちである。これから建物が立つことになる敷地に、びっしりと松の丸太を埋めこむのだ。

†

地盤がじゅうぶん強ければ、こんなことをする必要はない。極端な場合には地面へじかに建てつけてしまっても問題ないくらいだし、実際、日本橋の日銀本店のときはコンクリートを敷いただけだった。いわゆる建物の軀体部分は、その上にいきなり乗せて無事だったのである。

がしかし、丸の内は。

ほんの三百年前までは遠浅の海だった、ということは、要するに東京湾の一部だったのだ。

埋め立てたのは、徳川家康である。天正十八年（一五九〇）、当時の日本の絶対的支配者だった豊臣秀吉から、

――関東へ、行かっしゃれ。

ほとんど強制されるようにして来たあげく、当時ほとんど未開発だった江戸城を本拠とすることにした。

埋め立ては、もちろん城のまわりから開始された。丸の内などは、まっさきに土を入れられた。何ぶん大手門のまもりの地域であるからして、その土の上には譜代大名の上屋敷がずらりとならぶようになり、城郭《まる》の内側とい

うことで丸の内と呼ばれるようになったことは前述した。

別名を、

――大名小路。

という。そういう最高級の名誉はしかし、徳川三百年を通じて、地盤の強化には何の寄与もしなかった。人の往来が案外繁《しげ》くなく、あまり踏み固められることがなかったということもあるが、根本的には、建物そのものの問題だった。

大名屋敷などというものは、どんなに規模が大きくとも、しょせん木と紙の家なのである。

外壁は粗々《あらあら》な土壁だし、それも大して分厚くない。重量物といえばせいぜいが家全体をおさえつけて固定する屋根瓦くらいで、そんな「軽い」家々が、しかもそれぞれ広大きわまる庭を持っている。全体で見ると、密集の度がきわめて低いのだ。

金吾は駅の設計にあたり、この地の古老をたずねてまわったことがある。

そのうち伊二郎《いじろう》という八十すぎのじいさんは、いまは八重洲で孫の世話になっているが、旧幕時代は、大手門前のお濠ばたへ、蕎麦《そば》の屋台を出していた。大手門は城の表玄関である。連日、登城下城の時刻になると大名たちの行列がひっきりなしになり、それを見物するために全国から客がおとずれる。

それを相手の蕎麦売りである。その伊二郎じいさんが、

「豆腐でさ」

断言した、その威勢のいい口ぶりは、いまも金吾の耳朶にまとわりついている。

「丸の内の土地ってなあ、要するに豆腐みたいなもんでさ、辰野先生。おいらはちょくちょく見たもんだが、物見遊山の客どもぁ、登城待ち、下城待ちの時間が退屈でしょう。子供なんか、しゃがみこんで穴を掘りだす。ちょっと掘ったら塩水が出るんだから、まあ海っぺたとおんなじさね」

そう言って、伊二郎じいさんは両手を出し、手の甲と手の甲をくっつけ、下へ向けて、左右にかきわけるしぐさをするのだった。

それ自体が、舞台の名脇役の所作のようだった。

「海っぺた、か」

金吾が顔をしかめると、伊二郎じいさんは、

「いまも変わんないと思うよ、土の下はさ。ほんとは『三菱が原』なんかじゃねえ、『三菱が浜』ってほうが正しいんだ。あんたはそこに煉瓦のおもしをかけようとしてる。豆腐はぺちゃんこになる」

地盤が崩壊し、建物がかたむくということか。金吾はこの話を達蔵にした。達蔵はにやにやして、

「豆腐か。うまいこと言うな」

「だろう？　だろう？」

「その伊二郎ってのは、江戸っ子かね」

「もちろん」

「ふーん」

工事の途中で地盤が陥没し、こんにちに至るまでお辞儀をしたままのあのイタリアのピサの斜塔の二の舞を演じるわけには、まさか、

（いかぬ）

金吾は思案をかさねた。いまにして思えば日銀本店のときの日本橋の地は、まだしも、

（楽だった）

おなじ海辺の埋め立て地でありながら地盤があれほど強固だったのは、おそらくは、旧幕時代には商人地だったからだろう。

そこには魚市場、米市場、塩市場、材木市場等がにぎわって江戸中の物資が集散した上、白木屋《しろきや》や越後屋などの巨大呉服店や芝居小屋がずらりと軒をつらねていた。

東海道、中山道、甲州道中、日光道中、奥州道中のいわゆる五街道の起点が置かれたことによる旅人の往来はいうまでもない。建物の密度と人の密度が、みしみしと、ぐいぐいと、徳川三百年のあいだ地を圧しつづけた。大名は地面を変えなかったが、庶民は変えたのである。

「伊二郎じいさんの言うとおりだ。丸の内は、やわらかすぎる」

金吾がため息をつくと、達蔵は何か言いかけたようだが、鼻のあたまを指で掻いて、

「まあ、やってみるさ」

ともあれ。

基礎の杭打ちは、

（よほど、念入りに）

金吾はそのつもりで計算し、おおむね以下のごときを基本仕様とした。

杭すなわち松の丸太の、

直径は、二十一センチ以上。

長さは、五から七メートル。不ぞろいでよし。地質に応じて使いわける。

丸太どうしの間隔は、縦横ともに六十センチ前後。

これはずいぶん高密度だった。何しろ丸太と丸太のあいだの距離が、直径の三倍しかないのである。

ほとんど「隙間なく」と形容していいだろう。図面を見た松井清足が、

「満員電車みたいですね」

と軽口をたたいたのも道理だった。これを敷地面積約八千平方メートル、二千四百坪に対しておこなうのだから、ごく単純に計算しても、丸太は一万本以上必要になる。

それだけ松の木を伐《き》るという話でもある。山いくつぶんに相当するだろう。そんな大量の木材を安定的に供給できる土地となると、金吾には見当もつかなかったけれども、人を介して、農商務省の役人に、

——世話してほしい。

とたのみこんだところ、応じたのは青森大林区署だった。

こんにちの林野庁東北森林管理局である。東北地方は旧幕時代から干魃《かんばつ》や冷害により

米の生産が安定せず、米以外の産業の発展が必要というより必須だった上、良質の木材となり得る針葉樹林帯に属していて、各藩とも、育成林業がさかんだった。

東京の土は、東北の木によって固められる。

†

実際の工事は、難航をきわめた。

まずは地下階の空間確保のため、地盤面を四メートル掘りさげる。これは大した手間でもなかったが、それから丸太を打ちこむとなると、従来の、たかだかと櫓《やぐら》を組んで滑車をつるし、綱をかけ、人間たちがよいしょよいしょと引いては離して石を落とすという素朴いっぽうの工法では、

「何年かかるか、知れたものじゃありません」

技師のうったえは、強硬だった。金吾自身、ここまで丸太をふかく地に刺すのははじめてだったから、

「よし。機械を導入しよう」

機械とは、輸入もののスチーム・ハンマーである。櫓を組んで滑車をつるすのはおなじながら、ぶらさげるのは石ではなく、石よりもはるかに重い——数トンもの——金属製、円柱状のヘッドである。

人力では、とても持ち上げるのは無理である。蒸気機関がやる。ヘッドを落として杭をたたく。また持ち上げて落下させる。そのつど、

ごっ
ごっ
という極太の音が天球に微細な振動をあたえる。よく晴れた日の夕方など太陽がみずから厳粛なこだまを返して来たのは、おそらくは、三菱のビルディング群からの反響だろう。東京文明の悲鳴だった。

人力よりは、なるほど能率的である。

人足たちの評判もよかった。しかしそのスチーム・ハンマーを以てしても、丸太はなかなか素直ではなかった。

檻《おり》に入れられるのを嫌がる犬さながらに、打ちこまれるのを嫌がったのだ。おそらく土中の水分が多いため、浮力が生じるのだろう。ようやく押しこむようにして全身をすっかり没せしめても、翌朝、人足たちが来てみると、丸太は地表へ寝ていたりする。夜のうちに飛び出してしまったのだ。もともと機械は二台しかない上にこのありさまでは、工程が、じわりと遅れを見せはじめるのも当然だった。

金吾は毎日、現場へ来る。

内心は、
(何とか、せねば)
焦燥で足ぶみしたいほどなのだが、人足や技師へはなるべく鷹揚《おうよう》な口ぶりで、
「やむを得ぬ。急いでも仕方あるまいよ。何しろこいつは邦家《ほうか》百年の駅舎だからな。たかだか一月、二月を惜しんでいくじなしをこしらえるのでは本末転倒」

言ったあとは、きっと首を宮城のほうへ向けて、胸のうちで、

(申し訳、ありませぬ)

叩頭《こうとう》するのがつねだった。

宮城の奥には、宮殿がある。

そこで政務をとり、民草のために祈りをささげ、そうしてたぶん体調不良に苦しんでいるであろう天子の耳に、この槌音は、

(とどいて、いるか)

昨年、着工前。

金吾みずから宮殿へ参内し、表御座所で拝謁がかない、駅舎の設計について説明したとき、五十六歳の天子はぐったりと椅子にもたれたまま、

「うん」

「うん」

あいまいな返事をくりかえしつつ、はっきりと顔色がよくなかった。

あたかも薬品で漂白したかのようで、そのくせ顔全体がむくんでいる。コップの水をやたらと飲む。あっというまに水さしの水がからになるので、侍従があわてて代えるのだが、それもまた少しのあいだになくなってしまうのが異様だった。

素人目にも、健康に遠い。

どんな病気かは知らぬけれども、容態はなかなか深刻なのではないか。もちろん金吾は、一部の狂信的な神道思想家とはちがうので、

——天子は、死なぬ。その命は永遠であらせられる。

などと信じてはいない。およそあらゆる人間をとらえて逃がさぬ最後の摂理、すなわち死の日のいずれ来ることを常識的に理解している。だがその金吾でも、このときばかりは、

(永遠で、あれ)

完成した駅をその目でしかと見てもらいたい。中央玄関をくぐってもらいたい。お召し列車に乗るときに「いい駅だ」とひとこと言ってもらえたらもう何も言うことはないのだが。……われながら、父親にほめられようとする子供そのものの心理だった。

こういう記憶がなまなましいから、今日この日、石炭の焼けるにおいを嗅ぎ、スチーム・ハンマーの杭を打つ音に耳をかたむけつつ、

(はやく、埋まれ)

杭打ちのペースは、一機につき一日に一本。二台で二本。丸太がぜんぶで一万本とすると、この調子では、

(十三年半)

指を折って計算して、泣きたい気分になった。天子どころの話ではない。自分もこの世にいないではないか。

結局のところ。

†

基礎工事は、一年三か月かかった。

金吾の実感からすれば、一年三か月しか、

――かからなかった。

というのが正直なところである。進捗《しんちょく》の具合が、或る時点から、劇的に向上したのだった。

向上の理由は、ふたつだった。ひとつはスチーム・ハンマーの数がふえたこと。くわしい事情は金吾にもよく知らされなかったから、おそらくは政治家か実業家による利権の誘導があったのだろうが、鉄道院（内閣直属の所轄官庁）が予算をつけた。金吾には、事情はどうあれ渡りに舟の話だった。

もうひとつは、地盤である。

にわかに強固になり、するすると松の丸太が入るようになったのだ。はじめのうちは、

――まさか。

誰もが目をうたがい、顔を見あわせたけれども、事実は事実である。人足たちはしだいに、

「神意だ」

とか、

「この工事は、天に嘉《よみ》されている」

などと言うようになり、士気も上がった。

あの穏健な葛西万司でさえも、おなじようなことを言った。金吾はもちろん信じなか

った。戸惑いつつも出した結論は、

――丸の内の地は、最初から、存外強固だったのだ。

ということだった。何だかんだ言っても徳川家康がいちばん最初に城を建て、大手門をかまえた地域なのである。わざわざ海やら川床《かわどこ》やらの上をえらぶはずがない。地盤というより地質の問題。およそ旧幕のころの江戸を知らぬ金吾には、このへんが想像力の限界だったのだ。最初のうち松の丸太がなかなか地中に入らなかったのは、たまたま地質がいちばん軟弱な場所だったのだろう。

或る日、建築学会の会合で達蔵に会ったさい、

「曾禰君。君はわかっていたのだな。伊二郎じいさんの塩水うんぬんは、江戸っ子がよくやる大ぶろしきだと」

金吾は、うんと眉根を寄せてやった。かつての老中のお小姓はすずしい顔をして、

「何のことかな」

杭打ちが終わり、スチーム・ハンマーが撤去され、丸太のあまりが撤去されれば、現場の光景は一変する。

地が、ひろびろとする。

空もまた広大になる。金吾は或る日、朝の四時にそこにいた。夏のさかりである。世界はもう昼のように明るいけれど、現場には人足も、職人も、技師もまだ来ていなかった。

こういうことを、金吾はときどきする。

ひとり西のはしへ行き、四、五歩くらい、草原へ足をふみいれる。宮城へ向かって礼をしてから、くるりと体の向きを変えてみた。

目の前の空《くう》には、いずれ駅舎が、

（建つだろう）

金吾は、そう思った。こちらへ中央玄関を向けつつ地上三階建ての偉容をたかだかと見せつけるだろう。いまはただ地面が四メートル刳《く》り抜かれているだけ。

地下階のぶんの穴である。金吾はそのふちへ行き、しゃがみこんで見おろした。落ちたら、けがをしそうな高さだった。穴の側面は土留《どど》めのための木の板で覆われ、穴の底は、ちょうどコインをならべたように、縦横に、丸太の断面がならんでいた。ゆうべは雨がふったのだが、コインとコインのあいだの土はただ黒っぽく濡れているだけ。小さな水たまり一つなかった。

水たまりの有無など、べつだん地盤の強固さの証明にもならぬ。がしかし、金吾はどことなく安心して、

「よし」

つぶやきつつ、ふたたび立った。この上に、つぎはコンクリートの絨毯《じゅうたん》を敷くわけだ。絨毯の厚さは、一・二メートル。

「こいつは、かんたんだ」

実際、かんたんな作業だった。その後わずか一月で終わってしまった。基礎工事が完成したのだ。実際はまだまだ付属室やら、南北へのびる高架やらのため杭打ち工事はつ

づくのだが、ともあれ駅舎の本屋《ほんおく》に関しては、ここからがいよいよ本番になる。

駅舎の構造は、純粋な、つまり煉瓦だけの煉瓦造ではない。

内部に補強の鉄骨を入れる、いわゆる鉄骨煉瓦造にした。まずは鉄骨の組み立てから。

この工事を請け負ったのは、金吾たちが、

†

——石川島。

と呼ぶ会社だった。

正式名称は、株式会社東京石川島造船所（現在のＩＨＩ）、すなわち造船会社である。

鉄道の駅とは一見すると縁もゆかりもないみたいだが、船というのは、ことに大型艦船というのは、要するに動力つきの鉄製ビルディングである。

厳密には、鋼鉄製である。たとえば船体内部を階層状に区画し、かつ船そのものの強度と剛性を保持する甲板は、これはビルディングの床ないし天井にあたる。

いちばん上の上甲板は、そのまま屋根にあたるだろう。船の外板はビルディングの外壁だ。その大きさや形状が、用途に応じ、一隻ごとに異なるのもビルディングと同様。どちらの世界にもレディ・メードはあり得ないのだ。

ただし現実に置かれる環境となると、これはもう船のほうが何倍も、何十倍も過酷である。陸上では考えられぬほど激しい雨に打たれ、潮風に殴られ、波にころがされるからだ。

そのぶん船の柱や梁はよりいっそう強固でなければならず、しかも適度に柔軟でなければならない。そういう厄介きわまる構造材の組み立てにおいて卓抜した技術を持つからこそ、鉄道院は、このたびこの造船所をえらんで仕事を発注したのだった。そもそも組み立てる以前の鉄骨からして、この会社は、工場で自作してしまうのである。

彼らの仕事は、じつに能率的だった。

長短さまざまの鉄骨が、つぎつぎと専用の貨物鉄道ではこびこまれて来る。それを職人たちは、ときに寝かせたまま、ときに垂直に立てた上で、

ふわり

と空《そら》へもちあげる。

もちあげるのは、やはり機械である。

蒸気機関の動力のついたクレーンが二基、敷地のはしに立っていて（そのときどきで場所はことなる）、ななめに首をのばしこみ、フックを吊りおろしている。

首はわりあい細いので、まさしく鶴《クレーン》のそれに見える。そのフックに鉄骨をロープでゆわえつけ、宙へ浮かせ、目的のところへ運びあげるわけだった。

そこで鉄骨を組み立てる、ということは、要するに鉄骨どうしを固定する。

たとえば「T」の字のかたちに固定したい場合、具体的には、接合部分にL字型の金属板をさかさにあてて、穴をあける。

その穴へ、リベットをさしこむのだ。

リベットとは手のひらに乗る大きさの、胴の長い、金属製の鋲《びょう》だけれども、これはあ

らかじめ地上でまっ赤になるまで熱してあるので、さしこめば、突き出た向こう側をたたいて変形させることができる。

さめれば鉄骨および金属板のその部分は、もう半永久的に動かないわけだ。

これを何本もくりかえす。それこそ金属板の表面がびっしりとリベットの頭で埋まるまで。この鋲打ちの作業を見ることは、じつのところ、金吾のひそかなたのしみだった。

「うつくしいものだな、あの仕事は」

と、葛西万司にも言ったりした。設計はもちろん金吾自身がしたのだし、工事そのものも、べつの場所で見たことがある。がしかし、これほど大規模な現場のそれを見るのは生まれてはじめてで、規模がちがえば、作業の質もまったく、

(ちがう)

そのことを、金吾は痛感したのだった。リベット一本うちこむのにいちいち一分も二分もかかっていては、よそならともかく、中央停車場《ステーション》の骨組みは永遠に完成しないのである。

今回の現場では、職人は、どうやら三人一組が基本らしい。

かりに名前をA、B、Cとすると、職人Aは地上にいる。小さな角窯《かくがま》に石炭をくべ、リベットをざらざら入れて、ひとつずつ出す。

出したときには、まっ赤である。

摂氏千度をこえるという。むろん手づかみは無理なので、ながい鉄ばさみでつまみ出して、

「ヨーイ」

声とともに、Aは鉄ばさみを上へしゃくる。

リベットというこの雀《すずめ》よりも小さな締結部品が、背中ごしに、回転しつつ飛んで行く。

受け取るのは、足場の上の職人Bである。

「ホッ」

とみじかく気合をかけつつ、腰を落とし、左手をのばし、鉄の缶のなかへおさめる。がらん、と陽気な音が立つ。その缶へやはり鉄ばさみを突っ込んでリベットをつまみ出し、身をひねり、例の接合部の穴にさしこむと、向かいの足場の職人Cが、これは無言でかんかんと金槌をたたきこむ。

リベットはたちまち変形し、もうひとつ頭ができる。これで鉄骨および金属板はしっかりと前後から固定されたことになるが、そのころにはもう地上から「ヨーイ」の声とともに次のリベットが飛んで来て、がらんと缶で受け取られるのだ。

ことばで説明すると長ったらしいが、実際は、四、五秒の作業にすぎなかった。まことに素早いのみならず、それはまた美術的な光景でもあった。何かの都合で終業がのび、夕闇のなかの仕事になると、金吾はしばしば、少し離れたところから眺めてみる。

職人たちが、影絵である。

地上の影絵がひょいひょいと腕を動かすたび、無数のリベットが、西の空とおなじ色にかがやきつつ、急流をさかのぼる鮎のように跳ねあがっていく。

缶の影にすいこまれる。眺めるうちに鮎の動きが緩慢になり、やがて完全に停止して、

一枚の絵となってしまう錯覚すらおぼえてしまうほど、それほどつまり、

「うつくしいものだな、あの仕事は」

金吾は、松井清足にも言うことがあった。

ともあれ。

日がな一日、まるで田植え歌のように、

ヨーイ
ホッ
がらん
かんかん
ヨーイ
ホッ
がらん
かんかん

声と音が交錯するうち、骨組みは、一年あまりで完成してしまった。

完成直後、例によって、金吾はたったひとり朝の四時に現場に来た。やはり暑い季節である。一年前、おなじ場所から見たときには四メートルの深さの穴しかなかった地面

の上には、いまはもう、鉄骨の鯨がたかだかと体を横たえている。

朝日を受けて、黒い鉄骨がきらきらしている。木製の足場はもうすっかり取り払われてしまったのである。

鯨の体は、基本的には、横にながい直方体。

ながいというより、

「ながすぎる」

金吾は、つぶやいた。その体格を――骨格をというべきか――決定したのは金吾自身なのにだ。何しろ組み立てられた順番に、右から中央へ、中央から左へと視線を移動させようと思うと、首を大きく動かさねばならない。

まさしく船みたいな感じである。正確には全長は約三百三十メートル、その内部は、もっぱら縦の線で成り立っている。

木造の建物なら、柱の林立といったところだ。横の線はあまりないが、地上三階建てなので、床状の板が二枚ながながと敷きこまれているのがはっきりわかる。三層構造というわけだ（地下も入れれば四層）。

全体的にあらためて見れば、

右

中央

左

の三つの部分が、それぞれ手前へ張り出している。

ということは、容積がたっぷり取られている。これらはゆくゆく、

乗車口（一般乗客用）

乗降口（帝室用）

降車口（一般乗客用）

になる予定である。中央の帝室用乗降口がすなわち駅そのものの正面玄関になるわけで、これらの上には、それぞれ屋根の骨組みが突出していた。

右と左の部分のそれは、お椀を伏せて、少しつぶしたようなかたち。

ゆくゆく黒いスレート（板状の天然石）の皮を張られて兜《かぶと》形のドームになるだろう。中央のそれは、ここから見ると台形をしている。やはり黒いスレートを葺いて寄棟《よせむね》屋根にするつもりだった。

金吾はもういちど全体を見わたし、書類の数字を思い出した。これら鉄骨の総重量は、ざっと、

（三千トン）

かつて呉鎮守府に勤務していた曾禰達蔵は、この数字を見て、

「駆逐艦《くちくかん》なら二隻つくれる。海軍大将にうらまれるぞ」

と冗談を言ったものだが、金吾はそれを思い出した刹那、

「むむ」

つい、にがい顔になった。

その顔のまま、もの思いにふけった。あたりでは雀が鳴きだしたようである。背後か

ら、

「どうしました」

「わっ」

おどろいてふりかえると、草地の上に、ひとりの男が立っていた。

この暑いのに三揃いの背広をきっちりと着こんで、笑顔を見せつつ、ひたいに汗を浮かべている。上着くらいは脱げばよさそうなものだけれども、几帳面というより、そういう用心ぶかい性格なのだ。金吾は、

「金井《かない》君！」

「おはようございます、辰野先生」

「こんな早朝にどうしたのだ。よからぬ事件でも？」

「先生が呼んだんじゃありませんか」

言われて金吾は、

「ああ」

頭のうしろに手をあてた。そういえば、きのうの夕方、ここを引き上げるときに、

――あすの朝四時、西のはずれの、中央玄関を正面から見る場所に来てくれ。

たしかに言った。金吾は、

「いや、これは失敬した。いや何だね、大したことじゃないんだが、私は工事が一段落するたび、ここへ来て、誰にも邪魔されず考えをまとめる習慣なのでね」

「はあ」

「いまだ完成していない細部についての発想も湧くし、何より気分がいいじゃないか。後学のため、君も見ておくといいと思ってね」

「それはそれは、ありがとうございます」

金井は念入りに一礼すると、ポケットから白いハンカチを出し、くるくると両手で海苔巻《のりまき》のように巻いた。

その側面をひたいにあて、下から拭《ぬぐ》いあげてから、

「それにしては、いま、渋面をしておられたような」

「見ていたのかね」

「ええ」

金井は、ハンカチをポケットにしまった。

（こういう、男だ）

と金吾は思った。おそらく十分前くらいには来て、

（遠くから、俺の様子を）

他意はないだろう。くりかえすが用心ぶかいのだ。どんなことでも石橋をたたいて渡らなければ気がすまぬ。

金井彦三郎《ひこさぶろう》、四十五歳。

金吾にはほぼ干支《えと》ひとまわりぶん年下である。もともと東京帝国大学ではなく、攻玉社《こうぎょくしゃ》という私立の技術者養成学校の生徒だったが、卒業後は東京府土木課を経て鉄道院に入り、中央停車場の担当となった。

国がよこした監督者、ということもできる。十分前に来て人の様子をうかがうがごとき慎重さも、ひょっとしたら性格以上に、或る種の職務への忠実さ、役人かたぎのせいかもしれなかった。

金吾は、

「渋面は、いつものことだよ」

と応じ、また渋面をつくる。金井はあっさり、

「そうですか」

と言っただけで語を継がず、金吾の顔を見たままなので、金吾はしかたなく下を向いて、

「……複雑でね」

「何がです」

「この胸の、思いがさ。君たちは学校で、こう教わらなかったかね」

と、金吾はそこで顔をあげて、むしろ教えを乞いたいというような目の色になり、

「建築というのは、芸術性が大事である」

「教わりました」

「私もおなじだよ。若いころコンドル先生にそう教わったし、ロンドンのバージェス先生にもたびたび言われた。ただ雨露しのげればいい、使い勝手がよければいい、地震でたおれなければいいというのではなく、それらの条件をみたした上でさらに見る者を、ないしその内部《なか》に生きる者を、精神の充実へとみちびかなければならぬ、それが真の値

打ちだと。ところが金井君、これはどうかね」

金吾は、鉄骨の鯨のほうへあごをしゃくり、

「あれに芸術性があるかね」

「……」

「軍艦や鉄橋とどうちがうかね。だいいち現場が機械化されすぎた。むかしながらの職人の手作業はどこへ行ってしまったんだ。スチーム・ハンマーだのクレーンだのと、石炭のにおいを嗅がぬ日はないくらいだ。日銀のときは……」

そんな非人間的なことはなかった、と言おうとして、

（日銀）

われながら、ぎくりとした。

「妻木」

つい、口に出た。あの生まれも育ちも赤坂仲之町、千石どりの旗本の家の出身である妻木頼黄の顔が浮かんだのだ。

日銀のときは、きまって金吾のいないときに現場にあらわれた。

部外者にもかかわらず小気味いい江戸っ子ことばで人足たちへ説教したり、若い左官へ「俺のとこへ来ねえか」と言ったりしたというから目ざわりなこと甚《はなは》だしい。万事こだわらぬ性格である事務主任・高橋是清でさえも、「妻木が来た」と金吾に報告するさいは、深刻な顔をしたものだった。

妻木のほうの言いぶんは、おそらく、いや確実に、

——日銀は、俺がやるはずだった。

というものだったろう。それを無法にも、金吾が横から奪い取った。

そんなことはない、と金吾は何度も話し合おうとしたけれども、妻木の態度はかたくなだった。学会や宴会で席がとなりどうしになってすら、目を合わせることもしないくらいで、金吾の感情も、おのずからとげが生じる。

(横取りなどと、負け犬の遠吠えもいいところだ)

あるいはいっそ、

(俺より五つも年下なのに、なまいきな)

そんなところへ、七年前、横浜にあの建物が建ってしまった。

金吾には、息がつまるような事件だった。よほど仏頂面になっていたのだろう。金井彦三郎が、

「あの、えー、辰野先生」

「何だね」

「妻木先生が、どうしましたか」

「何でもない」

「そういえば」

と、金井はぽんと手をたたいて、身をかがめ、ご機嫌をとるような口調になり、

「そういえば高橋是清氏、日銀の総裁になりましたねえ。そもそもは辰野先生のお仕事が縁だったのでしょう?　ながらく副総裁の座にありましたが、新聞によれば……」

「言うな！」

金吾は、ほとんど叫んだ。金井は目をまるくした。金吾の脳裡では、是清は、いまや恩ある師ではないのである。

どころか逆に、

（忘恩の徒）

金吾にはかねて、是清を、

——救った。

という自負がある。

ペルーの銀山で負けて破産同様の境遇にあったところを日銀工事の事務主任に採用したのは、むろん金吾自身ではないけれども、しかし金吾がそこで金庫の鍵をあずけ、帳簿をあずけ、在庫品目一覧をあずけ、ほとんどいっさい口出しせず、ぞんぶんに仕事させたからこそ是清は当時の総裁・川田小一郎の目にとまり、

——正金《しょうきん》へ行け。

と命じられるに至ったのだ。是清はまことに数字人間だった。無数のそれを瞬時に頭の金庫へたたきこんで忘れることがなく、出し入れ自在、足し引き自由、ほとんど奴隷のように使いこなした。

正金とは、横浜正金銀行。

外国為替業務を専門的におこなう半官半民の特殊銀行である。是清はつまり、その本店支配人へと転じることを慫慂《しょうよう》されたのだ。

たいへんな抜擢にほかならなかった。川田の稀有《けう》な豪胆さがここでも世に示されたわけだが、これにより是清は、区々たる建築専門の事務屋であることをやめた。ひろく日本金融そのものの、海外へ向けた顔になったのだ。

おりしもこの銀行は、業務拡大のさなかにあった。本店がたいそう手狭になったため、

――そろそろ、新築を。

そんな話も出ていたという点では、かつての日銀とまったくおなじ。となると当然、その設計は、

（この、俺へ）

金吾はそう期待した。ほとんど確信に近かったので、売りこみにも行かなかった。ところが結局は、

――妻木頼黄と決定。

その一報を聞いたとき、金吾は絶句した。

若い所員があわてて左右から来て脇の下へ手を入れ、ようやく立たせることができたくらい足の力がすっかり抜けた。内心は狂焔《きょうえん》につつまれた。よりにもよって是清はどうしてあんな子供じみた疫病神などに一任したのか。

ほかならぬ「恩人」である自分をさしおいて。いやいや、ひょっとしたら妻木のほうが何か策を弄《ろう》したのかもしれぬ。この世は闇だ。金吾は思わず、

「横取りだ」

つぶやいてしまった。のちに知ったところでは、是清は、この件には無関係だったの

だが。

設計を妻木にやらせろとそもそも最初に言ったのは、実際には、頭取・相馬永胤《そうまながたね》だったのである。是清にとっては上司にあたる。相馬はたまたま若いころ、法律、経済をまなぶためアメリカに留学したことがあり、そこで妻木と会い、仲がよかったのだとか。

要するに、情実人事のようなもの。

それならまあ勘弁してやらんこともないかと金吾の感情はいったんは少しやわらいだものの、しかしその様式が、

——ドイツ式、ネオ・バロックと決定した。

と聞いたときには、また胸中の火がふくれあがった。妻木め、あきらかに、

(あてつけている)

何しろネオ・バロックといえば、金吾の日銀の様式である。均整美よりも躍動感、静的よりも劇的。しかしながら金吾自身はドイツ滞在の経験はなく、いわば本で学んだだけだったのに対し、妻木のほうは二年間のベルリン留学の経験があるばかりか、日本へまねかれる前のヘルマン・エンデおよびヴィルヘルム・ベックマンという大物にじかに師事している。正真正銘のドイツ派である。

——生半尺《なまはんじゃく》は、ひっこんでいろ。

金吾はそう言われた気がしたし、七年前、その建物が完成したのを見たときには、

(たしかに)

それほど横浜正金銀行本店の姿はみごとだった。こんにちの神奈川県立歴史博物館で

ある。白い石で覆われた、ごつごつした外観。四周の壁にずらりと立つコリント式の列柱（ただし付け柱）、正面上部の豪儀なペディメント（三角破風）。

何より、そのペディメントの上の巨大なドーム。

高さは十九メートルというから本体とさほど変わらないのに、頭でっかちな感じがまったくしない。曲線の輪郭のさながら弓をひきしぼるような緊張感のせいだろう。ぐるりと八つ穿《うが》たれた円窓《まるまど》も、その円窓のあいだにほどこされた八頭のいるかの彫刻《ドルフィン》も、いやになるほど目を引く。

見る者は、あるいは日銀とおなじ人物の手になるものと思うかもしれぬ。その上で、

――ずいぶん上手になったなあ。

などと嘆じるかもしれぬ。

（たしかに）

金吾はほとんど泣きたくなった。たしかに日銀よりうまい……とまでは譲る気はないにしても、少なくとも、妻木とくらべると、金吾はやっぱりルネッサンス寄りだった。均整美というものを捨てたようで捨てきれず、静的な秩序というものを克服したようで克服していない。そのぶん上品な雰囲気があると言うこともできるけれども、

（真のバロックには、遠い）

そのことを金吾はみとめざるを得ず、そのみとめざるを得ないぶんだけ胸中の、是清へのうらみは増すのだった。われながら逆うらみ以外の何ものでもなかった。

なお是清は、結局のところ、落成時はその建物の人ではなかった。

落成以前に、ふたたび日銀へ転じたからである。

あらたな肩書きは事務主任ではない。副総裁だった。この副総裁の活躍は、日本金融史上、もっともきらびやかだったろう。外債募集に成功し、戦費をあつめ、日露戦争そのものを勝利にみちびいたのは高橋是清その人である。その功績によって戦後は貴族院議員となり、男爵の爵位をさずけられ、そうして最近、とうとう総裁の座に就いた。

金融界の王になった。もちろんこんな消息を金井彦三郎はただ新聞で知っただけであり、それ以上のものは何もなかったろう。

金融界への興味もほとんど持たなかったろう。いま是清の名を挙げたのも、おそらくは金吾になつかしさという心の甘味を提供することで、

——機嫌を、なおしてもらおう。

という年下らしい配慮からにすぎず、それが逆に大声を出されて、

「申し訳ありません。辰野先生」

頭をさげた。真率そのものの行動だった。もっとも金井は、頭をあげてもまだ目をまるくしている。理由がわからないのだろう。金吾ははっとして、

「すまぬ」

「いえ」

「過去は過去だ。もう変えられぬ。かんじんなのは未来だな」

「はあ」

と、金井の返事は曖昧だった。金吾はかまわず、

「これから煉瓦だ」

「はあ？」

「金井君」

金吾はうつむき、革靴のかかとで草の根っこを蹴ってから、

「私はもう、生涯、石づくりの建物はつくらぬだろう。コンクリートも……」

「え？」

「いや、何でもない。とにかくこの駅に関しては、私は、煉瓦と心中するつもりだ。それくらい覚悟している。もしもこの駅に芸術性があるとしたら、それはただ煉瓦によってである。それ以外ではない」

また顔を横に向けた。

夏の朝日はいつのまにかドームの骨組みの上に浮かんでいて、しかもなお、目でわかるほどの速度で上昇している。きょうも暑くなりそうだった。

ドームの骨組みは、逆光線のなかで影絵になっている。なるほど一種の人工美がある。

金井がそれを見て、

「芸術性、ですか」

のんびりと言った。

「芸術性だ」

金吾はこのとき、失言をしたことに気づいていない。

爾後《じご》終生、心をしめつけることになる鉄の枷《かせ》のような失言を。

†

中央停車場の建設工事現場は、五日後から、煉瓦職人の占拠するところとなった。百人は、ゆうに超えただろう。

彼らは毎朝まるで水をながしたようにコンクリートの基礎の上にひろがり、しゃがみこみ、目地鏝《めじこて》をひるがえしつつ赤い煉瓦をひとつずつ積んだ。

やがて内壁となり、外壁となるべきものである。鉄骨の鯨は、その骨のすきまが、煉瓦の肉で埋められだしたのだ。

積みかたは、何の変哲もない。

いわゆるイギリス積みである。最下段は煉瓦の長手《ながて》（長いほう）を横にならべる。二段目は小口《こぐち》（みじかいほう）を横にならべる。三段目は長手、四段目は小口、また長手、小口……単純明快で施工しやすく、強度もすぐれていることは、西洋のながい歴史が証明している。金吾は迷うことなく採用した。煉瓦そのものも定評ある日本煉瓦製造社製の、頑丈で、耐火性の高いものを使用している。

けれどもこの部分は、実際は、人目にふれることはない。

人目にふれる部分は——そこだけは——べつの積みかた、小口積みでやるからだ。

小口積みというのは、その名のとおり、小口だけを見せるやりかた。

一段目も小口、二段目も小口。ただし二段目、四段目、六段目……は半個ぶん横にずらして積む。

このほうが外観はきれいになるわけで、煉瓦自体もこちらのほうは、品川白煉瓦《しながわしろれんが》社製の、頑丈さにはやや欠けるけれども陶器のようにつややかなものを採用した。

実質優先の内部の煉瓦、見た目優先の化粧煉瓦、どちらにしろ出荷時の厳格な品質確認を命じたことは言うまでもない。作業はすこぶる順調に進んだ。

金吾は連日、現場を見た。

それは安心できる光景だった。スチーム・ハンマーやクレーンの出る幕でもないので、蒸気の噴出音がない。石炭のにおいもしない。人間だけが声を出し、音を立てる太古以来の人類のありかた。安心のあまり、或る日、家からじかに三菱九号館三階の事務所へ行った。

つまり、現場を経由しなかった。葛西万司がおどろきの顔を見せて、

「どうしました、朝から」

「朝から自分の事務所へ出勤するのが、そんなに異例の行為かね？」

「あ、いや」

「いくら私でも、たまには都会へ出たいよ」

と言ったのは、現場のほうは、まわりが広大な草原であることを揶揄したのだ。

所員たちが、わっと笑う。金吾はさらに、帽子かけに帽子をかけながら、

「銀座南鍋町《みなみなべちょう》に開店したカフェーパウリスタ、なかなか評判いいじゃないか。私はロンドン帰りだからね、コーヒーにはうるさいぞ。ひとつ昼めしがてら行ってみんか。私がおごる」

「やったあ！」

と、こぶしをにぎる者もあり、

「……っちゃ！」

と小倉弁まるだしで声をあげる者もあり。小倉弁のぬしは仕様書作成および会計担当の久恒治助《ひさつねじすけ》だった。この事務所には、日本各地の出身者がいる。

或る種の実業家のように自社の社員をすべて同県出身者でかためてしまう、そういう偏狭な愛郷心とは金吾はまったく無縁だった。

そんなわけだから、午前中は、まるで撞球場のような雰囲気だった。金吾はにこにこしっぱなしだった。が、そろそろ正午《ひる》というときに、

ばたり

とドアをあけ、血相を変えて入って来たのは、松井清足である。金吾は自分の席についたまま、

「お帰り、松井君」

「ええ」

「大阪はどうだったね」

「わざわざ行くほどの用事でもなかった。手紙一通ですむ話です」

「そうかね」

「先生」

机の向こうに立ち、背広の内側へ右手を入れて、

「お目にかかったら渡そうと思って、ずっと懐中しておりました。受納してください」

背広から出したのは、白い洋封筒だった。

机の上に置き、ずいと押し出してくる。その表面《おもてめん》には、やや色あせたブルーブラックの走り書きで、

辞表

「長いあいだお世話になりました。ご恩は一生わすれません。今月ぶんの給金はいただかなくて結構です。餞別《せんべつ》もご無用」

「お、おい松井君」

と声を上ずらせたのは金吾ではない。共同経営者・葛西万司だった。松井のただならぬ様子を見て、あわてて駆け寄って来たのである。

机の横に立ち、しかし生来のおっとりした口調で、

「松井君、藪から棒にいったい何だね。こんなもの、早くしまって……」

「しばらく口を緘《かん》してくださいませんか、葛西先生。私は辰野先生と対決している」

「対決って……」

「松井君」

金吾は呼びかけると、あごを上げ、ゆっくりと背もたれに背をあずけて、

「クイーン・アンが、まだ気に入らぬかね」

「そんな話は、終わりました」

「ならば煉瓦造が不満なのかね。それはおかしい。なるほど私は当初、コンクリートでやるつもりだった。煉瓦はただ貼るだけだと君にも言明したけれども、着工前に図面があらためられるのは、この世界ではむしろ常道。最後には君も同意した」

「同意しました、しぶしぶながら。問題は着工後だ。先生はあまりにも姑息ですよ」

「姑息？」

「おい松井君、ことばがすぎるぞ」

と葛西が割って入るのを無視して、松井は、

「だってそうじゃありませんか、辰野先生。基礎がすみ、鉄骨がすみ、いざ煉瓦積みがはじまったら私へきゅうに用事を言いつけだした。つまらぬことで大阪へ行けだの、広島へ行けだの。まるで私がよからぬ騒ぎでも起こすに決まってると……」

「謝罪しよう」

金吾は身を起こし、すわったまま頭を垂れて、

「たしかに大した用事ではなかった。不本意だったろう。だがそれは他意はないのだ。ほんとうだ。大阪《あっち》の事務所は、看板こそ『辰野片岡』の名を掲げているが、事実上は片岡安君にまかせっきりだからな。手紙一通ですむ用事でも、人が行かねば将来禍根《かこん》をのこしかねない」

「わかりました。それは不問に付すとしましょう。ですが先生」

「つばを飛ばすな」

「こっちを見てくださ
い先生。私がいちばん腹が立ったのは、じつは金井さんなんだ」

「金井？　鉄道院の金井彦三郎君か？」

「ほかに誰がいますか。先生は少し前、あの人にこう言ったそうじゃありませんか。『中央停車場に芸術性があるかね、軍艦や鉄橋とどうちがうかね』と。事実ですか？」

「事実だよ」

「私はそれを金井さんに聞いた瞬間、かちかちと歯が鳴りましたよ。それくらい腹が立った、というより、もはや理解不可能だったのです。先生と私はまったくちがうところを見ている。先生は過去を見、私は未来を……」

「それこそ理解不能だよ。もっとちゃんと説明したまえ」

「辰野先生」

「だから、何だね」

「そもそも、なんで……」

「はやく言え」

「なんで建築に芸術性が必要なんです？」

「って、君」

金吾は、舌がもつれた。

ことばを発しようにも、唇がぴたりと顔に貼りついた。なんで人には衣服が必要なのかと聞かれたようなもので、返答のすべがない。あんまり自明でありすぎる。松井は机に両手をつき、身をのりだして来て、

「個人の別荘のようなものなら話はべつですが、大建築となると、これからはもう芸術の時代じゃない。様式や装飾の時代じゃないと言いかえてもいいでしょう。バロックだ、いやルネッサンスだなんて畢竟《ひっきょう》どんぐりの背くらべだ。過去の遺物の小ぜりあいだ」

「それが過去の遺物なら、未来は何の時代になるのかね」

「効率」

松井は断言し、胸をそらした。

「効率？」

「ええ」

と、松井は、あたかも自分がその国の貴族であるかのような口ぶりで、

「これからは建築も効率の時代だ。まちがいない。ここで言うのは工事の効率という意味ではなく、それもまあ含みますが、それ以上に空間効率という意味です。なぜなら」

なぜなら日本は今後ますます発展する。何しろ日露戦争に勝ち、経済規模も毎年のように大きくなっているのだから、いずれ世界に冠たる国家になる。

当然その首都たる東京の人口はよりいっそう増えるはずで、それを容《い》れる建物の数も増えねばならない。ところが土地のひろさには限界がある。

「そうでしょう、先生？」

「うむ」

「となれば、そこでもとめられるのは様式じゃありません。装飾じゃありません。そんなのただ場所ふさぎなだけですからね。建築物の理想の形状はおのずから『方形』とい

うことになるでしょう。出っ張りもなく、引っ込みもなく、可能なかぎり内部空間を利用し得る、となりの建物との隙間もせまくできる……」

「そんなものは建築じゃない。ただの箱だ」

「そう、まさしく箱を置くのです。東京は箱だらけの街になるべきなんだ。何のことを言っているのか、先生おわかりでしょう?」

金吾はうつむき、うめくように、

「ビルディング、だな」

「そのとおりです」

松井はうなずき、腕を組んで、

「それも高層ビルディング。このところ成長いちじるしい新興国アメリカ、それもニューヨークやシカゴには、すでにして二十階とか三十階とかの建物もあるそうですし……」

「私も学会の報告で聞いたよ。もはや箱ですらないな。四角い鉛筆をぶすぶす刺しているようなものだ」

「うまいこと言いますね。わが東京の理想の地だ。土地のひろさには限界はあっても、空の高さには限界はない」

「だが松井君、ここも」

と金吾は顔をあげたけれども、松井がすばやく、

「ここもビルディングだ、なんて先生まさか言わないでしょうね」

「……」

「なるほどこの三菱九号館をはじめとした丸の内の建物群は、現在の東京の、つまり日本の、最先端のオフィス街だ。ビルディング街ということにもなっている。私自身、そのなかで仕事させてもらったことが誇りでないとは言いません。が、しょせん三階建てのクイーン・アンでは理想には遠いと言わざるを得ないのです。様式も様式、装飾も装飾。いまだ古着をぬぎきっていない新しがり屋というところでしょう」

松井はもはや、堰《せき》を切ったあばれ川だった。なおもつづけて、

「そもそも煉瓦造では、これ以上の高さは無理でしょう。どうにもならぬ。躯体の強度が保《も》たないし、かりに保っても、地震が来たらどうなるか。三十階の高さから煉瓦がドドドドと華厳《けごん》の滝よろしく落ちる絵は、建築家には、あまり愉快なものではないでしょう。ビルディングというものは、どうしても、鉄筋コンクリート造に行き着かなければならないのです」

「まだまだ先だよ、わが国では」

と金吾がようやく言ったのへ、

「でしょうね」

松井は一瞬、鼻で笑うような顔になり、

「先生なら、そうおっしゃると思ってました。だから辞表を出したんです。世界の風景が決定的に変わるとわかっているのに、それに背を向けて恥じぬ六十翁にいつまでも師事していては……」

「五十八だ！」

金吾は大声を出し、立ちあがった。

これには松井も腕組みをとき、反射的に、

「失礼しました」

「受納する」

「え？」

「辞表を受理する。出て行きなさい」

金吾は、ドアのほうを指さした。葛西万司が、

「先生！」

金吾は葛西のほうを向き、ため息をついて、

「説得はむりだよ。早晩こうなることは予想していた。なるほど私は老いたのだろう。若者の前途をふさいではならん」

言いながら、

（降参）

その二文字が脳裡に浮かんだ。俺はいま白旗をあげたのだ。
四、五年前のことが思い出された。金吾は松井とふたり、神戸の和田岬へ行った。東京倉庫という三菱系の物流会社が二階建ての倉庫をつくるのに、
――鉄筋コンクリートでやってみる。

と聞いたので、視察におもむいたのである。ほとんど日本初の施工例だった。

が、現場の作業を見るうちに、

（粘土だ）

金吾は、腹を折った。

胃のものを吐き出しそうだった。それくらい生理的に受けつけなかったのだ。むろんコンクリートなら金吾は日銀でたっぷりと使用している。自家薬籠中のものといえるだろう。けれどもあれはもっぱら基礎にもちいたのであって、いうなれば、石の絨毯を敷いただけ。

それがここでは鉛直方向である。外壁にしたり、内壁にしたり、ましてや人の背よりも高い二階建てとなると、

（こわい）

粘土で家が建つはずがない。かりに建っても雨がふればどろどろになる。地震が来れば猫背になる。そんなことはあり得ないと頭ではむろんわかっているのだ。設計者・白石直治《しらいしなおじ》による合理的な説明もじつにすらすら理解できる。しかし結局、ただの理解にすぎなかった。

金吾の胸の奥のもっとも動物に近いところ、いっそ本能と呼ぶほうが適切かもしれない部分はどうしても解き放たれることがなく、金吾をいよいよ息苦しくさせた。帰りの夜汽車のなか、松井はうわごとのように話しつづけた。

「すごいですね先生。ほんとうにすごい。コンクリートはアルカリ性だから内部の鉄筋は百年経っても錆びないだなんて、天の摂理としか思われない。あれなら理論上、建物

はいくらでも大きくなることができる」

金吾はぷいと横を向いて、

「理論だよ」

「先生」

「もう寝よう」

松井はたぶん、あの瞬間、はじめて金吾をうたがったのではないか。人の老い、あるいは人の終わりを見たのではないか。

だとしたらそれは正しいのだろう。金吾はその後も偏見を克服できなかった。このたびの中央停車場の建築にさいしても、コンクリートどころか鉄骨を少々使っただけでもう芸術性がないだの、鉄橋や軍艦とどうちがうかだのと言い立てるしまつ。われながら、はっきりと時代に遅れていた。

松井清足は。

かつて、金吾を神とあがめた。

赤坂新坂町の家での宴会では葛西といっしょに直立して詩吟をうなりすらしてくれた。その松井にとうとう自分は、

（見はなされた）

金吾はそう思わざるを得なかった。自分はいま辞表を受納したのではない。受納を余儀なくされたのだ。

金吾はまたため息をつき、すとんと椅子に尻を落として、

「葛西君」

「はい」

「給金は日割りで支払おう。あとで松井君の家へとどけてくれ」

「……承知しました」

葛西がうつむき、唇をかむ。松井は一瞬、みょうに尊大な笑みを浮かべると、

「さようなら」

背広の前をかきあわせ、きびすを返した。

ドアのノブをつかもうとするのへ、金吾が、

「松井君」

「何です」

松井は立ちどまり、首だけを金吾のほうへ向けた。金吾はやわらかな声で、

「いくつだね」

「は？」

「君はいくつだ、いま」

引き止められるものと思っていたのか、拍子ぬけの顔をして、

「三十五です」

「……そうか」

「もう若くありません」

「そうだな」

「急がねば」

ばたりと出て行ってしまった。葛西がきゅうに荒っぽくなった。机の上の洋封筒をとり、上部をびりびりと指でちぎりながら、

「金井さん。よけいなことを」

かすかに東北なまりが入っていた。葛西の故郷《さと》は盛岡である。つい出てしまったのだろう。金吾はあごを動かして、

「それはちがうよ」

「え？」

「君の言うのは、金井彦三郎君のことだろう？　あれはたいへんな慎重居士だ。石橋どころか鋼鉄製のトラス橋でも叩いて渡ろうという男だ。おそらく松井君へは単なる世間ばなしのつもりで言ったのだろう。こんな事態をひきおこすとは夢にも思わなかったのだ。そんなことより葛西君」

「はい」

「私もこれで……」

「これで？」

「コンドル先生になったわけさ」

金吾はふたたび立ちあがり、体の向きを変えた。

椅子のうしろは、窓である。

その前に立ち、窓の外を見おろした。通りを人々が行き交っている。背広を着た者も

いるし、羽織をはおった者もいるが、しかし男ばかりではない。和服の上に外套《がいとう》を着こんだ若い女があるいは上司らしい背広の男とならんで、あるいは女どうし何かおしゃべりしながら、風のように去って行く。

かつて日本橋の日銀本店が完成したとき、その門前を歩いていたのがもっぱら年長年少の男子だけだったことを思うと、おなじ東京で、まったくちがう光景である。

日本橋と丸の内の差ではない。明治と大正の差だろう（厳密にはこれは明治四十四年のことであり、大正は翌年からだが）。そうして中央停車場が完成すれば、その前の広場にはいよいよ女がふえるにちがいない。

いよいよ輝いて見えるにちがいない。彼女らが街の建物をいろどり、街や建物がまた彼女らを粧《めか》しこませる。人の外装と街の外装の相互作用。これもたしかに建築家の仕事。

金吾はようやく、

「もちろん」

つぶやいた。

もちろん自分は離反したわけではない。コンドルに対して辞表を出したこともないし、「あなたのもとを去る」などとわざわざ宣言したこともない。

いまでもおりおり手紙を出している。いちおう忠実な弟子のつもりだが、しかし日銀の仕事を彼から奪い、その奪う過程で、政治家たちの眼前で彼の仕事を徹底的におとしめたことは事実なので、その点では、いまの松井清足よりも裏切りの度が激しかった。少なくとも、恩をあだで返したことはまちがいなかった。

あのときのコンドルの心持ちが、ようやく少しわかった気がした。いまさら謝るような話でもあるまいが、とにかく直接、ひさしぶりに、

（会いたい）

会って、ことばを交わしたい。金吾は通りをながめることをやめ、ふりかえった。部屋のなかを見た。とたんに若い所員たちが机に向きなおり、書きものをはじめたのが、みょうに愛らしく感じられた。

ペンの動きがせかせかしている。その日はそうする気にはなれなかったけれども、翌日の昼、金吾は、約束どおり全員をカフェーパウリスタにつれて行った。コーヒーはなかなかうまかった。

†

松井清足は、ほどなく海軍に入った。

技師として諸施設の建築に従事した。やはり様式よりも効率、芸術品よりも構造物へのこころざしが強かったのだろう。

もっとも、そこも数年でやめてしまった。独立して大阪の片岡安とともに片岡松井建築事務所を設立したものの、やはりうまく行かなかったのは、設計者としての実力以前に、そもそも一社会人としての人間関係の建設のしかたに問題があったのか。結局は、ふたたび大組織に所属することになった。

大林組に入社した。大林組は大阪が本拠でありながら、中央停車場の工事も請け負っ

たため、かねて知人が多かった。その伝手《つて》をたよったのである。或る意味、金吾が世話した就職先といえぬこともない。最終的には取締役東京支店長にまで昇進し、人生の体裁をととのえた。いっぽう建築学会のほうでも短期間ながら副会長に推されたので、まずは面目をほどこしたといえる。松井清足の名は、同業者には知られた名だった。

昭和二十三年（一九四八）、七十二歳で死去。この物語に登場する建築家のなかでは、ほとんど唯一、第二次大戦後まで生きた人である。そのころもまだ東京には二十階建てのビルディングはなかった。

†

中央停車場の壁体《へきたい》および床の工事は、結局、まる二年かかった。

この完了を以て、建物はいちおう、

——できた。

ということになる。

それから内装工事、電気工事、給排水工事、暖房設置、外構工事、鉄道施設の設置等にさらに一年半かかり、すべてが完成したのは大正三年（一九一四）十二月十四日。開業式の、わずか四日前。

そもそもの基礎の着工から数えると、六年九か月の長丁場だった。工事にかかわった職人等はのべ七十五万人、じつに東京市の人口の約半分を投入した計算になる。何しろ賃金だけでも巨額だった。

最終的な総工事費は、二百九十八万円（駅舎本屋《ほんおく》のみ）。にわかには比べられないものの、これは日銀本店の二・六倍にあたる。まぎれもなく金吾の生涯最大の仕事だった。

建物は。

地上三階、地下一階。

面積約二千三百坪、延床《のべゆか》面積約七千三百坪。高さが三十四メートル（左右のドーム部分）であるのに対し、南北の距離は、じつに三百三十五メートル。

高さ一に対して幅が十、という比率になる。

そのシルエットはつまり極端に横長なわけで、これは建築界では不評だった。ことに若い世代には不評だった。金吾の弟子であるはずの帝大卒の伊東忠太でさえも、後年「明治以降の建築史」というエッセイのなかで、

其の様式手法を見れば其の中に悲惨なる煩悶《はんもん》の存するを感ずるであらう。


と微妙な言いまわしながら否定の姿勢を明確にしたほどで、ほかの連中も、おもてに出ないところで、

——あれじゃあ平蜘蛛《ひらぐも》だ。

などと言った。

——あんなもの、辰野式ルネッサンスだよ。

というのは、いっとき流行語のようになった文句である。図面の上ではいちおうルネッサンス様式となっていることをとらえて、要するに、自己流にすぎぬと決めつけたのである。

これはまた、外国人の目にも同様だった。鉄道院総裁をつとめ、のちに東京市長にもなった後藤新平《ごとうしんぺい》は、アメリカに出張したさい、

「日本は土地代が安いから、あんな扁平な駅がつくれるのだ」

とからかわれた。もっとも後藤も稀代の負けずぎらいだから、即座に、

「ならアメリカに東京駅を縦にしたような駅があるか」

と、やけっぱちじみた反論をしたが。なお東京駅というのは正式名称である。中央停車場は、開業と同時に、名称があらためられたのである。

利用客にも、不評だった。

もっともこれは横長のデザインがというよりは、むしろ、イギリス流に出入口をわけたことが原因だった。向かって右（南）のはしを入口専用、左（北）のはしを出口専用としたために、たとえば浅草、神田から来た客はただ屋根の下へ入るためだけに南のはしまで延々と歩かなければならず、逆に新橋、銀座から来る者が降車客をむかえようとすれば、北のはしまで足をはこばなければならなかった。

駅舎内部は、当然、一方通行のようになる。

これがまた便利のようで不便だった。地方から初めて来た人は――この駅にはまことに多いわけだが――どちらに行くのが正解なのかわからず右往左往することになるし、

この駅を使いなれている都会者にとっては——これもひじょうに多いのだ——そんな田舎者は川のなかの岩だった。ながれを妨げることおびただしく、危険ですらある。東京駅はこうして都鄙《とひ》感情の戦場になった。田舎者が都会者を目のかたきにし、都会者が田舎者への侮蔑《ぶべつ》をふかめる。或る意味、中央集権の最前線。

なおこの決まりが撤廃され、南北どちらも出入口兼用となるのは駅舎の完成から三十四年後、敗戦をはさんだ昭和二十三年（一九四八）のことである。こんにちも、そのようになっている。

しかしながら。

右のごとき同業者の不評、ないし物理的不便にもかかわらず、この駅のかたち自体は、じつは市民たちに好評だった。

新聞や雑誌がおおむね、

——立派だ。

とか、

——国の威信がいよいよ高まる。

というような紋切型ながらも温順なことばで表現したのも一因だが、ほとんどの政治家、財界人も同様だったあたり、要するに、しろうと受けは上乗《じょうじょう》だった。

理由はいくつか考えられる。まずは何よりも規模である。使用された煉瓦の数は、

内部の構造用　七百六十七万個

表面の化粧用　九十三万個

という途方もないものであり、これは日本の煉瓦造（厳密には東京駅は鉄骨煉瓦造）の建物としては空前であり絶後だろう。立地がいわゆる「三菱が原」で、まわりに何もないことも、この駅をいっそう大きく見せた。金吾が生涯、建築界における自分の像をそう見せたがったように、この駅舎もまた、富士山じみた独立峰だった。

もっとも、規模よりも重要なのは、デザインそのものの安定感だったろう。風格があるとか、うつくしいとかいう以前に、

――倒れない。

その安心を、わかりやすく人々にあたえたのである。

これはまた金吾のねらいでもあった。欧米とくらべて、日本は、

――地震が多い。

というのは、この時代、日本人の常識だった。そのぶん巨大建築への恐怖ないし不信感はほとんど動物的なまでに高かったところへ、東京駅は、ひとつの解答を示したのである。

精神安定剤を投与した、と言ってもいいだろう。ただしこの場合、結果的に、この常識は正しかった。九年後、大正十二年（一九二三）にマグニチュード七・九、死者行方不明者計約十万五千人、東京の全戸数の七十パーセントが倒壊または焼失したといわれるあの関東大震災が起きたからである。

東京駅は倒壊せず、工学博士・辰野金吾の名は、これを機に、一介の建築家であるこ

とを超えて偉人のけしきを帯びるようになる。或る種の国士である。そのときには金吾自身はもう死んでいたけれども。

いずれにしろ、東京駅のデザインには過度の安定感があった。

国民はそこに、

――たよりになる。

あらたな先入観を抱くようになった。駅のうしろで仏像の光背さながらに光明を放つこの国の鉄道そのものへの信頼。

国家そのものへの信頼。そうしてもちろん、駅と正対して立つ宮殿《おおとの》の奥つ方にまします天子への近代的な信頼。

日本の駅。

としか呼びようがなかった。こんな好意あふれる見かたの果てに、国民はいつしか、

辰野式

という語をもちいるようになる。

正式な学術用語というよりは高等俗語にちかいけれど、どちらにしても若い建築家たちが「辰野式ルネッサンス」などと嘲《あざけ》った、あれとは正反対の意味である。赤煉瓦の外壁に白い石の横線が強調され、縦長の窓が整然とならび、それぞれがやはり白い石でふちどられる。

屋根は黒い切妻ふう（東京駅は中央部）。これだけそろえば辰野式だと、そのくらいの大ざっぱな鑑賞だが、ルネッサンス、アール・ヌーヴォー、インターナショナル・ス

タイル……世界にはいろいろな様式の名があるなかで、個人の姓を冠したものは例がない。

世界的な名声を博したガウディ、ル・コルビュジエ、フランク・ロイド・ライト等ですら浴することのなかった名誉である。ここでもまた金吾の名は建築家であることを超え、日本文化そのものの代表となった。

むろん厳密には、辰野式は、金吾の独創でも何でもない。クイーン・アンの一変種である。本場イギリスはしばらく措くとしても、日本でも先行例がいくらもある。一丁倫敦のためしはすでに述べた。金吾はその建築家人生の冒頭でイギリス人コンドルにまなび、ロンドンに留学し、帰国後は日本銀行本店のドイツふうを押し立てることで出世して、その頂点でふたたび帰英した。

（結局、イギリスか）

東京駅はその戻りみちの、文字どおり終着駅となったのである。

金吾自身、自覚している。

自覚するほどに、

（会いたい）

その念がいよいよ増した。コンドルに会えば、このわれながら数奇きわまる一生の意義がわかるのではないか。

†

東京駅の建物に関して、唯一の心のこりは、天子にこれを見せられなかったこと。

金吾は、

（間に合わなかった）

責任を感じた。

実際のところは自然の摂理である。当時の総理大臣・桂太郎とともに金吾の説明をじかに聞いてくれたあの存在は、五年後、あの宮殿内で病死した。

明治天皇と諡《おくりな》された。それはいい。問題は埋葬先だった。京都の伏見桃山陵《ふしみももやまりょう》。じつのところ、

――天子自身が、そう望まれた。

と聞いたとき、金吾は、

「まさか」

絶句した。

「まさか。まさか」

思いがけず取り乱した。なるほど天子は京都うまれである。まだ徳川の世だった嘉永《かえい》五年（一八五二）、御所のなかで産声をあげ、本来ならばそこで政治家というより一種の祭祀《さいし》者として生涯が終わるはずのところ、維新とともに東京へうつり、国家元首として住みつづけた。

そのときどきで地方に滞在する用があったにしても、結局は、

（東京のお方だ）

その印象が金吾にはあったし、だからこそ金吾自身の、

——江戸を、東京にする。

という畢生《ひっせい》の仕事も、つねにこの人とともにあるような気がしていた。或る意味、最強の援軍だった。その援軍にとつぜん東京に背を向けられ、しかももう永遠に帰って来ないというのでは、

(だまされた)

呆然とせざるを得なかった。自分の半生とは、明治四十五年間とは、

(何だったか)

東京駅のデザインは、三部構成である。

左右はつまり北のはしと南のはしで、それぞれ一般客用の出口、入口にあてられたことは前述したが、全体から見れば両者はいわば巨大な勝手口にすぎぬ。

正式な玄関は中央部にあり、黒い切妻屋根をいただいている。辰野式の心臓部である。その下部はn字状にくりぬかれ、近代文明の象徴というべき円形の時計をはめこんで、さながら宮城《きゆうじよう》へ時間を伝えているかのようだった。

時計の下は、窓をもうける。

窓の下は鉄扉をしつらえ、車寄せをつけ、帝室専用とする。もちろん出口、入口を兼ねるのである。東京駅の正面玄関は、こうしてただちに天皇の玄関となった。開業式の日にそこを通ったのは、天子だった。

明治十二年（一八七九）うまれの、旧幕の世を知らぬ、あたらしい元号「大正」時代を主導する若き天子。先代と同様、京都で即位の礼をあげた天子。金吾はその案内をして帝室専用の貴賓室へ入りつつ、

（去った）

そんな気が、しきりとした。明治は去ってしまったのだ。

第七章　空を拓く

くりかえすが、東京駅の竣工は大正三年（一九一四）十二月十四日、開業式の四日前だった。

そのさらに二日前の、夕暮れどき。

ほとんどの職人が帰りじたくを始めるなか、金吾は、入口専用の南口を出たところに立ち、金井彦三郎を呼んで、

「たのむ。例のやつ」

鍵をまわすまねをした。金井はみるみる不安顔になり、

「辰野先生。やっぱり、およしになるほうが……」

「だいじょうぶさ。前にも一度やったことがある」

「その話はうかがいましたが、当時と現在じゃあ……」

「現在のほうが安全だよ。技術が進んでいるからね。きょうは風もおだやかだった」

「先生の身に、万一のことが」

と、金井がなおも横を向き、ためらいの色をあらわすのへ、

「そのときはそのとき。天が見放したということさ。君の責任じゃないよ。さあ」

返事を待たず、きびすを返した。

こつこつと靴音を立てて入口をくぐり、駅舎へ足をふみいれる。建物自体は完成している。宮城から見ると左、中央、右とわかれる全体のうちの右の部分。ちょうどドームの真下にあたるところで立ちどまり、首をまげて上を見た。

あざやかなクリームイエローの天井が、頂点へ向けて、ぎゅうっと自分をしぼりこんでいる。

まるで小さな、

——天球。

と言いたいところだけれども、その断面は、じつは円ではない。正八角形である。ドームそのものが八角ドームなのだ。だから頂点のまわりも八角皿を伏せたような木組みの線が引かれているし、その外側にも、さらに大きな八角形の線がある。こちらは漆喰で描かれた純白の線。

同心円ならぬ同心八角形。その線と線のあいだには回廊がめぐらされ、その回廊ぞいに、縦長の窓がずらりと横ならびに並んでいる。一辺につき三つである。

だいぶん高い場所にあるけれども、金吾はこれから、その窓をめざして、

（行こう）

目をもどし、壁ぎわに行き、目立たぬドアの前に立つ。

金井に、鍵をあけさせる。開業のためには内密の準備も多いとかで、金吾はすでに、ほとんどのドアや出入口の鍵を鉄道院に引き渡していたのである。

　音を立てて、鍵があく。

　金井を先に歩かせる。そこは従業員用通路だった。駅員ではない。もっぱら東京ステーションホテルの従業員むけ。どうせ巨大な駅舎をこしらえるのなら、そのなかに、昨今流行の外国人むけ高級ホテルをも、

　――置いてしまおう。

　という話が設計の途中でとつぜん鉄道院側から持ちあがり、かと思うと、

　――やっぱり、やめよう。

　と通告されたりして、金吾はそのつど呪いのことばを吐きつつ図面を引きなおしたものだった。いまはなつかしい思い出である（ホテルの開業は約一年後）。通路の幅は、わりあい広い。

　広いけれども、左右の壁は化粧なし。煉瓦がむきだしのままだった。最小限の電灯に照らされて、赤というより栗色のまだらを描いている。

　靴音がひびく。しだいに闇がふかくなる。錫《すず》の焦げるにおいがするのは、どこかで内装か電気設備かの職人がぎりぎり最後の仕事をしているのだろう。いくたびか通路をまがり、階段をのぼり、のぼりきったところの正面のドアをあけさせたら、にわかに光があふれこんで来て、

「む」

目を細めつつ、金吾は光のなかへ出た。

そこは、天空の回廊だった。

目が慣れるのを待ち、上を見る。手のとどきそうなところにクリームイエローの天井がある。

下を見れば、さっきまで金吾がいた場所に男がひとり、チェスの駒のように立っていた。

髪が、うすい。

ことに頭頂部は、あかあかと地肌が光っている。ただし鼻がうんと高く、その下のひげは黒くふさふさしているので、視線はついそっちへ行ってしまう。

金吾は大声で、

「コンドル先生！」

両手をあげ、ふってみせた。男はこちらに顔を向け、青い目を見ひらいて、

「辰野君」

にっこりした、ようだった。金吾のふたつ上だからもう六十三になっているはずだが、全身はまったく横太りせず、あいかわらず杖のように細い。

金吾は手をおろし、

「お待ちしております」

一礼してみせると、背後の金井へ、

「窓の鍵を」

「は、はい」

金井はうなずき、ふりかえり、がちゃがちゃと鍵をあけた。

縦長の窓を、屋外《そと》へあけはなした。下から見たときは小さかったが、こうして見れば、金吾の背より高い窓なのである。

屋外は、何もなし。

ただ夕闇の空がひろがるだけ。もっとも、ここは厳密にはドーム屋根の部分ではない。その下の、壁が垂直に落ちる部分である。

だから窓も垂直である。金吾は靴をはいたまま、まず右足を窓から出した。

下は、何もない。

向こう臑《ずね》が風でつめたい。金吾はそれから左足も出した。尻を窓枠の上に置く。足場はすでに取り払われている。もしも尻をすべらせたりしたら、おのが身は、たちまち三十メートル下の地面にたたきつけられるだろう、頭脳は、そう、

（まくわ瓜）

背後から、

「辰野先生……」

と、金井のほとんど泣きそうな声がする。金吾は雲を見たまま、両足をぶらぶらさせてみせて、

「心配ないって。私は嘉永うまれだぞ。木のぼりには慣れてる。さあ、はやくコンドル先生をお連れしてくれ」

「……はい」

金井が行ってしまうと、金吾はひとりぼっちである。

下を向き、目をとじた。

風がつよい。背広の裾がはたはたと羽音《はおと》を立てている。それでも窓はカタリともいわず、ましてや駅舎そのものは無音の鎧《よろい》をとくことをしない。

まことに、どっしりとしたものだった。ほんとうは高いところが決して得意ではない金吾にすら、この安心感は格別である。あの新橋停車場《ステーション》の家鳴りのひゅうひゅうから、ずいぶん遠くへ、

（来たものだ）

感慨にふけるうち、左どなりの窓がカタリと鳴った。

目をあける。建てつけの問題ではない。ただ単に、こちらと同様、開錠され開放されただけ。

コンドルがひょいと顔を出して、

「来ましたよ」

おなじように右足を出し、左足を出し、窓枠の上に腰かけた。

やはり両足をぶらぶらさせてみせる。こういうときの行動様式というものは、どうしたものか、洋の東西はないらしい。

金井が姿を消し、ふたりきりになるや、

「ひさしぶりですね、辰野君」

コンドルのほうが口をきった。金吾が、

「おひさしぶりです」

と応じると、コンドルは、青い目をつぶすようにしてほほえんで、

「私をこの素敵な席へまねいてくれたのは、辰野君、ひょっとしたら私に謝罪したかったからではありませんか？　ずいぶんむかし、伊藤博文、山尾庸三の両氏の前で私を批判し、日銀本店の仕事を横取りした、その乱暴な行為への謝罪を」

「まさか」

と金吾も微笑して、

「そんなことより、はるかに深刻な告白をするためですよ。私はあのとき先生のイギリス式を否定し、ドイツ式を採りましたが、結局は」

顔の横の赤煉瓦の壁をこんこんと指のふしで打って、

「このとおり、イギリス式に低徊《ていかい》しました」

「それは、個人的な退歩ではないでしょう」

と、コンドルは反論した。あなた（金吾）はただ自分たちの——コンドルと曾禰達蔵の——丸の内オフィスビル街に合わせただけ。丸の内があるから東京駅がある。東京駅があるから丸の内がある。

独立峰と連峰の関係である。こんにちの東京駅まわりの風景とはつまるところ富士山と日本アルプスの組み合わせなのであり、その組み合わせは、彼ら三人の日本近代一期生によって成された。

「岩崎さんも、よろこんでる」

と言ったのは、岩崎久彌《ひさや》、現在の三菱財閥の総帥のことだろう。さらにコンドルは、

「だいたい建築家というものは、君も知っているでしょう、一生のあいだに複数の様式に手をつけるのが昨今はむしろ当たり前。今後またドイツ式をやるかも、あるいはフランス式に……」

「それが、ちがうのです」

「ほう？」

「いや、この駅舎の様式そのものに関しては先生のおっしゃるとおりです。丸の内に合わせたクイーン・アン。しかしながら正直なところ、或る時期から、私の頭を占領したのは様式の問題ではありませんでした。むしろ非様式というか……」

「非様式？」

「様式とは別の要素、といいますか。建築材料です。私はとうとうコンクリートを使わなかった」

「……」

「使うこともできたのに、結局は、芯の芯まで赤煉瓦。骨の髄までイギリス式」

「聞きましたよ」

コンドルはうなずき、ネクタイの結び目をなおしながら、

「松井清足君ですね。私もその材料は見たことがあるが、私の感想はあなたとおなじ。あの可塑《かそ》性の高さでは、手を出すのは勇気がいる」

「先生もですか」

「もちろん」

「安心しました。少し」

「ほんとに？」

師に問われて、金吾はすなおに、

「私は、私は……わからなくなりました」

「将来の自分が？」

金吾はうなずき、

「過去、現在も」

「だからですか」

と、コンドルはこちらへ顔を向けたまま、少し両手をあげ、あくびをするようなしぐさをした。金吾は、

「え？」

「君が私をここへ来させた、ほんとうの理由はそれなのですね。何しろ私とは、もう三十年も前になりますか、鹿鳴館の屋根にのぼりましたから」

話をつづけた。そう。三十年前ふたりはならんで東京を見おろし、激論を交わし、あるべき未来をのぞんだ。

或る意味、金吾の一生をきめた体験。その体験をふたたびすれば、過去の自分もわかるだろう、現在の自分もわかるだろう。

ひょっとしたら将来の道も、

「見えるかも。あなたはそう期待したのでしょう」

「ちがいます、先生」

「え？」

「屋根ではありません。足場の杉板の上でした」

と言うと、金吾はちょっと頭をさげて、

「おっしゃるとおりです」

「どこの窓枠にも座りますよ、君のためなら」

「感謝します」

金吾は顔をあげ、前方を見おろした。

東京駅《ここ》は、鹿鳴館から近い。

見る方向も三十年前とおなじ西なので、おのずから、おなじ地域が視野におさまる。

――外桜田。

とか、

――永田町、麴町。

などと呼ばれるあたり。むろん偶然ではない。そのためにこそ金吾はこの窓をえらんだのである。

が、街のありかたは、一変していた。

まず何よりもお濠が消えていた。あのときは手前から奥へ、二本の川がながれていて、右が内濠、左が外濠だったのだが、いまはもう内濠はともかく外濠はすっかり埋め立てられている。

かつては途中でふくらんで自然の池そのものだった赤坂の溜池も、いまはもう、どこにあったかすらわからない。ただただ陸にふさがれてしまった。

いや、厳密には、外濠そのものは埋められていない。

いちおう残るには残っている。けれどもそれはコルセットで締めあげたように狭窄《きようさく》な上、極度の直線になっていた。お濠というよりは用水路、用水路というよりは、（溝《どぶ》）

その右側は、つまり外濠と内濠のあいだの土地ということになるが、これがまた往年の姿をいささかもなつかしむに足りなかった。

往年は、そう、旧武家地だった。福岡藩黒田家四十七万石、広島藩浅野家四十三万石、彦根藩井伊家三十万石などの上屋敷がべたりと甍《いらか》の屋根を伏せ、庭をひろげ、これでもかと言わんばかりに空間のむだづかいを競っていた。

若い金吾はその光景をほとんど憎悪したものだが、いまやそれらの屋敷はとりこわされ、庭はつぶされ、かわりに官庁がつめこまれた。大まかに言うなら黒田家は外務省になり、井伊家は陸軍の土地になったのである。

ことに陸軍は、仕事の性格の故でもあるのか、空間効率がたいへんにいい。あまり広くない土地のなかに陸軍省や、参謀本部や、陸地測量部の庁舎が、積み木をかたづけたように収まっている上、空地まである。

この空地は、ゆくゆく正式な、

——議事堂を、建てる。

と決まっている土地なのだ。逆に言うなら、この国の議会は、明治二十三年（一八九〇）の開会以来じつに二十四年ものあいだ仮設の議事堂しか持っていない。日比谷の窮屈な土地のなかで、木造のそれが、焼けては建てられ、焼けては建てられをくりかえしているのだ。相撲とりですら定場所の国技館を持っているのに。

とにかく、官庁群は整理されている。みんなみんな、

（西洋建築）

金吾は、ふしぎな感情に襲われた。

見た目だけの問題ではない。外務省や陸軍の諸施設など、なかみもちゃんとした石造り、煉瓦造りなのである。火が出ても焼けぬだろう、地震が来てもつぶれぬだろう。以前のそれは外観こそ西洋ふうだったけれども、実際は木の柱と土壁の旧幕式にすぎなかった。

私邸も同様。あちこちに侯爵鍋島《なべしま》家、有栖川宮《ありすがわのみや》家、閑院宮《かんいんのみや》家などの邸宅がひそんでいるが、みなやはり堂々たる西洋建築。

その最たるものは、陸軍諸施設のさらに奥、ほかならぬ皇太子の家だろう。東宮御所である。フランスのヴェルサイユ宮殿をちぢめて置いたような地下一階、地上二階建ての白亜の洋館は、総面積約四七〇〇坪、工費約五一〇万円、おなじコンドルの弟子であり工部大学校の同期生である片山東熊の代表作にほかならぬ。

もっとも、完成の前に先帝（明治天皇）が崩御し、皇太子は天皇になったので、家のあるじはいないらしく、名称も赤坂離宮と変わったというが、事情はどうあれ、あの長州奇兵隊あがりの剽軽者《ひょうきんもの》が、

（この域に）

逆に言うなら、奇兵隊あがりまで動員して、あるいは曾禰達蔵や妻木頼黄のような維新の敗者まで動員して、

（東京は、拓かれた）

そのことは、まちがいなかった。

水平方向にも、垂直方向にも。これが勝利でなくて、いったい何か。

三十年前、鹿鳴館の屋根で、いや杉板の足場でこの地をながめおろしたとき、金吾は、

——東京は、空箱《からばこ》だ。

とみとめ、その東京を、

——人間の整理簞笥にする。

と決めたものだった。単なる野心ではないつもりだった。東京を真の首都にするためには、真の日本の頭脳にするためには、人をあつめねばならぬ。

なぜなら人があつまれば情報があつまり、判断があつまり、思想があつまり、利害があつまり、経験があつまり……結局のところ知恵があつまる。社会の進歩の速力になる。それら多数の人々をたくみに容れる整理簞笥づくりこそ男子の本懐、建築家の究極の仕事にほかならないのだと、それが金吾の決意だった。

そうしてその決意は、どうだ、可能なかぎり実現したではないか。

もちろん金吾ひとりの手柄ではない。ほかのたくさんの有名無名の建築家が、大工が、煉瓦職人が、石屋が、左官が、電気工事屋が、ひとしく努力した結果である。しかしそれにしても金吾は右代表というべき立場であり――金吾はそれを自覚している――、東京のみならず、大阪、名古屋、横浜、山形、門司なども同様の整理箪笥になりつつあるということは、

「……勝った」

と、こんどは口に出した。われながら声はかすれている。コンドルが、たぶん前方を俯瞰《ふかん》したまま、

「そういえば君は、あのとき、たしかにこう言っていましたね。『内濠外濠も埋め立てよう』と」

「ええ」

「外濠については、まさに君の意のとおりになった。それにしては、辰野君、いまの君はまるで敗者のような口調でしたが」

「私も、ふしぎです。心のなかで家鳴りがする」

「ひゅうひゅう？」

「ええ」

「その理由は、あれと、あれと、あれかな」

そう言いつつ、老いた師は、ひとつひとつ建物を指さしはじめた。

何をさしているのか、距離がありすぎてわからない。金吾は何となく、

「和風ですか」

「ええ」

眼下には、じつのところ、まだまだ瓦屋根も多いのである。寺とか、商店とか、洋館に併設された生活用の和館とか。金吾は首をふり、

「いいえ。それはもう気になりません。もはや隙間を埋めているだけ、主従で言うなら従ですから」

「ならば君は、ここから見えない東京の東部が気になるのではありませんか。ことに隅田川ぞいの下谷、本所、深川といったあたり」

「それもまた、答はノーです。あのへんもずいぶん西洋建築がふえましたよ。まだまだ開発の余地はあるが、りっぱな首都の一部になった。ことに両国のごときは……」

「国技館もできました」

と、コンドルは言った。相撲という日本の伝統そのものであるような神事ないし芸能ないしスポーツをおこなう定場所でさえ、いまはもう、巨大な鉄傘《てっさん》ドームをいただく円形の西洋建築にほかならないのだ。

「あの奇抜なデザインは、東京中の評判ですよ。いったい誰の作品だったか」

コンドルが大きく首をかしげるので、金吾は苦笑して、

「私です」

「そうでした、そうでした。しかし和風のお屋敷でもない、下町の様子でもないとなる

と、君はいったい何がそんなに不満なのです？　のどに刺さった魚の骨のように。やっぱり松井清足君なのかな」

「……」

金吾は、ノーと言わなかった。その理由も、たしかに、

（ある）

早い話が、もしもこの窓枠の上に松井も腰をおろしていたとしたら、彼はきっと、

――何が勝利です。

と言うにきまっているのだ。

――この程度では、まったく生半尺ではありませんか。東京はもっと人をあつめねばならぬ。それを容れる建物も、もっと密になり、もっと高層にならねばならぬ。

と、要するに三十年前の金吾とおなじことを。

そうして松井の場合、その高層というのは三階、四階どころではない。それこそニューヨークやシカゴなみの二十階、三十階が目標なのであり、その実現の方法はコンクリート。結局、自分は、

（過渡期の、人間）

金吾は、そう思わざるを得ないのである。

非効率的な江戸屋敷と、より効率的な西洋建築とのあいだの過渡期。江戸と東京の端境期。その東京の西洋建築のなかでも金吾の古典主義的、様式主義的建築はほどなく滅び去るにちがいない、さらに効率的なビルディング建築によって完全に更新されるにち

がいない。ビルディングには、もはや美的要素はないだろう。そこではドームや、列柱や、破風《ペディメント》や、コーニスや、隅石《コーナー・ストーン》や、ドーマー窓などの装飾はことごとく無用の長物であることを超えて、場所ふさぎな障害物、ただの金食い虫でしかなくなるのだ。

とはいえ人間は、真摯《しんし》に仕事するかぎり、誰でも過渡期の人である。旧時代と新時代のあいだでうろたえる浮巣鳥《うきすどり》。ゆくゆく松井もそうなるだろう。金吾は結局、コンドルのほうを向き、

「ノー」

と告げた。

コンドルは、まだ正面を見やっている。

金吾の目に映るのは横顔である。青い目をわずかに見ひらいて、

「ノー、ですか」

「たしかに松井君のことも、気にならぬと言ったら嘘になります。私もかつては松井君だった。しかし私の、この……何というか、全身が脱け殻になったような気持ちは、根本的には、それに由来するのではない気がするのです」

「それならば、何に由来しますか」

「わかりません。私は私の生涯に満足している。江戸を東京にした自負もある。それは事実なのですが」

「ああ、そうか」

コンドルがこちらを向き、拍子ぬけしたような顔になり、

「それを知るために私を呼んだ、でしたね」

「ええ」

話が、もとに戻ってしまった。コンドルはあっさり、

「君自身にわからないものが、私にわかるわけがないでしょう。私はもう、ずいぶん前から君には教えることがないのです。君はそのことに気づいている」

「せ、先生、そんなことは……」

「君がほんとうに心だのみにしているのは、私ではありません」

と、コンドルは断言した。金吾は目をしばたたき、

「え？」

「私ではなく、あの人です」

と、コンドルは、片頰だけで笑ってみせる。金吾は身をのりだし、

「誰です」

「曾禰達蔵君」

「曾禰君？　まさか」

「少なくとも」

と、コンドルはふたたび東京のほうを見て、

「私はもう、何のあてにもなりませんよ。私は、あれです」

身をよじるようにして、自分の左方、うんと手前を指さした。

ひざの横を指さすような感じである。金吾はその先を見た。やはり西洋建築ひしめく日比谷あたりの石色、煉瓦色の大地のなかに、ダーク・グリーンの横長の長方形の絨毯が、一枚、敷かれている。

ところどころ緑色がまだら状にあざやかなのは、電灯がともっているのだろう。

「日比谷公園、ですか」

と、金吾は言おうとした。日本初の近代的公園。

開園はもう十年以上も前になる。かつて東京市から設計を依頼され、めずらしく設計しあぐねて林学者・本多静六におしつけてしまった思い出はいまでも自己憫笑《びんしょう》の対象だが、しかしどうやらコンドルの長い指は、公園ではなく、やはり建物をさしているらしい。

公園の、さらに手前。

屋根のゆがんだ、ちっぽけな赤煉瓦建築。二階建てだった。距離がだいぶん近いので、外壁が薄墨《うすずみ》をひっかけたように汚れていることも見てとれる。

「……先生」

金吾は、二の句が継げなかった。

鹿鳴館ではないか。日比谷公園などよりももっと以前にこの東京にあらわれた、コンドル自身の設計になる官営の社交場。

日本を代表する貴顕紳士たち、淑女たち、外国人たちの夜会の舞台。

或る意味、日本外交の最前線だった。けれども夜会で外交をやるような、そんな上っ面だけの欧化主義はつまるところ長つづきせず、この建物は、開館からわずか七年後にはもう華族会館に払い下げられてしまっていた。ただの華族の集会場になったわけだ。日本最初の流行おくれ物件、ともいえる。そうしてコンドルはいま、その建物にかこつけて、

（ご自分を）

自分もまた流行おくれの外国人になった、そう言いたいのにちがいなかった。事実そのとおりだった。あの金吾に日銀の仕事を奪われた日から――その奪い合いはまさしく鹿鳴館でおこなわれたのだ――二年後にはもう工部大学校（正確には帝国大学工科大学）をしりぞき、教師であることをやめ、さらに二年後には所属する臨時建築局が廃局になっている。

コンドルは、官界の人ではなくなったのだ。

もはや日本政府のもとめはすべて果たしたわけだから、ロンドンに帰り、家族と会い、ふたたび先進国の市民にもどることも彼はできる。他のほとんどの御雇外国人がそうしているようにだ。しかしながらコンドルはその後も帰国のそぶりすら見せず、東京にとどまり、西紺屋町《にしこうやちょう》に設計事務所を開設した。

ひきつづき、後進国の建築家でありつづけたのだ。しかも民間の。

言いかえるなら、金吾と同列の人になったわけである。いや、むしろ、

――金吾以下。

と言うほうがいいかもしれぬ。なぜならコンドルは建築家としては三菱の顧問となり、

らである。

丸の内オフィス街の計画を担当した反面、国家からはもう大計画への慫慂《しょうよう》がなかったか

せいぜいがイタリア公使館とかドイツ公使館とかで、あとはみな民間からの依頼。個人の邸宅の話も多かった。コンドルは東京という街づくり、首都づくりの第一線から遠ざかって久しく、ふたたび近づく見こみもないのである。

日本銀行本店を建て、その全国の支店を建て、両国国技館を建て、大阪株式取引所を建て、東京米穀取引所を建て、東京駅を建てた金吾とは仕事のスケールがまるでちがう。赤坂離宮を建てた片山東熊にも先に行かれたと言わざるを得ぬ。世にとりのこされたのである。

「なぜです、先生」

と、或る日、片山東熊が聞いたことがある。建築学会でのパーティのおりだったか。

「なぜ先生は、ロンドンにお帰りにならなかったのです」

コンドルは、まがりなりにも名誉会員の待遇である。逆に言うならお飾りであるが、こんなことが聞けるのは多数の弟子のなかでも東熊をふくめ数人しかいない。

コンドルは破顔して、

「以前、母が死んで帰省したとき、人に道をたずねたら英語が通じなかったんですよ。私はもう、よほど日本語なまりがひどいらしい」

もちろん英国流の冗談だろう。ほんとうは複雑な家庭の事情があったのかもしれないし、日本がよほど気に入ったというのも、それはそれで、まちがいのないところだった。

コンドルは、ずいぶん早くから日本画家・河鍋暁斎《かわなべきょうさい》に弟子入りして腕を上げ、

　暁英

なる雅号をもらっているし、寄席にも芝居にもせっせと通っているという。芝居とはこの場合、もちろん歌舞伎のことなのである。

日本舞踊もまた、見るだけにとどまらなかった。前波《まえば》くめという花柳《はなやぎ》流の師匠に弟子入りして、出稽古をあおぐほど熱中した。くめとはのちに結婚して、いまも仲むつまじい夫婦である。しかし何よりコンドルは、

――ロンドンには、もう自分の居場所はない。

そのことを知っていたのではないか。

金吾は、そう推し量っていた。師ウィリアム・バージェスが死んだというのもあるけれど、そもそもが、建築家としてはその程度だった。

日本に来ようが来まいが一流になることはできず、ましてや歴史に名をのこすことはできない、そう自覚したのにちがいないのだ。日本でなら、先駆者として死ぬまで尊敬だけは得られる。

コンドルは或る時期から、つねづね、

――私は、日本に骨をうずめます。

と言うようになった。

その趣味人ぶりは、なるほど日本人よりも日本人である。しかし金吾は、どこか、

（不自然な）

そのように感じたこともあった。たとえば先年、コンドルは、横浜の山手《やまて》で仕事をした。イギリスのケリー&ウォルシュ商会だったかに依頼されて、商館をひとつ建てたのである。

陣中見舞いとばかり金吾が葡萄酒をたずさえて普請現場をおとずれたところ、敷地のはずれに、ばら園があった。

ばら園といっても、コンドルが遊びで植えたのだろう。数えるほどの茎がごちゃごちゃ固まっているだけの簡素なものだった。

金吾はその横へまわり、

「先生」

言おうとして、口をつぐんだ。一輪だけピンク色の花が咲いていて、コンドルは花についた虫を指でつまんで取ろうとしていたのだが、その横顔のきらきらしさ、子供っぽさ、金吾はついに声をかけぬままその場をあとにしたのである。

イギリス人にとってのばらの花は、日本人にとっての、

（桜）

とにかく、コンドルはいま、鹿鳴館を指さしている。

金吾はやはり返事ができぬ。目をそらし、片山東熊の赤坂離宮を見ようとしたが、もうほとんど見えなかった。

その向こうの太陽が、なかば没したためだった。赤坂離宮はその銅葺きの屋根の頂上部がわずかに緑色の光をのこすのみ。あとは水に沈めたように闇のなかへ沈んでしまっ

た。

「辰野君」

コンドルの声がした。

金吾は、コンドルを見た。やわらかな表情で、

「つまりは、ショウブンです」

「は？」

「ショウブン」

とこの英国人はくりかえし、そらに指で漢字を書いて、

「君は人生に成功した。それを素直によろこぶことができない。私の目には、これはもう性分としか言いようがありませんね。むかしからそうでした。息をとめたら人は死ぬように、辰野金吾は、ほんとうは、満足したら死んでしまう」

「先生、そりゃあ」

と、金吾はわれながら間抜けな口調で、

「そりゃあ、ただの貧乏性ですよ」

「はっはっは」

コンドルは、雲にひびくほどの笑いを放つと、

「辰野君」

「はい」

「建築以外でも」

「建築以外でも、法律、医学、化学、歴史学、文学……あらゆる分野でこの国は」

とそこまで言うと、コンドルは眼下の東京へ顔を向けて、

「このように」

「……」

「おっほん」

と、背後で、わざとらしい咳ばらいがした。

ふりかえると金井彦三郎である。屋内の回廊の堅固な床の上に立ち、複雑きわまりない目でこちらを見ている。

怒っているような、哀れみを乞うているような……日も落ちたし、気温もいよいよ低くなった。

——もういいでしょう。

ということなのだろう。金吾が目をまるくして、

「ずっと、そこにいたのかね」

「おっほん」

と、金井はもういちど咳払いして、腰のところで鍵束をふってみせた。ちゃらちゃらと催促がましい音がした。

†

辰野金吾は、たしかにそういう性分だった。

ないし貧乏性だった。東京駅の完成後も、馬車馬のように働いた。スケッチを描き、所員に指示し、人と会い、アイディアを示し、設計料の交渉をする。建築学会で講演し、若手を激励し、ときに子供のように反論する。

ほかの仕事も、どんどん建物のかたちになった。東京駅完成の翌年にかぎっても、

近江銀行（大阪）
百三十銀行八幡支店（福岡）
伊藤忠本店（大阪）
帝国製麻（東京）
函館図書館書庫（北海道）

などがあるし、変わったところでは木造、ほとんど純和風の、

武雄温泉場（佐賀）
同　楼門（同）

なども竣工している。どれもみな東京駅と並行して進めたか、あるいは東京駅以前から長らく進めてきた仕事である。さながら全国の大名をつぎつぎと帰属させて天下人への階段を駆け上がらんとする太閤秀吉のごとしなどと筆おどらせる雑誌記事もあった。

人生の、収穫期。

日本近代の収穫期ともいえる。もちろん厳密には、右はすべて金吾個人の仕事ではない。辰野葛西建築事務所または辰野片岡建築事務所が依頼を受け、そこに所属する技師

たちが金吾の指導のもと、図面を引き、絵を描き、現場を監督したのである。

最近は、ほかの建築家も倣《なら》いはじめた。曾禰達蔵が年下の逸材・中条精一郎《ちゅうじょうせいいちろう》とともに丸の内の三菱七号館内に曾禰中条建築事務所をひらいたのは金吾の東京駅着工の年である。民間建築家の人格は、おしなべて、個人から法人に変わりつつあった。あとにつづく者たちは、作風がどうあれ、主張がどうあれ、ここでも金吾の恩恵をこうむっている。

†

金吾自身のまなざしは、結局のところ、しかし地方を向いていない。国家を向いている、ということは東京のほうを向いている。具体的には、例の、旧井伊家上屋敷跡。現在は、参謀本部はじめ陸軍諸施設の占めるところ。その一部の空地に、

——議事堂を、建てよう。

という話を、またしても政府がしはじめたのである。このたびは大蔵省のきもいりで、金吾へは要するに、

——会議に、顔を出してくれ。

という依頼のかたちが取られた。その名は「議院建築調査会」。調査とは、これまた肩のこりそうな気配。

議事堂建築に対しては、金吾はもともと関係がふかかった。

日銀本店設計に先立つ海外調査は、

――銀行のみならず、議院・諸官衙《しょかんが》の調査もおこなうべし。

という臨時建築局総裁・山尾庸三の命を受けたものだったし、日銀本店完成後は、内務省から、議院建築について協議する委員会「議院建築調査会」にまねかれた。

明治三十二年（一八九九）のことである。ほかの委員は、妻木頼黄、吉井茂則だった。会議に顔を出したところ、開口一番、

「国会は、私がやりますぞ」

と妻木に言われたことはこの物語ですでにふれたが、結局、三人の案のうち、一等と決まったのは金吾のそれだった。

金吾は妻木に、

――勝った。

ということになる。まずは第一戦というところだった。もっとも政府のほうも元来やる気がなかったようで、予算がつかず、話は立ち消えになってしまったが。

ふたたび金吾が声をかけられたのは、十一年後、明治四十三年（一九一〇）だった。

こんどは大蔵省のほうで話がもちあがり、名称も微妙にことなる「議院建築準備委員会」というのが組織されたのである。

ただし、これは八百長じみたところがあって、設計者はあらかじめ決まっているようなものだった。

――政府がやる。

これに金吾が激怒した。激怒としか言いようのない興奮ぶりだった。政府がやるということは、この場合、妻木がやるということだろう。なぜなら妻木はこのとき大蔵省臨時建築部長という肩書きを持っていて、煙草専売局、塩専売局など、同省管轄の庁舎や工場をさかんに新築していた。

大蔵省との関係が、ほかの建築家よりも圧倒的にふかいのである。その世話で設計をやるとなったら、金吾など、妻木の下風《かふう》に立つしかなくなる。

それだけは、

(ゆるせん)

感情が、ふくれあがった。

公私で言うなら、はっきりと私の感情である。もちろん正直に吐露することはしない。金吾はりっぱな正義の旗を立てて反論した。

――議事堂のごとき世界的に見ても重大きわまる建築は、これを政府ひとりの手でやるべきではない。ひろく民間の案をつのるべきである。さいわい、わが国はすぐれた建築家が多数育成されているのだから、設計競技の開催が適当であろう。

設計競技、いわゆるコンペティションである。これに対する政府の回答は、すなわち妻木の回答というにひとしいが、

――なるほど各国の議院建築は、その多くが設計競技による。しかしながら日本の建築界はいまだその例を履《ふ》むことができるほど成熟しているとは言いがたく、人材も豊富ではない。早い話が、もしも設計競技をやったら大家はみな審査委員になるだろう、募

集に応じるのは中流以下ばかりになるだろう。これで最高のものができるかどうか。

もとより妻木は、第一戦での敗北を憾《うら》んでいる。

大蔵省への入省後も、煙草専売局やら塩専売局やらの仕事にたずさわりつつ、この機をうかがっていたふしがある。一例が、矢橋賢吉《やばしけんきち》という金吾の弟子である。帝国大学造家学科を卒業するや、

「君は、格別優秀だから」

いちはやく声をかけて大蔵省にむかえた。優秀で、しかも年長者にきわめて従順であるところを見て、いわば金吾の版図《はんと》から引き抜いたのである。政府案か、設計競技かというこの議論は、世間まで巻きこんで大さわぎになった。

この委員会には、建築の素人も多かった。

帰趨《きすう》は予断をゆるさなかったが、結局、採決は、わずかの差で、

――政府案に。

ということになった。

第二戦は妻木が勝利したのである。しかしながら前回と同様、これも実行にうつされることはなかった。予算の面で頓挫したからである。金吾はほっとして東京駅にかかりきりになり、妻木もまた日本赤十字社本社、門司税関など、自分の仕事を完成させた。

三たび話がよみがえるのは、この騒動の七年後、大蔵省に「議院建築調査会」が発足したことによる。

つまり今回、あの肩のこりそうな名前。今度という今度はあらかじめ閣議で、

――翌年度より、予算を計上する。

と決定しているので実現可能性はきわめて高い。しかし皮肉でありすぎることに、その調査会ではもう第三戦、決勝戦がおこなわれることはなかった。

妻木が、前年に病死したのである。

ずいぶん前から不調だったらしい。さだめし無念だったにちがいないと旧敵の霊へ心を馳せるよりも、金吾は、

(これで、俺のもの)

その歓喜のほうが大きかった。金吾の手口は露骨だった。ほかの四人の委員の人選に口を出し、矢橋賢吉、塚本靖《つかもとやすし》、横河民輔《よこがわたみすけ》、山下啓次郎《やましたけいじろう》……全員、おのが弟子でかためたのである。

その上で、積年の主張をくりかえした。反対意見の出ようはずがない。委員会が出した結論は、

――設計は、これを国内一般の懸賞に付する。

すなわちコンペティションの開催である。これは世間の関心を引いた。世間は金吾の考えの新しさ、公平さ、自己犠牲の精神に惜しみない拍手をおくったのである。金吾の圧倒的な不戦勝だった。

その晩、金吾は、四人の委員を赤坂新坂町の自邸へまねいた。

慰労と称して酒食をふるまった。帰ったあとも上きげんである。和服に着がえて、

「秀子。秀子。酌をしろ」

座敷にあぐらをかき、料理の皿をならべさせ、ながしこむように杯をかさねた。そうして、

「天下取り、果たしたり」

手のひらで何度も卓をたたいた。

秀子は、べつだん制止しない。どんどんついでやりながら、穏やかな口調で、

「慢心しましたか」

「ただの事実だ。うむ、事実にすぎん。何しろ俺は、日銀本店、東京駅と来て、とうとう議事堂までこの手一本でこしらえたのだからな。それぞれ一国の経済の、産業の、そして政治の総名代《みょうだい》たる建物だ。まっこと痛快ではないか、唐津のお城に近づくこともできなかった、あの裏坊主町のこせがれがなあ」

「議事堂は、まだ」

「こしらえたも同然」

「でも設計競技なのでしょう?」

「ああ、あれか」

金吾は虫に刺されたほどにも表情を変えず、

「誰の作をえらぼうが、結局は、俺が手を入れるだけの話だからな。後世の建築史書はまぎれもなく、議事堂の真の作者を、辰野金吾と書くだろうよ」

言い放つと、箸をとり、たっぷりのトマトケチャップで煮た鶏の肝臓《レバー》をひょいひょいと口へ入れた。

ろくに噛まずに呑みこんだ。秀子が、

「まあ」

眉をひそめたのは、食いざまが気に入らなかったわけではないだろう。金吾は箸を置き、からっぽの杯を突き出して、

「俺が尊大に見えるか、秀子。見えるだろう。ちがうぞ。尊大ではない。自信がついたのだ」

「旦那様が？」

「ちがう」

「じゃあ誰が」

「この国がさ」

「この国？　日本が？」

「ああ、そうだ」

金吾は、滔々《とうとう》と弁じた。議事堂設計の募集要項はすでに世間へ公開したが、そこには応募者は日本人のみ、材料もやむを得ぬもののほかは国産品にかぎるという条件をつけた。自分（金吾）がつけろと言ったのである。

「どうだ、秀子、隔世の感があるだろう。日銀本店のときは俺はむしろ営業場のカウンターとか、家具調度がほとんど輸入品であることを自慢したものだが」

「なら……」

「なら？」

「日本もまた、尊大になりました」

「一等国と言え。へらず口め」

金吾は、がらがら声で笑った。夜どおし上きげんだった。

†

矢橋賢吉、四十九歳。

きわめて年長者に従順で、したがって指導教授たる金吾に対しても卒業このかた反抗のけしきすら見せたことがなかったけれども、こと議事堂に関しては、完全に、

（たがが、外れた）

そう思わざるを得なかった。

金吾の言動がである。このごろはもう、

（我意の、ばけもの）

七年前からその気《け》はあった。あのとき賢吉は大蔵省の人間だったため、もっぱら妻木頼黄の意を体するかたちで奔走したのだが、金吾はよほど気に入らなかったのだろう。いっときはほとんど毎日、

「矢橋君。君にはまったく失望したよ。どうして理非曲直《りひきょくちょく》がわからんかね。設計競技しか道はないのだ」

などと激しく叱責されたものだった。

師と師のあいだの板ばさみ。どっちみち自分で手を入れる気のくせに。賢吉は心労の

あまり本気で隅田川へ身を投げようとした夜もあったが、しかし辰野金吾というこの十五歳上の伝説的人物のふしぎさは、休日などに自宅へあそびに行ったりすると、

「よく来たね」

議事堂の話はぜんぜんせず、妻木の悪口すら言わず、もっぱら近ごろの力士の月旦《げったん》などしつつ飲みかつ食らうばかりなのである。そうして夜もふけると、

「気をつけて帰れ」

門の前の通りまで、みずから送りに出てくれる。つまりはただの先生だった。賢吉は心底ほっとするのだが、翌日になると、またしても、

「矢橋君。何べん言ったらわかるんだ」

このたびの調査会の発足にあたり、金吾がまるで七年前のことなど忘れたかのように、

「どうだ矢橋君。委員には君も入らんか」

と声をかけてくれたのは、しかしたぶん師の弟子への愛の故ではなかっただろう。それも少しはあるにしろ、いちばん大きいのは権力固め。いくら妻木が死んだとはいえ、調査会という砦《とりで》はがっちりと自兵でまもらねば、いつまた第二の妻木があらわれるかもしれぬ。議事堂づくりを邪魔するかもしれぬ。賢吉はきわめて従順だから、

「はい。よろこんで」

結局のところ、委員の顔ぶれは、ほかは塚本靖、横河民輔、山下啓次郎だった。金吾はにこにこと、

「辰野一門だ」

もしくは、

「俺が、親方だ」

などと相撲になぞらえてうそぶいたし、大蔵大臣へもそう言った。或る意味、空恐ろしいほどの無邪気さだった。

もっとも、翌年になり、応募図案が寄せられると、金吾はひとつひとつ熱心に見た。賢吉たちを、

「応募者の名前にまどわされるな。有名だろうが無名だろうが関係ない。友達だろうが恩人だろうが忘れるべし。純粋に作品のよしあしで一等をきめるんだ」

といましめた上、金吾自身そのように選考した。一見、清廉な態度のようだけれども、実際には、これもまた金吾流の、

（名誉欲）

賢吉は、そのように受けとめた。日本初の海外留学生、日本初の大学教授、日本初の民間事務所開設者……あたかも子供が石をあつめるようにして建築界における初物《はつもの》の称号を収集してきた金吾にとっては、今回の件も、おそらくは、その石の新しいひとつであるのにちがいなかった。

きらきら光る、とびきりの碧玉《へきぎょく》。国家級の建物を設計競技でやるという日本初のこころみの、発案者にして絶対的支配者。どれを一等にえらぼうと結局は金吾がみずから斧鉞《ふえつ》を加えるのだから、応募者の名前うんぬんは、なるほど大した問題ではないどころか、むしろ無名であるほうがあとくされがないわけだ。賢吉は、すすんで金吾の言うとおり

にした。

ほかの委員もまたそうだった。多数の作品をよりぬいた上、第二次審査が終了したのは、調査会の結成から約二年を経た、大正八年(一九一九)二月二十四日だった。

数日後。

賢吉は、一通の手紙を金吾へ出した。

内容はただの事務連絡である。

――次回の審査会は、三月十九日にひらくこととなりました。

問題はその手紙の送り先だった。金吾から、人を介して、

――しばらく館山《たてやま》ですごすことにする。そのつもりでいるように。

との指示があったからである。

滞在先の旅館の名前と住所も聞いたけれども、館山というのは千葉県南部、館山湾をのぞむ温暖な地で、あまり交通の便がよくない。

東京の人はふつう、物見遊山のためには行かない。療養のために行く。

「先生、何のご病気なのだろう」

そんなことを、ほかの委員と話したりした。転地が必要なほどのそれとなれば、結核か、あるいは胃潰瘍《いかいよう》か。もしも病状が重篤だったりしたら、それこそ議事堂建設の進捗《しんちょく》にかかわるのである。

三日後、金吾から返事が来た。

――承知した。すぐ上京する。

はがきに筆書き。いかにも元気そうというか、字そのものが金吾の声でどなりだしそうな感じだった。

「なんだ」

賢吉は笑うと、かたわらの塚本靖へ、

「一度くらい欠席してくれるほうが、こっちも気が楽なんだがなあ」

と、めずらしく冗談を言った。そもそも次回の審査会は、大した議題はない。休んだところで大勢に影響はないのだ。

塚本は、学究肌である。

賢吉以上に冗談が苦手で、このときも、にかわで固めたような渋面のまま、

「まあな」

と言った。

†

地球規模の話になる。前年、すなわち大正七年（一九一八）より、北半球は猛烈な速度で汚染されはじめていた。

汚染者の名を、

――インフルエンザ。

という。

原発地はアメリカだったらしい。早春の或る日、とつぜん兵営で患者がふえた。症状

はいわゆる風邪に似ていた。発熱、頭痛、ふしぶしの痛み。

みょうに全身がだるい感じ。ただし風邪とちがうのは、死亡率の異様な高さだった。青年だろうが壮年だろうが関係なしに彼らは激しい咳をつづけ、ほどなく青い目の瞳孔をひらいた。肺炎を併発したのである。

もっとも、これだけならば、俗に、

——十年に一度。

といわれる大流行がまた来ただけだといえるだろうし、その範囲も、アメリカ一国を出ることがなかったろう。ところがこの時期は、たまたまとしか言いようがないが、第一次世界大戦の終盤にあたる。

兵士は兵営を出なければならない。彼らはウィルスを保持したまま船に乗り、せまい船室にひしめきつつ、大西洋を横断した。

ヨーロッパに上陸した。

他国の兵と合流し、作戦をともにし、泥濘《でいねい》のなかで戦闘した。

誰かが唾を吐き、痰《たん》を吐き、吐瀉物《としゃぶつ》をまきちらし、それがべつの誰かの服をべっとりと汚すなど日常茶飯事である世界。誰もが手など洗わぬ世界。劣悪な環境下の濃厚な接触の連続によりウィルスはたちまち戦線をひろげる。たった数週間のあいだにフランス兵へ、スペイン兵へ、イギリス兵へ……或る隊では患者がひとりしかいなかったのに、翌日にはもう数百人にふくれあがったという。

そうしてもちろん、彼らのうちのいくばくかは、作戦上の要請により故国へ帰ることになる。

民間人との交渉を持つことになる。恋人、友人、労働者、パン屋、役人……これほどの爆発的な蔓延《まんえん》は世界史上はじめてで、人々はいつしか、

――スペイン風邪。

と特別な名前で呼ぶようになった。スペインが原発というわけではないが、当時この国がヨーロッパの最後進国であったことと、第一次大戦そのものに対しては中立をたもったものの複雑な内戦にあけくれていたため他国兵との接触が存外多かったことが悪印象とむすびついたのだろう。或る意味、スペインが世界を支配した。大航海時代以来の事件だった。

最終的には、アメリカで約五十五万人、イギリスで二十万人。

戦闘による死者をはるかに上まわる数の人々がこの疫病で死ぬことになる。直接の参戦国でなくても、たとえばイギリス人との接触が日常的であり戦場へも無数の人々が徴用されたインドでは一二五〇万人が死んだといわれる。何しろすさまじい伝染力で、流行はなかなか終息しなかった。

いや、終息どころの話ではない。

それは原発から約六か月を経て、とうとう日本へ上陸した。

東京で流行しだしたのは同年十月中旬以降である。まさしく金吾たちが議事堂の応募図案をひとつひとつ検討していたころ。市内だけでも毎日、二百人以上の死者が出たため、火葬場は満杯つづき。ときには市外へ持ち出されることもあった。

鉄道や市電はしばしば遅れ、運休になった。運転士の欠勤が相次いだせいである。有名人もやられた。オックスフォード大学、ベルリン大学等にまなんで自然主義以降の文壇を理論的に指導し、前途はなはだしく有望だった評論家・島村抱月《しまむらほうげつ》があっさりと四十八で死んだことは、その愛人である国民的女優・松井須磨子《まついすまこ》がちょうど二か月後に首をくくり、後追い自殺を遂げたことと合わせて世間に甚大な衝撃をあたえた。彼らの死自体よりもむしろ、疫病の前には、

――有名も無名もない。

という当たり前の医学的事実のほうに人々は恐怖したのだ。

その疫病に、金吾も侵されたのである。館山への転地もそのためだった。気候が温暖で、空気がきれいで、しかも東京から近い場所。

だがこの「東京から近い」という条件が、結局は、療養を不徹底にした。例の、矢橋賢吉からの、

――次回の審査会は、三月十九日にひらくこととなりました。

という手紙が舞いこむや、金吾は返事を書き、旅館をひきはらい、ふたたび上京して審査会へ顔を出したからである。

体調的には、ほとんど最悪だった。

熱はむりやり薬でおさえた。咳はのみこんだ。仕事熱心であることが、ないし、

――人には、弱みを見せられぬ。

という生来の気質のつよすぎたことが致命的になった。貧乏性の極だった。会合のあ

とは酒食をことわり、赤坂の自宅へ帰ったが、ふとんを敷かせて倒れこむとそれっきり二度と立たなかった。

寝返りは打てる。意識もまず明瞭である。しかし体を起こすということの意外な全身運動はもはや不可能になっていて、起こしたいときは、

「たのむ」

と、枕頭につきっきりの秀子へ言うのである。

秀子は、

「はい」

とこたえ、金吾の頭の上へ正座する。

脚をひろげて体をはさみ、両脇に手を入れ、ぐっと上半身をひっぱり上げる。秀子の体そのものが、金吾には安楽椅子の背になるわけである。

会合の翌朝も、金吾はそのようにして体を起こした。

「秀子」

と背後に呼びかけた声は、冬の蚊のようである。秀子は、

「はい」

「俺は」

痰がからんだ。痰壺へ痰を出し、ようよう咳がおちついてから、

「俺は、九州男児だ」

「ええ」

「おまけに癇癪《かんしゃく》もちだから、お前にはずいぶん乱暴をした。若いころは手もあげた」

「ええ」

と、秀子は、おのが頭へ手をやって、

「こぶができました」

「だが或る日、こぶしをふりあげたら、隆《ゆたか》と保が立ちはだかったなあ。あいつらめ、生意気にも『もう殴らせませんよ、お父さん。もしもお母さんに手がふれたら、俺たちがお父さんの腕を折る』とか何とか。あれは隆が……」

「中学生のころ」

「十七だったな」

「十六です」

「悪魔でも見るような目で俺を見やがった。あれ以来、俺はお前を殴れなくなったんだ」

「そうでしたか」

「秀子」

「はい」

「ありがとう」

「え?」

「よく子供たちを教育してくれた。ありがとう」

はっ、と秀子は息をのんだ。金吾はやっぱり正面の襖へ目を向けながら、

「お前を妻としたことを、俺はとても満足に思う」

健康ならば天地がひっくり返っても口にしなかっただろう生直《きすぐ》なせりふ。

秀子は、横を向いた。

ぽたぽたと畳に涙のしみをつくりながら、

「旦那様。あっけないじゃありませんか。あっけないじゃありませんか」

病室には、ほかにふたりの者がいる。

ふとんのかたわらに、ならんで正座している。

ほかならぬその隆と保の兄弟だった。枕に近いほうが隆である。いまや堂々たる三十二歳、結婚して長男も生まれたけれども、ここではたぶんわざとだろう、子供のころの口ぶりで、

「お父さん、そんな神妙なこと言うからですよ。まだまだお母さんを叱ってくれなきゃあ」

「隆」

と、金吾はそちらへ目を向けて、顔をしかめて、

「俺は死ぬ」

「またまた、お父さん……」

「自分の体は自分でわかる。ただの風邪じゃない。お前はもう辰野家の当主なんだ。こんなところで年寄りを眺めているひまがあったら大学へ行け。本を読め。もっともっと勉強しろ」

「してますよ」

「まだまだ。お前の性根は怠け者だ。あの中学生のころののらくらときたら……」

「いまは、ちがう」

と隆が身をのりだし、病人相手に気色《けしき》ばんだのは、よほど自負がつよいのか。

なるほど中学生のころは勉強しなかったし、成績も下から数えるほうが早かったけれども、一高入学後はまずまず試験の点もとれたほうだし、東京帝国大学法科大学(仏蘭西《フランス》法科)に入ったときは、金吾自身、

「法科か。それはいい。国家有為の学問だ」

とよろこんでくれたではないか。

もっとも、入ってしまうと、その後はあまり法律や政治へは興味が向かなかった。文学へ向いた。卒業後は大学院へも進まず、社会へも出ず、何とまあ文科大学へ入りなおしてしまったのである。

すごろくで言うなら「ふりだしにもどる」。途方もない人生のまわり道。学費も一から払わねばならぬわけだけれども、金吾はそれよりも、むしろ、

「文学か」

そちらを嘆いた。金吾の目には文学など、ことに小説など、国家喫緊のもとめに応じ得ぬ無用のしわざとしか思われなかった。

少なくとも、男子が一生をかけるに値する仕事ではない。このころ金吾は、

「隆」

とこの長男を呼びつけて、

「ほんとうに文学に身をささげる気か」

「そのつもりです」

「ちがう。お前は自分をごまかしている。お前はただ文学というものを、社会から逃げるための口実にしているだけなのだ。世間を一種の監獄と見て、その監獄へ入るまでの執行猶予をほしがっているだけなのだ」

ときめつけたが、これはどうだろう。隆はそれこそ中学生のとき、級友である谷崎潤一郎に、

「いまの日本でいちばん偉いのは誰だろう」

と聞かれたことがある。

谷崎は、さだめし、

——政治家か、実業家の名を挙げるだろう。

と思っていたようだが、隆が即座に、

「そりゃあやっぱり、鷗外《おうがい》さんか夏目《なつめ》さんじゃないか」

とこたえたため、びっくりしたという。

要するに隆の文学ずきはすじがね入りで、そのせいだろう、二度目に大学を卒業し、大学院へ進んだあとは優秀な競走馬のようにみるみる頭角をあらわした。

昨年の秋からは仏蘭西文学科研究室の副手に任ぜられ、月々二十円の手当をもらうようになった。社会から逃げるどころではない、隆はこの文学というものを武器にして社

会へ打って出たのである。

勉強は、なお怠ることがなかった。

ゆくゆく学位論文『ボオドレエル研究序説』などによってフランス文学の研究、紹介の第一人者となり、ボーマルシェ『フィガロの結婚』の名訳者と謳われることになり、さらにはその門下から三好達治《みよしたつじ》、小林秀雄《こばやしひでお》、中村光夫《なかむらみつお》、渡辺一夫《わたなべかずお》、鈴木力衛《すずきりきえ》などの詩人、評論家、研究者らを輩出して一時代をつくることになるフランス文学者・辰野隆の素地は、このとき完成しつつあったのである。

その隆へ、病床の金吾は、

「まだまだだ」

となお言う。

「もっと勉強しろ。俺はたまたま曾禰君と専攻をおなじくしたが、曾禰君以上にくそ勉強をして、だから彼を追いぬいて」

隆には、幾百回も聞かされた話である。わざと両耳へ指をつっこんでみせて、

「たこができました」

「保、お前も」

と、金吾はこんどは横の弟のほうへ顔を向けて、

「お前も大学を出たからといって、手をぬくな。人間は生涯勉強だ」

虫の息のくせに、ことばに力がある。保はちらりと兄を見てから、

「わかってます」

保は、隆の三つ下である。

おさないころから相撲がつよく、東京帝国大学法科大学在学中には陸上競技の選手として鳴らしたが、卒業後はスポーツにうつつを抜かしたりもせず、文科へ再入学したりもせず、ちゃんと弁護士をやっている。

金吾には、こちらのほうがフランス文学者よりは理解しやすいのだろう。あまり口出しすることもなく、背後の秀子へ、

「健吉《けんきち》は？」

「いませんよ」

「どこへ行った」

「学校へ」

「あいつは、いくつだったか。十七か」

「十六です」

秀子はくすりと笑ってから、

「わが子の年くらい、わすれないでください」

健吉は、三男である。例の、日銀本店完成の記念日のどんちゃん騒ぎのとき秀子のお腹のなかにいた子。いまはもう中学生なのである。すなわち金吾と秀子のあいだの子は、長姉の須磨子をふくめ、一女三男。

金吾は、いまもなお、秀子の安楽椅子にもたれている。

さすがに疲れたのだろう、秀子へ、

「寝る」

秀子は、

「ええ」

と応じると、両脇から手を抜き、みずから後方へ尻をずらした。

ずらしつつ、金吾の後頭部へ手をあてた。ゆっくりゆっくりと枕へ着地させようとしたのである。

が、人の頭というのは存外おもい。おもみに耐えられず、鉄球が落ちるような具合になった。

「あっ」

と隆があわてて横から手を出して受けとめ、安置して事なきを得たけれども、秀子はこれだけでもう息を荒くして、

「旦那様。旦那様。あしたは梅太郎さんが来ますからね。あの人いいお薬を発明したでしょう。きっと、ききます。あれだけ評判なんだもの」

洟《はな》をすすり、しゃくりあげた。

病人というより自分自身に言い聞かせるような口調だった。金吾がちょっと枕の上で頭をころがしたのは、あるいは首肯のしるしかもしれないが、ほどなく目をつむり、かぼそい寝息を立てはじめた。

と、

「じゃあ俺は、仕事があるから」

もごもご言いつつ、立ちあがったのは保である。スポーツマンあがりの、まだ二十代の、健康を絵に描いたような次男にはこういう空気は耐えられないのだろう。どすどすと音を立てて出て行ってしまった。ついでながらこの次男は、この十九年後、わずか四十八歳で逝くことになる。

次回大会を日本へ招致すべく政府関係者としてベルリン・オリンピックを視察に行ったとたん体調をくずし、帰国して死んだ。直腸癌だった。

そのときにはもう母の秀子も他界していたが、姉、兄、弟は、全員葬儀に参列した。

†

翌日には、須磨子が来た。

隆、保、健吉みんなの姉である。金吾にいちばん年齢が近いからか、顔もいくらか似てしまったし、それ以上に性格のほうが似てしまった。このときも病室へ入るや、枕もとに正座して、

「お父さん。元気？」

「……」

「いまのうち、言うべきことは言っといてね」

遺言しろ、という意味であろう。会話がつねに強行軍なのだ。金吾はあおむきのまま、さすがに苦笑して、

「まだ生きてる」

ふとんの向こう側の秀子が、もう待ちきれないと言わんばかりに、

「梅太郎さんは？」

と聞くと、須磨子は、

「ああ、うちの旦那サン」

という呼びかたをしてから、

「トイレットに行ったよ。栄養学者ってのは几帳面だね。石鹼で手をあらってから来るって」

言ったとたん襖がひらき、その梅太郎が入って来て、

「遅くなりました」

「梅太郎さん」

と、秀子はもう腰を浮かせている。

「あなたの薬、あなたの薬を……」

となりの隆が、

「お母さん」

とたしなめ、さらに須磨子が、あいかわらず東京っ子らしい歯切れのいい口ぶりで、

「前にも言ったでしょう、お母さん。この人のはそういう発明じゃないの。そもそも薬じゃないんだし」

梅太郎は金吾の足ちかくに正座しつつ、

「力不足で、あいすみません」

申し訳なさそうな顔をした。

鈴木梅太郎、ヨーロッパ帰りの栄養学者。

いまは母校・東京帝国大学農科大学の教授をしている。九年前、米ぬかから抗脚気《かっけ》の有効成分オリザニン（ビタミンB_1）を抽出することに成功した。

何しろ脚気という、インフルエンザや結核とならぶ人類共通の敵への一大反撃ののろしである。梅太郎の名はたちまち世界中にひろまった。受賞こそ逃したもののノーベル医学生理学賞に推薦されたこともあり、ロンドンあたりでは、おそらく金吾やコンドルをはるかに上まわる知名度があるはずである。

――鈴木君はいい男だよ。お嫁に行きなさいよ。

と秀子がおさない須磨子へしきりに言ったのは、結果として、みごとな予言だったというべきだが、その須磨子はいまや三十六になり、逆に、母親へかんでふくめるがごとく、

「お母さん、オリザニンはただの栄養なの。脚気にきくの。いくら摂ってもスペイン風邪にはきかないの」

梅太郎が横から、

「でもまあ、持って来ました」

と言い、かたわらの鞄から薬瓶をとりだす。ふかい飴《あめ》色をした、手のひらに乗るような小さな瓶である。須磨子は目をむいて、

「持って来たの」

「まあ」

「でもあなた、きかないって」

梅太郎はちょっと困ったような顔をすると、身をかがめ、妻の耳へ口を寄せて、

「治るかもしれん。気のせいで」

科学者にあるまじき発言である。少なくとも論理的な考察ではないが、これはたぶん、金吾をばかにしたのではなかったし、つめたく見放したわけでもなかった。今回のスペイン風邪に関しては、

――もう、だめだ。

と医者にも匙《さじ》を投げられた患者が、ふとしたきっかけで奇跡的に回復し、再起を遂げたというような実話がときどき新聞や雑誌に載っている。

疫病は、人智のおよばぬ要素がある。梅太郎はそれに賭けたのだろう。

「ほれ」

と梅太郎は、その薬瓶を須磨子にわたし、

「そのまま飲めるよう、研究室で希釈してきた。この家には、ほら、青い江戸切子のおちょこがあっただろう。あれに一杯」

「わかった」

須磨子はしゃきっと立ちあがり、身をひるがえして部屋を出た。その姿が襖の向こうに消えてしまうと、隆はふと、

（そうだ）

思い出したことがある。

立ちあがり、姉を追った。ながい廊下を二度まがったところに台所があり、その入《はい》り口《ぐち》に戸棚がある。須磨子はその前へしゃがみこんで、ひょいひょいと、手なれた様子で引き出しをあけていた。

「なあ、姉さん」

呼びかけると、須磨子は手をとめ、隆のほうを見あげて、

「何だい」

「姉さんは、どう思う」

「何をさ」

「おやじはさ、おやじは……ほんとに建築っていう仕事が好きだったのかな」

われながら、口調がいささか真剣すぎる。須磨子は目をしばたたいて、

「さあね」

立ちあがり、さらに少し考えてから、

「どうなんだろうね。あたしには学問のことはわかんないよ」

「でも姉さんは、むかしから、おやじにいちばん似てるって」

「いやだ」

と、須磨子は露骨に顔をしかめて、

「でも……」

「でも?」

「お父さんは、そんなこと関係なかったんじゃないかな。好きか嫌いかなんて」

「関係ない？」

「だって、お父さん、旧幕のころは唐津でまったく建物なんかに興味がなかったって言ってたじゃない」

「ああ」

「それに」

と、須磨子の言うところは、こうだった。もしも自分（須磨子）がその質問をじかに金吾へぶつけたとしたら、金吾はきっと例の癇癪を爆発させて、

「甘ったれ」

どなりだすのではないか。

そうして、こう言うのではないか。仕事というのは、好きか嫌いかで選ぶものではない。興味があるかどうかでもない。国家がそれを必要としているか否かで決めるものである。

国家が必要とし、なおかつ誰もが手を出したがらぬものであれば、それこそ身をささげるに値する。男子の本懐きわまれり。言いかえるなら、

「人が仕事を選ぶのではなく、国が人を選ぶのである」

須磨子はしわがれ声でそう言うと、ことさら眉間にしわを寄せてみせた。

金吾のまねをしたのである。隆は笑って、

「やっぱり、似てる」

「あんたはそれこそ、好きか嫌いかのほうだけどね」

「ちげえねえ」

隆は、肩をすくめた。何しろ一度は法科大学に入っておきながら、卒業して、まさしく好きだからという理由であらためて文科に入っている。金吾はそのことを、

――文学か。

と露骨に嗟嘆《さたん》したけれども、ひょっとしたらその嘆きは、文学――この場合はフランス文学――という学問への評価の低さに対するものではなく、むしろ隆自身のこの『好き』で人生を決めるという態度そのものの軽薄さに対するものだったかもしれぬ。もちろん隆自身はけっして軽薄に人生をきめたつもりはないのだが、金吾の目には、この点はやはり、

――放蕩息子。

としか見えなかったのではないか。

「ちげえねえ」

と、隆はもういちど生来の東京ことばで応じてから、

「でもさ、姉さん、それは個人の差っていうより、むしろ世代の差かも」

「世代の差？」

「うん」

「どういうこと？」

「それは」

言いかけて、隆はまた口をつぐんだ。これ以上言ったら、

（弁解になる）

そんな気もしたし、弁解以前にうまく説明できなかった。何ぶん、まだ三十二歳なのである。

いくら文学の徒とはいえ、世代という人生経験の上に立たなければ理解しようもない現象ないし仮象を明確に言語化できるほど隆の思考は成熟していない。このとき隆の脳裡にあるのは、もやもやとした、単なる概念の気体にすぎなかった。

もしも言語化するとしたら、それはおそらく、こういうことだったろう。金吾は維新の第一世代である。生まれたときは世の中がまだ徳川の帳《とばり》のなかにあり、成長してから明治がとつぜん眼前に来た。

近代国家が来た、ともいえる。すなわち金吾にとっては国家のほうが年下なので、文字どおり、最初のうちは赤んぼうにしか見えなかったろう。実際、金吾は、日清戦争がはじまったとき、家族全員を呼び出して、究極的におっかない顔で、

――日本などは小国も小国だ。

うなるように言ったものだった。

大国・清に負けることを本気でおそれた。だからこそ秀子や須磨子には「看護婦になれ」と命じたのだし、金吾自身も一朝事《こと》あれば「戦争に出る」と宣言したのだ。

結局はまあ日本が快勝したわけだけれども、とにかくこんな滑稽な取越苦労をするくらい、それくらい金吾の目には日本はちっぽけな、こわれやすいものだった。

さながら駕籠《かご》舁《か》きの駕籠のようなものだったか。日銀本店にあの地階全体を水没させる仕掛けをほどこしたのもまたそんな取越苦労の端的きわまる表現だったことは言うまでもないが、隆たち第二世代には、そんな気分はまったくない。生まれたときには元号はもう明治だったし、千代田のお城には将軍ではなく天子様がましましていた。

国家のほうが、年上なのだ。

しかもみるみる成長している。隆にとって日本とは、駕籠舁きの駕籠どころではない、ガシガシと重厚活発な音を立てて驀進《ばくしん》する鉄製の蒸気機関車にほかならなかった。小さい大きいで言えば大きいことは当然だが、何をおいても、近づきがたい感じがする。あるいは、手のとどかない感じがする。それは赤んぼうになど喩《たと》えるべくもない、非人間的、圧倒的、組織的な存在にほかならず、たとえば「会社」というようなものの延長線上にある抽象性の高いしろものなのだ。

となれば隆は、そのために熱い血を滾《たぎ》らせるなど考えようもない。ましてや日清戦争のときの父のごとき家族までをも生贄に差し出そうという愛《かな》しい責任感など胸の底から湧きあがろうはずもない。個人と国家の関係はおのずからドライというか、冷静というか、一種の契約関係に似たものになる。むろん隆とて、

――貢献しよう。

という気持ちは強いのだ。国家のために貢献しよう、天子様のために身をつくそう。それはまちがいないのだが、しかしその貢献なり献身なりは、結局のところ、おのが利益の追求と矛盾することはない。契約関係であるからには、とどのつまり、

——個人の利益が、ひいては国家の利益になる。

という論理も成り立ち得るし、実際そのようにして社会は回転しているのだから。

この論理ひとつだけでも、金吾の世代には、不純、不潔、不誠実のきわみと見えるにちがいない……隆がもやもやと右のようなことを考えていると、須磨子がふいに、

「隆」

隆はわれに返って、

「何だい」

「あんたは、幸せだよ」

右手には、薬瓶を持ったままである。

ふかい飴色をした小さな一瓶。弟が、

「姉さんもさ」

「あたし？」

「うん」

「あたしは仕事してないよ。女だからさ。もっぱら家のきりもりを……」

「その合間に、いっつも大学野球を見に行ってる。やっぱり『好き』で生きてるのさ」

「ああ」

と、須磨子は、つかのま虚を衝かれたような目の色をしたが、ひじで弟の脇腹をこづいて、

「好きで悪《わり》いか、副手」

「気にすんな。教授夫人」

「うん」

うなずいたら、照れくさいのか、姉はにわかに目を伏せた。それで手のなかの瓶が目に入ったのだろう、

「お父さんに飲ませなきゃ」

しゃがみこみ、ふたたび引き出しをあらためだした。ほどなく梅太郎の言っていた、青い江戸切子のおちょこをつまみあげて立ちあがり、

「お父さん、治るといいね」

「治ったら」

隆はことさら顔をゆがめてみせ、

「治ったら、また叱られるな」

ふたりは病室へもどり、病人のかたわらに座った。

須磨子が薬瓶のふたをあけ、無色透明な液体をおちょこに入れる。病人はすでに身を起こしていて、例の秀子の安楽椅子にぐったりと背をあずけている。

須磨子が、おちょこを秀子にわたした。秀子はそれを手をまわして病人の口にあてがい、かたむけてやった。

ずっ、ずずっと存外いきおいよく薬がすすりこまれる。からっぽになってもなお表情が変わらないので、

「どう？　オリザニン」

背後から、秀子が首をのばした。金吾はこくりとのどを鳴らし、顔をしかめて、

「ぬかくさい」

と言ったので、全員爆笑した。いつの世も、どこの国でも、病室というのは患者のやまいが重いほど周囲がことさら明朗になる。何への抵抗なのだろうか。

秀子がおちょこを須磨子へ返し、須磨子は薬瓶を夫へ返した。夫たる梅太郎は、

「お義父《とう》さん、このおちょこは、こんどは別のものを飲むのに使いたいものですな」

右手であおるまねをした。満座の笑いがふたたび起こった。梅太郎はいまやすっかり酒ずきになったばかりか、ここ数年、毎年、自宅で忘年会をひらいて大さわぎしている。どこかしら金吾の日銀記念日を見ならっているのだろう。

†

むろん子供ばかりではない。弟子たちも見舞いに来た。

矢橋賢吉はじめ塚本靖、横河民輔、山下啓次郎という例の議院建築調査会のメンバーたち。葛西万司。伊東忠太。長野宇平治。大阪からは、辰野片岡建築事務所を主導する片岡安までが、

「先生、ご無事で」

血相をかえて飛んできた。片岡は金沢うまれだが、いまやすっかり浪華《なにわ》なまりが身についていた。

弟子のほかにも、同輩というべき岡田時太郎が来た。師のコンドルが来た。コンドル

は紋入りの和服を着ていたので、

「俺も、着がえる」

金吾はしきりと立とうとした。寝巻きでは申し訳ないと思ったのにちがいなく、コンドルは悲しい顔をして、

「私がいると、無理をさせます」

と秀子へ耳打ちし、早々に去った。これが最後の師弟の交渉になった。松井清足は来なかった。隆はやはり長男であるからして、こうした客の相手をすることが多かったけれども、或る夜、母の秀子へつくづくと、

「おやじは建物を建てたと思ったら、建築界そのものを新築したんだな」

建築界だけではなかった。現役の大蔵大臣からも使者が来て、

――回復を祈る。

という趣旨の、本人直筆の簡潔な手紙をとどけて来たのは隆もさすがにびっくりした。手紙の末尾には、

高橋是清

と署名があった。是清は日銀総裁になった二年後、与党である立憲政友会に入党し、山本権兵衛《やまもとごんべえ》内閣（第一次）の大蔵大臣となったのである。

金融界の王から政治家へ。そもそも御用絵師のめかけを母として生まれ、仙台藩足軽

の家へ養子に出され、アメリカで売られて奴隷となり、唐津で英語の先生になり、ペルーで廃銀山をつかまされ……あまりにも数奇にすぎる人生のうちで、これはいったい何度目の転身だったろう。

その後は内閣から離れたが、五年後、原敬《はらたかし》内閣が成立したとき、ふたたび乞われて大蔵大臣となり、現在にいたる（二年後、総理大臣に就任）。こんな大出世も、もとはといえば、

——辰野のおかげ。

くらいには、あるいは思っているのだろうか。

だから手紙をよこしたのだろうか。まあこれは例外中の例外で、ふつうの客は、もちろん手紙ではすませない。みずから足を運んで来る。なかなか数が多いので、隆や秀子は、あらかじめこんな依頼をするようになった。

「病人が疲れるといけないから、申し訳ないが、なるべく会話《はなし》は短時間にしてほしい」

しかし客たちが部屋へ入ると、ほかならぬ病人本人が、

「あの建物は」

などと、彼らの手がけた建物を批評する。ないし自作を自解する。長時間の会話になる。はじめ隆は、いちいち、

「おやじ、そのへんで」

と制止したものだけれども、金吾はそのつど、

「うるさい」

結局、隆は、何も言うことをしなくなった。心のどこかで、

(このぶんなら、まだ死なぬ)

安心したことも事実である。そのくせ金吾は、客が帰るや、いっきに枯れ草になってしまうのである。

口もきけぬほど疲れてしまう、というより弱ってしまう。うすうす気づいているのだろう、客たちも、たいていは一度で来るのをやめてしまった。

そんななか。

毎日顔を出し、出すたび長い時間をすごしたのは、曾禰達蔵である。曾禰は、

「よお。辰野君」

病を得る前とおなじしぐさで部屋に入り、おなじように天気の話から世間ばなしを始める。ただ仕事の話はしなかった。ときには、

「隆君」

と長男のほうへ話しかけ、他愛ない話をしたりした。これもやはり師コンドルと同様の、

——病人の負担にならぬよう。

という配慮の故だったのかどうか。隆もにこやかに応じたけれども、実際のところ、隆にとって曾禰達蔵という人はあつかいがむつかしい。まず何よりも、

(呼びかたに、こまる)

何しろ父は「曾禰君」と呼ぶ。母はそれを嫌がって「曾禰様」と呼ぶ。姉の須磨子は、

――曾禰のおじさん。

と呼んでいる。

ただの「おじさん」であることも多い。隆も幼時はそうだったが、しかしながら成長するにつれ何となく距離を置きたくなったのは、こっちの自意識過剰のせいか。あるいは男どうしだからだろうか。かといって「曾禰さん」はやや生意気なようなので、

「曾禰先生」

と、いまは呼んでいる。われながら、逆に距離を置きすぎである。そもそも隆はこの人とは師弟関係にはないのだから、やっぱり違和感はあるわけで、最近は病室でふたりきり――病人を除けば――になると、

「ええと」

とか、

「あの」

とかで済ませてしまう。居心地がわるいことこの上ない。達蔵がそのたび、

「何だい、隆君」

と穏やかに応じるのは、若者のこんな小さな葛藤に気づいているのかどうか。達蔵自身も男の子がふたりいて、上の子の武《たけ》はもう三十三になっているのだ。

その日もやはり、何かの拍子に、

「あの」

と達蔵を呼んだところ、金吾がとつぜん、

「貴様」

あおむきのまま、ことばを発した。

暗穴《くらあな》のごとき眼窩《がんか》の底でぎょろぎょろと白目だけが天井を向いている。かさかさに縮んだ唇がひらいて、

「隆。貴様、席を外せ」

「え」

「室外《そと》へ出ていろ」

隆はてっきり、

（呼びかたが、気に入らぬのか）

肩をこわばらせたが、つぎの通告は、

「大事な話がある」

秀子はいない。達蔵とふたりきりでという意味なのだろう。隆は判断にこまり、

「その」

達蔵を見た。もしも言うとおりにしたら、この部屋には家族がいなくなってしまう。客に病人の世話をさせることになる。

が、曾禰があっさり、

「いいよ」

と言ったので、隆は立ちあがり、

「お願いします」

飛ぶように部屋を出て行ってしまった。冷酷とも身勝手とも思わなかった。健康で若い男子には、四六時中病人とともにいるというのは元来が生理的に無理なのである。

†

襖が閉まると、静寂。

達蔵と金吾はふたりきりになった。ときおり金吾の、

こほ

こほ

という布でくるんだような咳の音《ね》が部屋をみたすのみ。達蔵はゆったりと枕のそばで

正座しなおしたが、

「誰か呼ぼうか」

とも、

「元気を出せ」

とも、

「どんな話だ」

とさえも言うことなく、腕を組んで金吾の顔を見おろしている。

表情、微笑《みしょう》。

金吾は、起きあがれない。

それをこころみることも、もうできない。苦しげな息とともに、

「曾禰君」

「何だね」

「俺は、逝く」

「……」

「逝く前に、これだけは聞かせてくれ。君はなぜ」

と、そこで激しい咳をしてから、

「なぜ俺に、東京駅をゆずった」

十五年ごしの疑問である。冬風《ふゆかぜ》が哭《な》くような声だった。

ただし金吾の関心は、このとき、かならずしも東京駅のみにはなかったろう。考えてみれば、いや、考えるまでもなく、金吾はこれまで人生のあらゆる機会において達蔵にものをゆずられている。

工部大学校の首席。海外留学の権利。教授の座。建築学会の会長。そうしてもちろん東京中の重要な設計の仕事たち。

達蔵はさだめし無念だったろう。何しろ相手は、世が世ならば物の数にも入らない唐津の下級武士の出なのだもの。

——裏坊主町のくせに。

とか、

——なりふりかまわず身を処しおって。

などと積怨《せきえん》の埋《うず》み火《び》は消えなかったろう。それが身分というものだ、というより、それが人間というものなのだ。いい悪いの問題ではない。むしろ当然の心事だろう。にもかかわらず達蔵の態度はこの五十年来のつきあいのなかで、つねに紳士的だった。欠かさず模範的だった。金吾を見くださず、嫉妬の情をあらわさず、どころかむしろ陰に陽に尊敬の念を表明して人格の完璧を明示している。

「最後くらい、本音を言え」

金吾はつまり、そう言いたかった。それを聞かぬうちは、

――あの世へ、行けぬ。

そんな覚悟もあっただろう。そうしてその覚悟は、達蔵の胸を、たしかに矢のように射たのである。

まるで石の的を射たように。なぜなら達蔵は、

「……私は」

口をひらきかけて閉じた。しばらくののち、

「私は」

また言いさして、口を閉じた。

これはめずらしいことだった。ものごころついたときから、人が自分を否定しないのは、

――当たり前。

という環境にあったからだろう。達蔵は、逡巡だけはしたことがない。ときに遠慮や

謙遜はしても、あるいは故意に沈黙をえらんだりしても、発言を迷うことはしなかった。迷う習慣がなかったのである。

戸外で、パチリと音が立った。

音は二度、三度とつづき、ものの焦げるにおいが来た。庭師が焚火《たきび》をしているのだろう。金吾がようやく頭を少しかたむけ、

「……私は？」

うながすと、達蔵は、

「ああ」

われに返り、目をしばたたいて、

「私はもともと、歴史が好きだった。歴史の勉強がしたかったんだ」

はじめて聞く話である。

金吾はうなずき、秀《ひい》でた喉仏をごとりと鳴らして、

「で？」

「で、わりあい勉強もしてたんだが、何しろ維新のさわぎが来たからなあ。殿様（幕府老中・小笠原長行）は箱館五稜郭でつかまっちまうし、曾禰家の家禄は取られちまうし、少しでも金になるものをと思って造家（建築）をえらんだ次第なのさ。不向きなのも仕方がない。東京駅のような第一等の仕事は、前にも言ったが、やっぱり君のような第一等の男の手になるのが正しかった」

結局、いつもの達蔵だった。

あまりにも、あまりにもゆきとどいた述懐。金吾は頭をもちあげた。首を縦皺《たてじわ》でいっぱいにして、ほんのわずか枕から浮かせて、

「貴様、まだはぐらかすか」

「本心だよ」

「そんなわけがない」

と言ったところで、体力がつきた。

トスリと音を立てて頭が落ちた。たしかにこの返事はしらじらしかった。ほんとうに建築に不向きなら、ほんとうに歴史が大好きなら、足をあらえばいいのである。そうして書斎にこもればいい。達蔵はもう六十八だった。すでにして三菱は定年でやめている。そうしたところで誰にも迷惑はかからないのだ。

だが実際には、達蔵は、そうしなかった。引退どころか建築界に残留し、金吾とおなじ一国一城のあるじとなることを選択した。十六歳年下の帝大出の建築家・中条精一郎とともに曾禰中条建築事務所を設立し、いまも事業をつづけているのだ。

事務所の住所は、三菱七号館内。

みずから設計にたずさわった建物。なかなか業績はいいらしく、これまで事務所の作品として、
慶応義塾創立五十年記念図書館
唐津公会堂
東京海上ビルディング

沖縄県県会議事堂
麒麟麦酒株式会社神崎工場
などを完成させている。土地もさまざま、用途もさまざま。曾禰達蔵とは、なるほど日本一ではないけれど、それでも成功の度合いではまず三位は下《くだ》らぬ建築家なのだ。なお曾禰中条建築事務所は、こののち、戦前最大の建築事務所となる。

その三位が、

――何が、不向きか。

金吾は、その思いが爆発した。

右足を横へずらして、ふとんから出し、かかとでサリサリと畳を摩擦した。健常人でいう足ずりとか、地団駄とかいう行為にあたるのだろう。そうして、かすれ声で、

「鉄面皮。冷血漢」

そのとき襖があき、

「やめてください！」

秀子だった。おどろくべき速さで膝行《しっこう》して来て、金吾の足をふとんへ押しこみ、

「曾禰様」

ほとんど平伏するようにして、

「曾禰様、申し訳ありません。旦那様がご無礼を。あ、あら。隆はいったいどこへ行って。お相手もせず」

達蔵はおおらかに笑いつつ、

「いやいや、秀子さん、こっちが悪いんだ。病人を刺激してしまったようだ。隆君は私が『いいよ』と言ったんだから……」

「善人」

金吾はわりこんで、ぜいぜい息をして、

「曾禰君は善人だ。善人というのは犬猫とおなじだ、ことばが通じぬ。もはや相撲で決着をつけるしか」

畳に手をつき、立とうとする。秀子が頭から飛びこむようにして枕の横へ行き、

「旦那様」

病人の口を両手でふさいだ。金吾がその一瞬前に、鮮血を噴くような声で、

「もう帰れ」

達蔵は。

なお、ほほえみの人である。

絵に描いたような君子の表情。ようやく秀子が手をはなすと、あっさりと立ちあがり、

「養生しろ」

「帰れ」

翌日も、その翌日も、やはり達蔵は見舞いに来た。とりとめのない話をして、あまり長居はせず、最後はきまって、

「養生しろ」

金吾は秀子とふたりきりになると、なみだを浮かべて、

「かなわなかったなあ。生涯」

あるいは、

「コンドル先生の、言うとおりだった」

命日は、三月二十五日である。

矢橋賢吉に手紙で呼び出され、最後の審査会に出席してからわずか六日後。長いようで短い病臥《びょうが》。金吾は死ぬのも忙《せわ》しかった。

同日、午後三時。

臨終の八時間前。金吾はにわかに血圧が下がった。医者たちが入れかわり立ちかわり三たびカンフル注射をこころみたものの変化はなく、脱水状態になり、それに処すべく食塩水注射がおこなわれたのが午後六時。

容態に、やはり変化は見られなかった。金吾はあおむきのまま、目をなかば閉じ、うつらうつらしている。

息は、あさい。

医者が帰りぎわ、隆に、

「明朝までは、保《も》たんでしょう」

と耳打ちしたのが聞こえたのかどうか。にわかに目をひらき、

「秀子」

秀子は、枕もとにいる。耳から顔を近づけて、

「何です、旦那様」

「……」

金吾は、首をもちあげるような動きをした。秀子は息をのんで、

「お起きになる?」

「うん」

「でも」

躊躇《ちゅうちょ》した。起こしたら、それこそ事切れかねない。

金吾はじれったそうに、

「家じゅうの者をあつめろ」

結局、秀子は従った。

家族、親族、友人はもちろん看護婦や女中にいたるまでを呼び入れた。

金吾はもう身を起こしていて、例の、秀子の安楽椅子にもたれている。まっすぐ前を見つめたまま、

「秀子」

存外しっかりした声で、

「秀子は、俺に事《つか》えて四十年。子供をそだて、家事をおさめて間然《かんぜん》するところなし。じつにお前はいい妻だった。いい母だった」

――告別の辞だ。

と、誰もが了解した。

秀子は声を放って泣いた。金吾はそれから、

「須磨子は」

「隆は」

「曾禰君は」

いちいち名を呼び、相手に応じた話をした。ごく短いものだった。訓示はなく、命令はなく、批判はなく、最後はつねに感謝の表明。あとのほうの者になると言うことが思いつかなかったのか、ただ、

「ありがとう」

とのみ言った。最後のひとりまで終えると、両手をあげて、

「万歳」

何度か繰り返した。

――我慢できない。

とばかり、隆がふとん越しに手をのばして、

「おやじ。おやじ。りっぱな最期だ」

手をにぎった。金吾はかすかにうなずいて、

「よし」

ふたたびあおむけになったところで、儀式は終わった。

――大往生。

という一語が、おそらく誰の脳裡にも浮かんでいた。今生のすべてに別れを告げ、す

べての執着を解き放つ。

史上まれにみる死のお手本。もはや何かを付け加えることはあり得ず、あれば蛇足になるだけだろう。ところが金吾は、ややあって、

「曾禰君」

と、その名をふたたび呼んだのである。

達蔵が枕辺へ来ると、その目を見つめて、

「たのむぞ」

「え？」

「議事堂。議事堂」

それきり昏睡した。午後十一時ころ最後の一息を吐いた。その息は、のちにこの情景を随筆に記した辰野隆が、

――縛《いまし》めの解《と》くるが如く。

と形容したほど安らかなものだったが、その少し前、金吾は昏睡状態のまま、

「縦から見ても、横から見ても」

にんまりとした。

子供のような顔だった。生涯に建てた二百件以上の作品のうちの、どれの夢を見ていたのか。あるいは建築以外の何かを愛《め》でていたのか、いま知りようもない。

解説

吉田大助

東京駅（東京駅丸ノ内本屋）が開業したのは、一九一四年のことだ。関東大震災による被害は免れたものの終戦間近の空襲により一部を焼失、本来は三階建てだったが、二階建てで修復されたまま長らく利用されてきた。しかし、二〇〇三年に駅舎が国の重要文化財に指定されたことを追い風に、ＪＲ東日本による「東京駅丸の内駅舎保存・復原工事」プロジェクトが本格始動。五年余りにわたる工事期間を経て、創建当時の姿を現したのは二〇一二年一〇月のことだった。

建築物はタイムマシンだとよく言われるが、まさにそれ。復元された南北のドーム天井とレリーフは、真新しいもののはずなのにどこか懐かしく、一〇〇年前を夢想せずにはいられないものだった。それ以上の衝撃は、外観からもたらされた。赤レンガの壁に嵌め込まれた白い大きな窓とストライプ、その配置と彩色のバランスは端的に美しい。残存していたオリジナルのレンガをできる限り活かしつつ、高度な技術によって再現された創建当時の赤色が——白は赤を際立たせるための色だ——見る者を魅了した。それと同時に、一つの疑問を生じさせたのではないかと思う。なぜ一〇〇年前にこの鮮烈なデザインが選ばれたのか？

その疑問に、このたび文庫化された『東京、はじまる』は一つの答えを差し出している。直木賞作家・門井慶喜の筆による本作は、東京駅をはじめ数々の有名建築物の設計を手がけた建築家・辰野金吾の一代記である。

物語は明治一六年の横浜、金吾が三年ぶりに日本の地を踏み締めた場面から始まる。金吾は官立の工部大学校造家学科の第一期首席となり、日本の建築界では初めて国費留学生として、師匠ジョサイア・コンドルの祖国イギリスに逗留していたのだ。もうすぐ三十路を迎えようとする金吾は、少し焦っている。出迎えに来てくれた大学以前からの親友・曾禰達蔵に「ぜひ東京にたくさん斬新な建物をつくってくれ」と声をかけられると、「ちがうなあ」「柄が、小さすぎる」と物申す。「そこは東京にじゃない。東京をとすべきじゃないか、曾禰君。ひとつひとつの物件など、しょせん長い道のりの一里塚。私はつまり、最後には、東京そのものを建築する」。だから、己は一刻も早く現場に立つ。「東京の街づくりは、すでに始まっている。私が一日休めば、その完成は一日おくれるんだ」。本作の方向性を決定付ける、名台詞だ。

一代記の醍醐味は、功成り名を遂げた人生の軌跡を追いかけると共に、当該人物の性格を愉しむことにある。のちの世に「日本近代建築の父」と謳われる辰野金吾は驚くほどの自信家であり、先見の明がありすぎるゆえに、ともすれば上から目線の憎たらしい性格として表象されかねない。しかし、著者は複数の視座から金吾を見捉えていく。例えば、〈金吾は、感動屋である。情緒の幅がひろいといえば聞こえがいいが、要するに、単純なのである〉。本編一三ページ目に登場するこの「要するに」で思わず笑ってしまい、何でも受け止められる感覚になってしまった。後世の第三者の視点から見た「やれやれ……」感が、金吾を不器用で愛すべき人物へと昇華させているのだ。

第一章第二章において金吾の人生と性格への関心と興味を惹き付け、「江戸」の風景を一変し「東京そのものを建築する」という一大目標が読者の脳裏に焼き付けられたところで、第三章で著者は、建築の世界と読者を繋げていく。

金吾は工部省営繕局のお役人となったものの、廃省となり失業の憂き目にあう。そこで芽生えた逆転の発想は、「われら自身が会社になる」こと。おそらく日本初となる民間の建築事務所・辰野建築事務所を設立し、職業建築家としての道を歩み始める。その第一歩として定めたのが、内閣の臨時建築局が進める、日本銀行の設計だった。この仕事が取れれば、世間に名声が轟く。これまでの慣例に従い外国人建築家に委ねられるようなことがあれば、向後も日本人建築家の出番はなくなるだろう。かくして金吾は建築局総裁に直談判するため鹿鳴館へ赴き、日本銀行の設計を任されるはずだった恩師ジョサイア・コンドルの仕事をこき下ろすことで、受注をぶんどる。

本作屈指の名場面だ。なおかつこの場面で初めて、建築物（鹿鳴館）にまつわる詳細な記述や専門用語が多出する。ともすれば分野外の人間にとってそのような記述は、正確であればあるほど退屈で読みこなしづらいものとなりがちだが、水を飲むようにすんなりと頭に入ってくる。尊敬する恩師が設計した鹿鳴館を否定することで、日本銀行の設計の権利を奪えるかもしれない。そうした葛藤のドラマがまず先に提示された後ならば、建築にまつわる専門的な話は、読者の好奇心を焚きつける燃料となるのだ。ドラマの提示↓専門的な話という順番はその後も遵守され、読者を物語から振り落とすことがない。

第四章以降は、選択と集中。辰野金吾の生涯の功績を網羅的に綴るのではなく、最重要案件二つをピックアップする大胆な構成が採用されている。二つに絞ったからこそ明確な対比が生まれ、本作のタイトル「東京、はじまる」の意義がより際立つものとなった。

金吾は日本銀行をどのような思想のもとで設計したか。日本という新興国家の存在を世界に知らしめるため、堅牢広壮で威厳に満ちた建築物であることを狙った。石造りの重厚な外観——読者も日本橋へ行けば目にすることができる——は日本国民に対して、始動して間もない金融機関への安心感を与えるものであった。が、それ以上に諸外国に向けて「日本、はじまる」とアナウンスする効果があったのだ。建築家が現場責任者も請け負わざるを得なかった時代ならではのデタラメなエピソードなども盛り込みつつ、著者は「日本、はじまる」としての日本銀行建設を物語前半部のクライマックスに据えたのだ。

そして後半部を占めるのが、東京駅の建設だ。民間によってばらばらに運営されていた鉄道を政府が一手に買い上げ、離れ離れになっていた線路を一本に繋ぐ。時の政府によって選ばれたエリアは丸の内、皇居の真ん前だった。そこに金吾は、赤レンガの駅舎を建てた。日本銀行は堅牢なドイツ式バロック様式だったが、こちらでは、一八世紀から一九世紀のイギリスで流行した「クイーン・アン様式」と呼ばれるルネッサンス様式をアレンジして取り入れた。威厳ではなく「美」を重視した、優雅で女性らしく柔らかな印象を与えるこのデザインに、金吾はどんな思想＝メッセージを込めたのか。

「江戸」の頃、女性は家に縛られていた。「東京」の世では、女性解放運動が起こり、いわゆる職業婦人たちが外へ働きに出始めた。金吾は思う。〈彼女らが街の建物をいろどり、街や建物がまた彼女らを粧《めか》しこませる。人の外装と街の外装の相互作用。これもたしかに建築家の仕事〉。華やかな赤色と白いフリルのようなストライプを持つ駅舎の外観は、街をゆく女性の息吹を取り入れたものだったのだ。「東京、はじまる」。門井慶喜はそのスタートの合図を、金吾が設計した東京駅のデザインに見出した。

あまりの説得力の高さと面白さゆえに、辰野金吾の一代記はこれ以外の書き方はなかったと思わされるのだが、他ならぬ著者の、建築にまつわるノンフィクション『東京の謎《ミステリー》この街をつくった先駆者たち』や、万城目学との対談本『ぼくらの近代建築デラックス！』などを読んでみると、全く別のものになった可能性に気付かされる。金吾の伝記的事実に基づいたエピソードはまだ無数にあり、設計した建築物に対しても多様な解釈があるからだ。しかし、本作はこのようになったし、著者にとってもこれ以外にはあり得ないものとなった。その点に、「歴史」と「小説」の違いが凝縮されているような気がしてならない。端的に言えば、歴史的「偉人」としてだけでなく、等身大の「隣人」として描いているのだ。

実は、本作は基本的に金吾にカメラを据え、金吾の内面が語られていくのだが、要所要所でカメラをバトンパスされる人物がいる。親友の曾禰達蔵と、長男の辰野隆だ。金吾に最も近い二人の語りを採用することで、彼を「隣人」として捉える視線が強まっている。なおかつ二人の語りの中には、金吾の強烈な個性を前にして「ならば自分は？」と我が身を振り返る想像力が書き込まれている。それがあるからこそ読者もまた「ならば自分は？」というフィードバックが起こる。

歴史的「偉人」としてだけでなく等身大の「隣人」として、金吾の存在を受け止めている証と言える。建築物の価値は、中に入ってみなければ本当のところは分からない。小説を書くという行為を通して、作家は「日本近代建築の父・辰野金吾」という歴史的建築物の中へと足を踏み入れたのだ。そこで初めて得た感情や発見が、本作には無数にちりばめられている。

その成果もまた、読者がかつてこの世界に存在した「日本近代建築の父」と謳われる男と、「隣人」として出会うことへと誘っているだろう。その出会いの感触は、末長くたなびき消えることはない。

なお、著者が東京（江戸）の都市計画を題材に綴った作品は他にもある。駿府から江戸に国替えさせられた徳川家康が後の世でいう「都市開発」に挑む『家康、江戸を建てる』（二〇一六年二月刊）、明暦の大火で灰燼と化した江戸を建て直す任を担った老中・松平信綱の物語『江戸一新』（二〇二三年一二月刊）だ。ぜひ手に取って、『東京、はじまる』の物語との接続を楽しんでいただきたい。

これから東京駅の赤レンガを見るたびに、家のくびきから脱して街を歩き出した、一〇〇年前の女性たちの姿を想起することだろう。建築は、そのような想像力のスイッチとなり得る。そして小説もまた、そのような機能を担うことができる。本書はそう証明してくれる。

（ライター）

初出　「別冊文藝春秋」　第332号～第344号
（『空を拓く』より改題）
単行本　2020年2月　文藝春秋刊
この物語は、史実に基づくフィクションです。

DTP制作　エヴリ・シンク

文春文庫

東京《とうきょう》、はじまる

定価はカバーに表示してあります

2023年4月10日　第1刷

著者　門井慶喜《かどいよしのぶ》
発行者　大沼貴之
発行所　株式会社文藝春秋

東京都千代田区紀尾井町3-23　〒102-8008
TEL 03・3265・1211㈹
文藝春秋ホームページ　http://www.bunshun.co.jp

落丁、乱丁本は、お手数ですが小社製作部宛お送り下さい。送料小社負担でお取替致します。

印刷・萩原印刷　製本・加藤製本
Printed in Japan
ISBN978-4-16-792025-8